U0447011

本译著为国家社科基金项目"'一带一路'视域下中国与中亚五国人文教育合作机制研究"(18BGJ076)的阶段性成果

祭坛之蝎

[乌兹] 阿卜杜拉·卡迪里 著
邸小霞 姜苹哲 赵馨雨 张曹谜 译

[乌兹] Saodat Nasirova 徐曼琳 译校

MEHROBDAN CHAYON

中国社会科学出版社

图书在版编目（CIP）数据

祭坛之蝎 /（乌兹）阿卜杜拉·卡迪里著；邸小霞等译 . —北京：中国社会科学出版社，2024.2
　ISBN 978-7-5227-3228-2

　Ⅰ.①祭⋯　Ⅱ.①阿⋯②邸⋯　Ⅲ.①长篇历史小说—乌兹别克斯坦—现代　Ⅳ.①I362.45

中国国家版本馆 CIP 数据核字（2024）第 049195 号

出 版 人	赵剑英
责任编辑	慈明亮　梁世超
责任校对	史慕鸿
责任印制	戴　宽

出　　版	中国社会科学出版社
社　　址	北京鼓楼西大街甲 158 号
邮　　编	100720
网　　址	http://www.csspw.cn
发 行 部	010-84083685
门 市 部	010-84029450
经　　销	新华书店及其他书店
印　　刷	北京君升印刷有限公司
装　　订	廊坊市广阳区广增装订厂
版　　次	2024 年 2 月第 1 版
印　　次	2024 年 2 月第 1 次印刷
开　　本	710×1000　1/16
印　　张	19.25
插　　页	2
字　　数	269 千字
定　　价	39.00 元

凡购买中国社会科学出版社图书，如有质量问题请与本社营销中心联系调换
电话：010-84083683
版权所有　侵权必究

法尔哈德为他的希琳感到骄傲，玛吉农为美丽的莱莉而自豪。

我骄傲，拉诺，你是世界上最美的花朵。

——米尔扎

凯斯的疯狂对莱利来说是不幸和耻辱。

我骄傲，米尔扎，你的智慧像远方的太阳闪耀着光芒！

——拉诺①

---

① 这两首诗是书中男女主人公米尔扎·安瓦尔与拉诺的定情诗。（本书脚注有两类，分别是作者卡迪里所做的"作者注"，以及译者所做的"译者注"，未特别标明的都是"译者注"）。

目　　录

1. 拉诺未来的主人 …………………………………………（1）
2. 埃米尔·奥马尔可汗的女奴 ……………………………（4）
3. 萨利赫·马赫杜姆成家立业（开办一所学校）………（8）
4. 萨利赫·马赫杜姆的某些性格特征 ……………………（11）
5. 马赫杜姆待人接物的方式 ………………………………（13）
6. 尼戈尔·哈努姆 …………………………………………（16）
7. 拉诺 ………………………………………………………（19）
8. 王宫来客 …………………………………………………（23）
9. 责备与玩笑 ………………………………………………（28）
10. 关心者 ……………………………………………………（33）
11. 马赫杜姆的威胁 …………………………………………（37）
12. 一个巴赫马尔博夫街区的穷苦家庭 ……………………（44）
13. 你认识这个美丽的女孩吗? ……………………………（47）
14. 真正的朋友 ………………………………………………（51）
15. 马赫杜姆很幸运 …………………………………………（55）
16. 可汗的仁慈 ………………………………………………（60）
17. 深思熟虑的安瓦尔 ………………………………………（62）
18. 清真寺内的争吵 …………………………………………（66）
19. 有着不光彩过去的人 ……………………………………（73）
20. 小心谨慎 …………………………………………………（76）

21. 授职典礼 …………………………………………… (80)
22. 丝绸长袍和热烤馕 ………………………………… (87)
23. 照本宣科 …………………………………………… (93)
24. 诗人的秘事 ………………………………………… (99)
25. 生命之光 …………………………………………… (104)
26. 拉诺，你为何垂眸？ ……………………………… (112)
27. 暴力家园 …………………………………………… (117)
28. 后宫 ………………………………………………… (121)
29. 奥卡洽·阿依姆 …………………………………… (126)
30. 可汗的女人们 ……………………………………… (132)
31. 四十少女宫 ………………………………………… (136)
32. 娜济克 ……………………………………………… (143)
33. 马赫杜姆的新"行当" ……………………………… (150)
34. 中庸之道 …………………………………………… (156)
35. 可汗要寻欢作乐 …………………………………… (164)
36. 侍从丑角们 ………………………………………… (169)
37. 阴谋者 ……………………………………………… (176)
38. 穷人的灵魂 ………………………………………… (180)
39. "智者啊，请当心！" ……………………………… (184)
40. 小密探 ……………………………………………… (189)
41. "您的铜币没有磨损吧？" ………………………… (193)
42. 狡猾的人 …………………………………………… (198)
43. 无腿的鸟 …………………………………………… (204)
44. "您的袋子丢了？" ………………………………… (210)
45. 《法谛海》——至高无上之作 …………………… (215)
46. 真正的年轻人 ……………………………………… (219)
47. 信 …………………………………………………… (226)
48. 婚礼前夕 …………………………………………… (231)
49. 神秘的暗示 ………………………………………… (235)

50. 情人的俘虏 …………………………………（240）

51. 勇敢的女孩 …………………………………（244）

52. 友谊的"奇迹" ………………………………（249）

53. 蝎子的盛典 …………………………………（256）

54. 截然不同的忠诚 ……………………………（262）

55. 人质 …………………………………………（269）

56. "再见，拉诺！" ……………………………（276）

57. 孤注一掷的勇气 ……………………………（282）

米尔扎·安瓦尔后来的生活 ……………………（291）

译后记 ……………………………………………（294）

1

拉诺未来的主人

萨利赫·马赫杜姆①出手阔绰：他从清真寺出来之后顺道去了趟屠夫那里，买了整整一探戈②的肉和八戈罗什③的洋葱。到家后，他命令两个正在练习书法的学生去家里的花圃浇水、修剪，然后他亲自带着买来的东西进了内屋。

尼戈尔·阿依姆④刚让女孩和学生们放学，正抱着宝贝儿子喂奶。拉诺蹲在两个正在玩泥塑的弟弟旁，兴致勃勃地与他们一起玩耍，没有注意到她细长的辫子已经扫过地面，沾上了灰尘。

萨利赫·马赫杜姆手里拿着刚买的东西，从带顶的走廊走了进来，见女儿如此失态，便说道：

"这就是我们聪明的女儿拉诺！别说给你穿绸缎，就是给你穿厚棉布做的裙子我都舍不得！"

拉诺从地上站起来，羞愧地把沾满泥土的双手藏在身后。

"你这不知羞耻的丫头！赶紧去洗手！我以为你的弟弟们已经

---

① 马赫杜姆：乌兹别克语中指老师。乌兹别克斯坦人姓名加后缀"马赫杜姆"意思是老师，有尊敬之意，本书中常用马赫杜姆指代萨利赫。在人物姓名或后加尊称时，本书根据情况用中圆点将其与人名进行区隔。
② 探戈：一种银币，一枚价值为20戈比。
③ 戈罗什：指面额为半戈比的铜币。
④ 阿依姆：19世纪乌兹别克斯坦年龄较大的女性名字的后缀。

够蠢了，没想到，你更差劲。"

拉诺跑到沟渠洗手，尼戈尔·阿依姆说：

"我们的拉诺还是个孩子！"

而萨利赫·马赫杜姆生着女儿的气，继续埋怨道：

"没有事可做的话你就看看书，学学书法，你又不是陶艺工的女儿……"

他把肉放在尼戈尔·阿依姆身边，就到平顶凉台上去了。

尼戈尔·阿依姆对他的训话置若罔闻。她更关心的是为什么丈夫带了这么多肉回家，是什么让他今天如此慷慨。虽然，在尼戈尔·阿依姆的厨房中，肉类并不罕见，有时还会有重达几恰拉克①的整只肉胴，但那些肉并不是丈夫带来的。马赫杜姆通常只买八分之一恰拉克的肉，而且买肉的次数很罕见，只有周五学生缴纳的学费超出了他的预期时，他才会买肉。但是尼戈尔·阿依姆不能把他的慷慨归功于学生多交了学费。

"您买了很多肉……是安瓦尔嘱托您的？"她问。

"不是，"马赫杜姆说着，把头巾挂到墙上的木钉上，"我只是想吃曼蒂②，很久没吃了。"

拉诺洗得干干净净地回来了。她用尴尬的眼神看着父亲，然后坐在母亲身边，温柔地抚摸着正在吮吸母亲乳房的弟弟的小手。

萨利赫·马赫杜姆脱下长袍，走到妻子和女儿面前，郑重其事地看着她们。

"拉诺，我的女儿，"他语重心长地说，"你已经不是孩子了，不要再像孩子般淘气了……如果人们看到你像一个小女孩一样，和弟弟们一起玩耍，他们会怎么议论？真主保佑，你已经长大了，可以把自己当女主人了……我的女儿，你必须根据自己的年龄来权衡自己的行为！"

---

① 恰拉克：浩罕汗国重量的计量标准，一恰拉克相当于两公斤。
② 曼蒂：类似于中国的蒸饺。

拉诺脸红地看着妈妈,然后又亲了亲弟弟的小手。

尼戈尔·阿依姆说:"看来,在您把拉诺交给她未来的丈夫之前,她是不会长大成人的。"

这些话让拉诺羞愧难当,她把脸埋在婴儿的胸前。萨利赫·马赫杜姆咧嘴笑着,朝门口走去。

"赶紧起来,拉诺,别再胡闹了,"他边说边穿上卡乌西①。"去帮妈妈切肉,剥葱。你的哥哥安瓦尔马上就要来了,准备好晡礼②的食物吧。"

父亲离开后,拉诺抬起头,俏皮而责备地看着母亲。听了母亲的话,她的目光中没有丝毫尴尬,反而闪烁着喜悦的光芒。因为在父母刚刚交流的几句话中,直接谈到了他们花园里盛开的花朵——拉诺的命运。"看来,在您把拉诺交给她未来的丈夫之前……"也许母亲的话有些直接,她说拉诺已经名花有主。因为拉诺很清楚她未来的丈夫是谁,而且期待嫁给他,所以她的眼神中既没有焦虑,也没有尴尬,而是充满了喜悦。"你的哥哥安瓦尔马上就要来了,准备好晡礼的食物吧。"这句话对拉诺来说充满了深意。

---

① 卡乌西:皮制的防水套鞋。
② 晡礼:穆斯林"每日要五次礼拜,分别在晨、晌、晡、昏、宵五个时间内举行,称作晨礼(在拂晓进行)、晌礼(在午后1—2时进行)、晡礼(在下午4时至日落前进行)、昏礼(在日落后进行)、宵礼(在天黑后至拂晓天亮前进行)"(《中国少数民族大辞典》)。

2

埃米尔①·奥马尔可汗的女奴

萨利赫·马赫杜姆既是一位老师也是伊玛目②，按照当时的历法，他从希吉拉③1230年到1290年一直居住在"天堂之城浩罕"，并在那里经营着一所学校。

萨利赫·马赫杜姆出身于最高神职人员——乌里玛之家：他的祖父在阿利姆可汗和奥马尔可汗④在位期间担任律师和法官，他的父亲在浩罕的马达里可汗神学院⑤任教多年。总而言之，马赫杜姆的祖先都是有头有脸的达官贵人。然而，祖先的这份荣耀却没能传到萨利赫·马赫杜姆这里，它伴随着马达里可汗的死戛然而止。事情就是这样发生的。

那些熟悉浩罕汗国历史的人可能知道，奥马尔可汗在垂暮之年爱上了一个非常年轻的女奴。由于她还未成年，因此无法与她缔

---

① 埃米尔：某些伊斯兰教及非洲国家统治者的称号，在当今阿拉伯国家中又用以称呼王子、君主或酋长。
② 伊玛目：伊斯兰教的高级神职人员（教长、执行教长）。
③ 希吉拉：希吉拉是穆斯林纪元方式。希吉拉1230—1290年，相当于公元1814—1873年。
④ 阿利姆可汗和奥马尔可汗：都是浩罕可汗，阿利姆可汗在位时间是1800—1809年，奥马尔可汗在位时间是1809—1822年。
⑤ 马达里可汗神学院：这是一所由穆罕默德·阿里（马达里可汗）创立的穆斯林高校，可汗在位的时间是1822—1842年。

结合法的婚姻。奥马尔可汗直到死也没有实现自己的愿望，后来，他的儿子马达里可汗即位。几年过去之后，奴隶成年了，她的美丽更胜从前一百倍。马达里可汗也爱上了她。年轻的可汗密切关注着这个在宫里长大的女孩，但是……

根据史料记载，马达里可汗被这爱情的熊熊烈火痛苦地折磨了很久，因为乌里玛①不允许他娶自己心爱的人，在他看来，可汗心爱的人是他的继母，也就等同于他的母亲。乌里玛说："的确，您父亲没有娶这个奴隶，但他有娶她的打算。因此，她是您的继母，几乎就是您母亲。根据沙利亚②，不允许您成为她的丈夫。"

为了达成自己的目标，马达里可汗忍住悲伤，逐渐开始罢免高位的旧伊玛目，并扶植新人上位。几年后，他再次向乌里玛提出结婚的请求。

当然，这些刚刚尝到高官厚禄甜头的新人们无法抗拒他们恩主的愿望。他们宣称："伊斯兰教只承认遵循本教法典的婚姻是合法的。您已故的父亲只是说他'想结婚'，但没有说他已经'结婚了'。所以，作为穆斯林的统治者，与属于您的女奴结婚完全是合理和合法的。根据伊斯兰教教义，这甚至是一件善事。"乌里玛按照可汗的要求签发了法特瓦③，签上了名字：已故法学家之子——某某，或已故穆达里斯④的儿子——某某，并盖上自己的印章。马达里可汗举办了一场盛大的婚礼，实现了自己的愿望。

奥马尔可汗的女奴拥有惊为天人美貌的流言早就传到了布哈拉汗国的埃米尔·巴赫杜尔汗那里。

他垂涎这个美人已久，连往嘴里塞纳斯威⑤的时候，都在想着她。他无数次绞尽脑汁想要得到她。马达里可汗娶她为妻的消息

---

① 乌里玛：伊斯兰教最高神职人员。
② 沙利亚：穆斯林法律，伊斯兰教法典。
③ 法特瓦：判决（伊斯兰教法官根据本教法学派的基本原则和案例作出的判决）。
④ 穆达里斯：宗教学校里德高望重的老师。
⑤ 纳斯威：一种咀嚼的烟草。

激怒了这个埃米尔。

满腔怒火的埃米尔·巴赫杜尔汗立即把他所有的乌里玛、法学家、伊斯兰教律法专家等人召集到跟前，向他们通报了马达里可汗的无耻行径，并要求为圣战起草判决书。贤人们有的完成了小净①，有的没进行小净仪式。有的明白了事情的原委，有的什么也不明白，他们立即起草了这样一份判决书：

> 根据伊斯兰教法典，作为穆斯林首领的埃米尔有责任坚定地捍卫伊斯兰教，并履行其所有教义。凡是稍有背离宗教教义的人就不能成为埃米尔，也不能做伊斯兰教人民的统治者，而必须被视为叛教者。愿真主怜悯我们！
>
> 如今，费尔干纳山谷和突厥斯坦的统治者埃米尔·穆罕默德·阿里（马达里）可汗娶了母亲的情敌，也就是他父亲想娶的女人，换句话说，他娶了继母，根据伊斯兰教法典，继母和养育自己的生母具有同等地位。愿真主怜悯我们！
>
> 根据《古兰经》和《圣训》②的神圣指示，在所有尊敬的伊斯兰教信徒和乌里玛眼中，马达里可汗确实是叛教者。作为信徒之首的埃米尔和每个穆斯林都有责任杀死这些卑鄙的叛教者。

埃米尔·巴赫杜尔汗对这份判决采取了"公正客观"的态度，并立即以"信仰卫士"的身份率领全军奔赴费尔干纳。

浩罕汗国的可汗如何与虔诚的埃米尔·巴赫杜尔汗作战，双方在这场战役中死伤多少，我们并不感兴趣。对我们来说，重要的是马达里可汗被埃米尔·巴赫杜尔汗击败并处决了。

允许马达里可汗结婚的浩罕神职人员受到了严惩，许多人被剥

---

① 穆斯林一般在礼拜或重要事件之前均须完成小净。
② 这里指的是《古兰经》和《圣训》中讲述的穆斯林传统的故事，伊斯兰教的法律就是根据这些故事制定的。

夺了神职称号，另一些人则逃之夭夭。埃米尔·巴赫杜尔汗任命自己的亲信做费尔干纳的统治者，并带着美丽的女奴，以一个胜利者的姿态声势浩大地返回了布哈拉。

不巧的是，萨利赫·马赫杜姆的父亲是帮马达里可汗写判决书的人之一，埃米尔·巴赫杜尔汗也剥夺了他的神职称号。此后不久，他就去世了，他们家族的荣耀和所有特权也就此结束，因为从那时起，费尔干纳的统治者一直是布哈拉汗国埃米尔的傀儡，以前在马达里可汗手下做事的所有神职人员都得不到重用。

3

萨利赫·马赫杜姆成家立业
（开办一所学校）

父亲去世时，萨利赫·马赫杜姆已经二十岁了，还在穆斯林学校读书。他的哥哥带着家人搬到了马尔吉兰并在那里当了伊玛目。萨利赫·马赫杜姆与他的母亲和十六岁的妹妹奈玛留在了浩罕汗国。他们没有任何收入，穷困潦倒，萨利赫不得不放弃学业去找份工作。

他不适合做粗活，也不适合做伊玛目，因为他太年轻了，胡子还没长齐。在家人和邻居的建议下，萨利赫决定在家里开办一所学校，从附近的街区招收了十几个学生。他好不容易才办成了这所学校，成为教师后，萨利赫开始努力工作，就像人们常说的那样，撸起袖子加油干。在最初的几年里，学校并没有带来多少收益，因为学生的数量不超过十五或二十人，而且学生们以食物和金钱形式上交的周五敬品仅能勉强养家糊口。但是马赫杜姆和他的家人没有其他的收入来源，所以他们只能安于现状。

当一个年轻男子年满二十岁，一个年轻女子年满十五岁时，他们母亲最关心的就是寻找新郎新娘。对于萨利赫的母亲莫赫拉拉·阿依姆来说，这就像在伤口上撒了一把盐：儿子二十多岁，女儿十八岁，因此既需要找新娘也需要找新郎。

她女儿的婚事并没有那么困扰她。奈玛很漂亮，很有教养，又很勤劳，会有人娶她的，不是别克①，就是别克的后裔，不是经学院教长，就是补习教师。

马赫杜姆则比较困难。他的收入微薄，父亲留给他的遗产只有一幢房子，仅此而已。如果莫赫拉拉·阿依姆活着的时候不能帮助儿子娶妻，那么她去世了儿子又如何结婚？莫赫拉拉·阿依姆决定借助奈玛解决此事，也就是说，将奈玛嫁给一个可以帮助萨利赫娶妻的家庭。这种"相互求亲"②的习俗由来已久，但这件事很复杂。必须找到一个与他们出身相同、有儿有女且未来新娘长得漂亮的家庭。找了整整两年，一无所获。终于，在第三年，莫赫拉拉·阿依姆的努力有了好结果。

曾经为可汗做事的一位已故的米尔扎③，家里有一个在穆斯林学校学习的儿子和一个十六岁的女儿，她整天在家无所事事，也不操心自己的婚事。这个家庭兴高采烈地接受了莫赫拉拉·阿依姆的提议。常言道，人们因共同的关切而走到一起，这句话不无道理。米尔扎儿子的母亲喜欢奈玛，接受了莫赫拉拉·阿依姆的提亲。莫赫拉拉·阿依姆同样也去了已故米尔扎的家里相儿媳妇，回去之后对萨利赫说："那个女孩很标致。"双方对两个新郎也很满意。双方家庭商量好：不要聘礼和彩礼，每家都安排婚宴，尽量把新娘们打扮得好看些，然后把她们分别送到各自的夫家。两场婚礼都是在同一周举行的。奈玛·哈努姆④去那里，尼戈尔·哈努姆来这里。就这样，萨利赫·马赫杜姆娶妻成家。

在萨利赫·马赫杜姆开办学校的第三年，情况有所好转，学生数量已达四十多名。当萨利赫·马赫杜姆三十岁的时候，他的学校在周围已经很有名气了，学生人数上升到一百人。他的米克曼

---

① 别克：浩罕汗国贵族的头衔，后常用此称呼表达尊敬之意。
② 类似中国的"换亲"习俗。
③ 米尔扎是指文员、文书官，加在人名前表尊敬之意。
④ 哈努姆：乌兹别克斯坦旧时对已婚年轻女性的称呼。

哈纳①已经很拥挤了，无法容纳这么多班级，于是他单独找了一块地方建了学校。这里有语法和书法教室。萨利赫·马赫杜姆还让尼戈尔·哈努姆参与了这项工作。在对妻子进行培训之后，尼戈尔·哈努姆成了一名教师，名叫"奥丁比比"。附近居民区的女孩都来找她学习。萨利赫·马赫杜姆的学校不仅让他在城市中获得了尊重，还改善了家庭条件，生活更加富足。四十岁时，他成为街区清真寺的伊玛目，学校规模进一步扩大，毛拉②萨利赫·马赫杜姆的名字在城里是响当当的。他以前的学生成了手工业者、商人、穆斯林学院的学生，他们向他表达敬意，他的声望越来越高。

其中一些人甚至很荣幸地在可汗手下做事，您将在以下章节中了解到这一点。

---

① 米克曼哈纳：指浩罕汗国时期家庭会客室、接待室（尤其指男宾接待室）。
② 毛拉：对伊斯兰教学者的尊称。

4

萨利赫·马赫杜姆的某些性格特征

　　读者已经或多或少地意识到，尽管二十年来萨利赫·马赫杜姆的收入不能与别克相比，也不能和城市或乡村的执政者相提并论，但他仍然赚了很多钱，至少比任何一位穆斯林学校的教师要多，尽管后者也从瓦克夫①中获取好处。虽然收入丰厚，但萨利赫·马赫杜姆的性格中出现了一些类似于自私、贪婪和嫉妒的特点，即使对他非常友善的人也无法称赞他。

　　在他年轻的时候，尤其是父亲去世后，他过着艰苦的生活，也许这就是形成这些不讨人喜欢的性格的原因。但是，我们的目的不是分析马赫杜姆的性格，而是按原样给读者描绘他的形象，避免偏颇的判断。无论怎样，事实就是事实，你无法用空洞的借口来掩饰它，马赫杜姆就是个吝啬鬼。在他收入很低的时候，这还可以理解。但遗憾的是，后来马赫杜姆不再受穷时，他还是很吝啬。他的衣服总是补丁摞补丁。在过去的七年里，他一直穿着同一件绗②过的长袍，每年只更换袖子，缝上新补丁。四年前，在尼

---

① 瓦克夫（瓦古夫）：赠予穆斯林宗教机构的土地与产业，称为"瓦克夫"。瓦克夫只能用于弘扬主道事业，禁止出售。又称"瓦克夫制度"。这种制度下也存在个别神职人员以此来牟利的现象。

② 绗：用长针缝制有夹层的纺织物，使里面的棉絮等填充物固定。

戈尔·阿依姆的坚持下，这件长袍才在其整个存在期间被洗了一次，而且还是在马赫杜姆不知情的情况下。现在，这件长袍即将进入它的第八个冬天，它身上打满了五颜六色的补丁，正打着结，蓄势待发，准备在秋天再次为它的主人服务。邻居们戏称这件长袍为"财富的猎手"。马赫杜姆一穿着这件长袍出现，他身后就会传来一阵笑声，人们打趣他说："啊！'财富的猎手'又从集市回来了！嗯，它还是那么结实。只要缝上补丁，还能穿十年！"马赫杜姆给所在街区的居民们带来了许多笑料，他的平底软皮鞋和皮靴筒，因为多次更换靴头而耷拉成像手风琴风箱折层似的褶子，靴筒只比脚踝高了一个手掌，还有他笨重的皮制套鞋和破旧的粗布织的头巾，头巾的两端磨损严重，早已垂下了流苏。不过，马赫杜姆还有一件喜庆的丝绸长袍和一件半真丝的棉质内衣，在寒冷的日子穿着长袍还是比较暖和。当地喜欢开玩笑的人称：这是一件"被极度需要"的漂亮长袍。而那件内衣还没有来得及命名，因为大约五年前，它才出现在真主面前。为了一以贯之，那我们再描述一下马赫杜姆的夏装：一件红色条纹的轻薄花布长袍，一件白色花布衬衫，非常宽大（因为过窄的衬衫很容易就会撕破）；他总是穿着同一条裤子和一双轻便的皮制套鞋，而且不穿袜子；无论冬夏，他的头巾都是一样的。

5

马赫杜姆待人接物的方式

马赫杜姆对家人也很吝啬，不仅在衣着上，甚至在饮食上他也要求节制，并严格把关。每月他最多允许洗一次内衣，如果他发现尼戈尔·阿依姆提前洗了衣服，他便大吵大闹，说她把衣服"洗烂了"。两周才吃一次手抓饭（除非学生们作为教学报酬带来的手抓饭）；通常他们会煮面条，做马斯达乌①和肉汤。只有做抓饭的时候，尼戈尔·阿依姆才会往锅里放肉，即便如此，正如人们所说，这些肉块比空气还轻。但是马赫杜姆在厨房堆满了萝卜、南瓜和甜菜。无论妻子如何抗拒，他还是一袋一袋地买萝卜。他说："萝卜能在大地上生长，要归功于圣人法蒂玛·祖赫拉的祈祷；至于南瓜，这是先知尤努斯创造的奇迹之一。"当然，萝卜和南瓜是最便宜的蔬菜，这才是真正的购买原因。他每周让妻子用南瓜烤一两次馅饼，同时又不厌其烦地重复："少放油脂，否则南瓜就失去了原有的味道。"他们不在家里烤馕，也不去集市上买，因为学生带来了足够的馕，其中一部分馕甚至不得不拿到集市上卖掉。

马赫杜姆对学生很好：如果他们没有准备课业或在教室里调皮

---

① 马斯达乌：加酸牛奶的肉米汤。

捣蛋，他会随心所欲地大声训斥他们，但他从不打孩子，因此在浩罕这座城市里，他在孩子中享有盛誉。但是涉及周五敬品时，他不给任何人优待。从富人的孩子那里，他得到了所有应得的东西，而从穷人的孩子那里，他也想方设法攫取更多。按照既定的传统，学生学完圣书《哈提亚克》①《古兰经》和苏菲·阿拉亚尔②的著作后，应该给老师带些东西，离校时要请马赫杜姆吃顿饭，并送他一件新衣服。但必须指出的是，只有少数人履行了他们的义务，更多的情况是，学生们许下诺言后就忘记了，这让他们的老师非常生气。

除了基本的教学费用（学生必须在周四上交的周五敬品）之外，还要支付额外费用：学习《古兰经》的《库利耶》章节时，学生需要带油炸馅饼；在开始学习《阿玛》章节时，他们要带博吉萨兑③；学习《雅辛》之前要准备片状人馅饼。此外，学生每年都要支付芦苇坐垫费，每月还要支付清扫教室的扫帚费。

马赫杜姆千方百计地吸引更多的学生到他的学校学习，尤其是巴依④和别克的儿子。如果一个巴依或上层人士的儿子在其他老师那里学习，马赫杜姆会邀请孩子到他的学校，测试他的知识水平，如果他回答得不好，就说："这不是你的错，我的孩子，是你的老师太糟糕了。但是我会对你很好，你可以来我们学校学习。"当然，从那时起，孩子就会对他的老师失望，过一段时间这孩子就会去萨利赫·马赫杜姆的学校。即使在大街上，他也会与来自远方学校的学生进行类似的交谈。对于有孩子的巴依和贵族们，即使不认识，马赫杜姆见到他们时也会恭敬而谦卑地鞠躬。在与他们交谈时，他会问他们有多少个儿子，孩子们是否有学习的愿望，

---

① 《哈提亚克》《古兰经》中被选为教科书的一部分。
② 苏菲·阿拉亚尔：11世纪时将穆斯林中的苦行禁欲主义者称为苏菲，后形成苏菲派（《中国伊斯兰百科全书》）。后文的宣礼员苏菲·舒尔古也是此派中人。
③ 博吉萨克：由添加了奶油、鸡蛋的面制成的小油炸包子。
④ 巴依：富人、权贵阶层。

并"顺便"提到他的特殊教学法，说他的教学法使孩子们更容易掌握必要的知识。不得不说马赫杜姆的这些方法是成功的，他的学校不断有新的学生来学习。

马赫杜姆憎恨别的像他一样开设学校的老师，他心里对竞争者总是怀有深深的怨恨。萨利赫·马赫杜姆一有机会就中伤对手："多么差劲的老师啊！他只会占用孩子们的时间，他的课程没有任何益处……最近，他的几个学生来找我诉苦……您也知道的，虽然我的学校也是人员满额，但是不能让那些孩子受苦，所以我必须接收他们……"当然，他的听众并不去怀疑他这样说的真正原因，他利用一切机会对他的对手进行诽谤。

马赫杜姆仪表堂堂：又高又瘦，皮肤白皙，留着小胡子。他五十多岁，头发和胡须已经变白。与人交谈时，尤其是萨利赫·马赫杜姆对某事感到惊讶的时候，他会把住稀疏但平整的胡须，微微地眯着右眼；在交谈中他经常说出"哈巴"——一个只有他自己才懂的词语，他的对话者不会问这是什么意思。大概是发出像"哈巴—哈—巴利！"或"哈—巴拉卡拉！"这样的感叹词，意思是："太棒了！干得好！"通常，马赫杜姆会在满意或喜悦的时候这样说。

在这里，我们用了好几页的篇幅来描绘马赫杜姆的性格，甚至说了他的坏话。接下来我们还得讲述一些关于这个人的不光彩行为。但是我们很客观，因为我们没有杜撰任何东西，只是记录了人们对马赫杜姆的评价，而且我们将继续这样写下去。但是，有件事弥补了他的许多缺点：不管怎样，马赫杜姆是一位老师，是那个时代的进步人士。由于他的努力，许多浩罕人成了有文化的人。他甚至培养出了一些国家栋梁。

6

尼戈尔·哈努姆

  尼戈尔·哈努姆的婚姻并不幸福。之前,她的丈夫一贫如洗,后来,虽然丈夫富有了,但他的吝啬却使她流了很多眼泪。但是,俗话说得好:"女人是家里的基石。"家里的一切都得依靠她……她四十岁了,被吝啬的丈夫折磨了二十五年。她是四个孩子的母亲——十七岁的拉诺,八岁的马赫穆特,六岁的曼苏尔和仍在摇篮中的小马苏德。在拉诺和马赫穆特之间,她还有过两个孩子,但是都夭折了。

  与浩罕汗国的其他女人相比,尼戈尔·哈努姆是一位极其顽强坚韧的妻子。世界上似乎没有一个母亲不愿意原谅儿子的一切,但萨利赫的母亲莫赫拉拉·阿依姆却因无法忍受儿子的吝啬,搬去马尔吉兰和长子一起生活,最后在那里去世。尼戈尔·哈努姆咬紧牙关,满怀期待地活着:"我一生中从未从丈夫那里获得幸福,也许孩子们,我的女儿和儿子们以后会好好回报我的坚忍。"的确,拉诺给母亲的生活带来了希望,尼戈尔·哈努姆终于相信,如果一个月有十五个夜晚是漆黑无月的,那么其他的十五个夜晚可能是晴朗明亮的。

  在穷人中间,当生活窘迫时,有的鞋匠或短工匠会打骂自己的妻子,并用脚踢打他们的妻子。但是,但当这个鞋匠有了足够的食物，如果他的生意顺利，夫妻关系就会立即改变：夫妻相敬如宾，丈夫温柔地抚摸妻子的后背，不再斥责殴打妻子，他们之间和睦相处，相亲相爱。妻子忘记了曾经的殴打，取而代之的是完全的忠诚和奉献。您看着他们会说："这简直就是优素福和祖列伊哈①"。

然而，如果我们观察上层社会的家庭，就会看到截然不同的景象。每个人都衣食无忧，什么都不缺，生活似乎在向他们微笑，但家庭闹剧在这里却更加频繁，更剧烈，因为这些不是暂时性的爆发，而是难以找到原因的分歧。心力交瘁的生活使得鞋匠迁怒于妻子，而巴依老爷们似乎没有什么可抱怨的，他们想要什么就有什么。但是为什么富裕的家庭总是吵架，为什么巴依老爷们对待家人像狗一样？

马赫杜姆费尽心机让自己赚的每一分钱都翻倍。他活着不是为了过上美好的生活，而是为了积累财富，为了增加自己的财产。他没有殴打自己的妻子尼戈尔·哈努姆，但他对她造成的伤害，

---

① 优素福和祖列伊哈：这是一对传奇的恋人。这个传说是根据《古兰经》中关于先知优素福的经典故事改编的。描述优素福与埃及贵族妻子关系的情节在叙事中占有重要地位，优素福曾在该贵族家中为奴。圣书中没有提到女主人的名字，也没有关于她命运的任何信息，只讲述了女主人如何对优素福动情并引诱他，但他拒绝了她。然后，女人当着丈夫的面污蔑优素福，结果先知在监狱里度过了许多年。中世纪的诗人将这段《古兰经》的叙事改编为浪漫的爱情故事。女主人公被赋予了名字。故事中也添加了新的情节。阿卜杜拉赫曼·贾米（1414—1492）的作品非常值得一提，它被认为是波斯文学中对优素福故事最生动的叙述。在他的笔下，祖列伊哈是马格里布国王最宠爱的女儿，以美貌著称。有一天，她梦见了一个非常英俊的年轻人，并爱上了他。年轻人告诉公主，他们将在埃及相会。梦醒后，公主一直想着那个英俊的男人。当某个埃及国王派人给祖列伊哈提亲时，她毫不犹豫地答应了，她相信新郎就是她幻想中的那个年轻人。然而，丈夫却另有其人——库特菲尔。祖列伊哈几乎要因绝望而发疯。真主怜悯这位公主，命令女精灵化身为祖列伊哈出现在库特菲尔的寝宫。当她的丈夫把优素福带回家时，祖列伊哈一眼就认出了他就是梦中的那个人。祖列伊哈被爱情所驱使，引诱优素福，而后丧失了理智，将优素福关进地牢，在与优素福分离的悲痛中，她失去了美貌和青春。多年后的一天，优素福遇到了一位失明的老妇人，他认出了她就是祖列伊哈。她承认自己一生都爱着他，并接受了他的信仰。天使吉布里尔出现在先知面前，让他娶祖列伊哈为妻。她恢复了青春和美貌，而她长久的爱也得到了优素福的回报。每一位讲述他们爱情故事的作家都给予这对传奇的恋人美满的结局：主人公经历了磨难，达到了精神上的完美，找到了幸福。

比殴打还要痛苦很多倍。马赫杜姆已经有了二百多块金币的积蓄，这个我们稍后再讨论。在毕业季，他从学生那里收到了两箱衣服作为礼物，但是他不仅没有给家人花一分钱，连学生送的衣服也不给家人穿，而且，据我们所知，他自己也什么都舍不得用。即使这样，这件事也还是可以得到某种程度的谅解！但是有二三十个女孩一直在跟着尼戈尔·阿依姆学习，她不得不把自己所有的收入，也就是她有权从学生那里得到的一切，都交给了她尊贵的丈夫。她没有支配自己收入的权利，每花一分钱都得向丈夫交代。为了奖赏她，丈夫每年给她买套由最粗糙的厚棉布制成的裙子和灯笼裤各一条。至于棉长袍和夏季背心，她五六年才会收到一次。

尼戈尔·阿依姆个子不高，有一双棕色的杏仁般的眼睛，肤色偏红，如果不是因为脸上有天花的痕迹，她会显得更漂亮。她对待孩子非常温柔，无论是对待自己的孩子还是与学生打交道；只有在她非常生气的时候，她才会皱起眉毛并说："啊，你别再说了！"她没有像马赫杜姆一样，为了周五敬品而逼迫学生，而她的丈夫却因她的好脾气而欺负她。她沉默寡言，不说闲话，没有像某些老师一样看不起其他女人，她简单、纯粹地对待每个人。那些喜欢议论马赫杜姆并嘲笑他生活习惯的妇女从不对尼戈尔·哈努姆指指点点，不论人前还是人后都同样地尊重她，并对她不得不屈服于这样一个守财奴感到同情。她们提到她时会说："看呐，这就是命。"

7

拉　诺

　　一个人的外表很少与其名字相符合。在我狂妄自大的青年时代，我就意识到了这一点，那时你会追求一切美好的事物。有一天，不知是在我们家还是在别的什么地方（我记不清了），我们提到了一个叫罗拉①的女孩，说起了她在针线活方面的技能。交谈者是我的好友，直接打听女孩子的情况不太方便，但是女孩漂不漂亮这个问题，对我来说比她会做针线活重要得多。我认为只有天使才能被称作"罗拉"。我想，罗拉一定像郁金香一样美丽。于是，我决定不惜一切代价去见她。如今想看见一个成年女孩的脸都并非易事，更别说十年前了。就像人们常说的"在期待的火焰中燃烧"，我在大街上徘徊，希望能偶遇罗拉。终于，我看到她提着一壶水走来。

　　除了鼻子上的鼻环，她的脸上没有什么能称之为漂亮的地方。我简直不敢相信自己的眼睛，于是问我旁边的男孩这个女孩叫什么。

　　他说："这是罗拉阿帕②"。

---

　　① 罗拉：郁金香。
　　② 阿帕：对比自己稍年长的女性的称呼，相当于"大姐"。

我想我听到的是"莫拉①阿帕",的确,这个名字更适合她。

一连几天,我都非常气愤。年轻的时候,的确会因为这样的事情感到气恼……

但是拉诺,她人如其名。我不是艺术家。如果我是的话,我不会向您描述她的外表,只要给我一些蔷薇花的汁液,我就能把她画下来。

萨利赫·马赫杜姆不是一个大度的人,他是一个贪婪的吝啬鬼,但大自然是慷慨的:蔷薇在荆棘丛中绽放,有毒刺的蜜蜂酿出甜甜的蜂蜜。而在这遍布荆棘的灌木丛中,开出了一朵奇花——拉诺②。

我们乌兹别克人,尤其是浩罕人,有着独特的,略带黄色的肤色。但这并不是疾病的征兆。用番红花的所有深浅不同的颜色来描绘她的皮肤都过于粗俗。这位美丽姑娘的面庞就像一朵淡黄色的蔷薇花,就连拉诺脸上的绒毛也是金黄色的。拉诺的头发在阴影中呈蓝黑色,在阳光下同样也散发出温暖的金色光芒。当她凝视着你时,她的眼睛里也会出现这种光芒,眼睛的阴影部位会变得非常柔和,并透出光芒。她的睫毛是如此浓密,以至于她的眼睛看起来像是画了眼线。她的眉毛就像两把剑一样,在精致的鼻形上方勾勒出优美的线条。在她每时每刻都在微笑的嘴唇上方,有一层淡淡的绒毛,颜色很深。她的脸不是椭圆形,但也不像月亮那么圆。她笑起来的时候,脸颊上会出现酒窝,红润得像苹果,看起来就像一朵盛开的玫瑰花。浓密的头发编成了许多辫子,披散在后背和肩膀上。她柔软的手指上覆盖着像花瓣一样美丽的指甲。总而言之,她的美不仅在浩罕的歌谣中被传颂,甚至整个费尔干纳地区她都是一位值得称颂的美人。

拉诺是尼戈尔·阿依姆的长女,今年刚满十七岁。她在父亲的

---

① 莫拉:指耕地的耙子。
② 拉诺:蔷薇花。

7. 拉诺 ❖ 21

教导下学习,十四岁就完成了小学课程。她学习了圣书《哈弗吉亚克》《古兰经》《察哈尔·吉塔卜》①,苏菲·阿拉亚尔的著作,还有《玛斯拉基·穆特塔金》②。在文学方面,她阅读了纳沃伊③的所有作品,还有费祖里④的《抒情诗集》《莱莉和玛吉农》以及阿米里⑤、法兹利⑥的作品。著名的察合台—乌兹别克诗人的作品她也有所涉猎。她读过霍加⑦哈菲兹·赦拉斯⑧还有米尔扎·别吉里⑨的波斯语书籍。此外,她还练习书法、学习语法。现在,她帮助母亲照看学生,并继续跟着父亲学习阿拉伯语法,研究谢赫·萨迪⑩的《古利斯坦》,还为自己编纂了一本她最喜欢的乌兹别克诗人的诗集。有时她也会写诗,但这是她的秘密。如果她喜欢这首诗,她会把它和他人分享,而这个忠诚的友人不会将她的秘密透露给任何人。

你们已经看到了拉诺的美和诗意的外在。现在,让我们把注意力放到她敏锐的思想、所受的教育和道德品质上来。必须承认,即使在汗国时期,这样的女孩也很少见。尽管她举止端庄,但她仍然保持着童真,她平等地加入了弟弟们所有的游戏。她会背着母亲与学生为小事争吵。比如,她会因为女生们没有准备好课业而生气,并突然弃课跑掉。虽然她的母亲并没有为此责骂她,但她不得不听完父亲的训诫。她不怎么爱自己的父亲,并不是因为他总教训自己,而是因为母亲:她了解父亲的吝啬是如何折磨着

---

① 《察哈尔·吉塔卜》:一本描述伊斯兰教基本条例和宗教制度的书,是穆斯林学校的教学手册。
② 《玛斯拉基·穆特塔金》:穆斯林的神学著作,又名《原则的支柱》。
③ 纳沃伊(1441—1501):一位伟大的乌兹别克诗人和思想家。
④ 费祖里(约1485—1556):一位杰出的阿塞拜疆诗人。
⑤ 阿米里:15世纪上半叶的乌兹别克诗人。
⑥ 法兹利:乌兹别克斯坦诗人,19世纪初居住在浩罕,擅长创作大众抒情作品。
⑦ 霍加:伊斯兰教徒的尊称。
⑧ 哈菲兹·赦拉斯(哈菲兹)(1300—1389):波斯天才抒情诗人。
⑨ 米尔扎·别吉里(1644—1720):居住在印度的杰出诗人。
⑩ 谢赫·萨迪(约1184—1291):伟大的波斯诗人,代表作《古利斯坦》(《玫瑰花园》)。

母亲的。当拉诺生父亲的气时,她总会一本正经地对母亲说:"都是你的错,如果你嫁给别的男人,我们现在就不会受折磨了。"当然,拉诺这样的责备只能将这位苦恼的女人气笑了。

有一次,她在气头上写了一些讽刺父亲的诗句,拿给她的朋友看,她的朋友也被逗得哈哈大笑。为了博君一笑,我们在此处摘录几句。

>……假如油溢到了水洼里,老爷会把这一汪水全部喝掉。
>老爷在集市上买破烂的廉价货,
>我需要给拉诺买项链和耳环。
>母亲说,然后老爷挥舞着拳头,
>戴耳环不好!会把耳朵扯下来的!
>老爷笨拙地用喊声掩饰自己的吝啬。

小说的主人公就先介绍到这里。

如果读者觉得他们的形象仍不完善,或者性格特点不够明晰,那么,我希望在接下来的叙述中能更深刻、更清晰地揭示出来。

8

王宫来客

马赫杜姆的宅邸由三部分组成。临街的房间里是男宾室和教室，这部分是男人的活动区域。在这间房子的后面是一个方形花园，面积有半塔纳帕①大小，里面种着果树——桃子、苹果、无花果和一些老葡萄藤。

花园开垦得很好，没有浪费任何一寸的土地，因为马赫杜姆把学生用作了劳动力。在花园的中央，葡萄藤长成了一个天然的荫蓬，在荫蓬下面有一个宽敞的苏帕②——有半嘎兹高③高。苏帕周围种满了鲜花，它们的香气，特别是罗勒④的香味，充满了整个花园。从房子通向花园有两条小路，一条通往苏帕，另一条通往内屋。

八月中旬，花园里的水果硕大饱满，一串串黑紫色的葡萄像是注入蜂蜜一般香甜。路边的花被浇了水，苏帕上也铺上了带有图案的毛毡，柔软的小靠枕摆满了苏帕的三个侧面。

马赫杜姆把肉放到内屋，就上课去了，花了两个小时教学生们

---

① 塔纳帕：面积的度量单位。在浩罕，1塔纳帕相当于0.5公顷。
② 苏帕：花园或院子里的一个粘土台子，可用于休息，吃饭，睡觉，等等。
③ 嘎兹：旧乌兹别克语中的长度单位，1嘎兹等于0.71米。
④ 罗勒：是一种用于烹饪的芳香植物，在乌兹别克斯坦深受人们的欢迎。

写书法。其中一名学生写出了令人满意且有难度的字"阿布贾德",按照习俗马赫杜姆将他的双手交叉捆绑后送他回家①。按照惯例,学生很快就带着给老师的礼物回来了。书法课结束后,马赫杜姆让学生们回家了。

马赫杜姆刚想离开上课的教室,前往伊奇卡里②,一名男子身着官服出现在大门口。这个陌生人面带微笑向马赫杜姆鞠了一躬,然后向他走去。这是马赫杜姆第一次见到他,从他的穿着来看,他是王宫的人。相互问候后,他们握了握手打招呼。考虑到不方便立即询问客人的来意,马赫杜姆赶忙把他邀请进屋。客人没有推辞,跟随主人进了男宾室。他们坐下来,祈祷了一会儿。宫里来的客人面带微笑地看着马赫杜姆,并调整姿势让自己坐得更舒服。

"如果我没记错的话,尊敬的您就是米尔扎·安瓦尔的老师吗?"

"是的,正是在下。"

"您和家人的身体怎么样?"

"真主保佑!"

这位突然来访让马赫杜姆感到荣幸之至的王宫来客是一位高大的黑发男子,大约四十岁,留着长长的黑胡须,头戴银色头巾,头巾的一端斜搭在肩上。

宫里来的客人说:"鄙人在王宫文书处与米尔扎·安瓦尔一起共事。也许您听说过我,我叫苏丹纳利。"

"是的是的!"老师立马露出谄媚的笑容。"我从安瓦尔那里听说过您。他和我说过您的仁慈和恩惠。我到底做了什么好事,真主才会让您登门?我非常高兴您能光临寒舍!"

苏丹纳利说:"我不请自来,到您神圣的住所是不礼貌的,我

---

① 这样做的目的是:让他的父母知道他写得不错,家长就会给老师赠送礼物了。
② 伊奇卡里:家中的内屋,女眷活动的区域。

这样做是出于对安瓦尔的爱。"

在某种程度上，苏丹纳利已经向马赫杜姆解释了他此行的目的，马赫杜姆的脸上洋溢着幸福。

"好！太好了！"马赫杜姆笑得眼睛都眯起来了。"我能否知道现在宫廷文书处是否任命了新的文书长来取代已故的毛拉·穆罕默德·拉贾布？我还没来得及和安瓦尔谈这件事。"

"尚未任命任何人，但我们认为明天或后天就会任命。"

"太好了！想必已经有候选人了？"

"是的，"苏丹纳利说，"已经有人给可汗提名了几位候选人：诗人马德赫，穆夫提·沙霍达特和其他一些人。您一定听说了，虽然米尔扎·安瓦尔还没有同意，但一些文书处官员已经把您的学生推荐给了可汗陛下。在真主的保佑下，我们相信米尔扎·安瓦尔会获得这份任命手谕。"

老师把住他的胡须，抬头望着天花板。他有些困惑，不知道该说些什么。

"我听说有些贵人很赏识安瓦尔，"马赫杜姆充满感激地说，"只是有一件事情让我这个可怜的人很困惑：如果得到任命，安瓦尔就可以胜任这个职位吗？在我看来，一个微不足道的穷人去做文书处文书长，尤其还是在可汗的宫廷文书处，这对安瓦尔来说太难了。"

苏丹纳利笑了。

"您对文书处文书官这个职位的判断是非常正确的，但是安瓦尔的确可以胜任这个职位。安瓦尔的能力在下和您都清楚。这一点请放心。"

"是的，我花了很多心血培养安瓦尔，"马赫杜姆洋洋得意地说，"他从小在我家里长大，受我的教育和指导。在我教过的成百上千个学生当中，我给予了安瓦尔最多的关心和爱护。因此，我认为他的能力得到了应有的发展是不足为奇的……我只是担心，尽管安瓦尔才华横溢，博学聪慧，但他还太年轻，没有足够的经验。"

苏丹纳利说:"智慧又博学的伊玛目·阿扎姆[①]已经安息在天国,他十二岁的时候就已经教书育人,并开始撰写神学著作,您也知道这是个奇迹。因此,年轻不是障碍,重要的是要有智慧和知识。比如说:在下熟知法典,在宫里做了近十年的文书员,积累了丰富的工作经验。但是坦率地说,我必须承认,在某些方面我的能力不如您的学生安瓦尔。例如书写和修改文书以及涉及遗产学的数学部分时,我不得不求助于安瓦尔,尽管我年长他两倍。当然,他也可能精通我所不知道的许多其他知识。不仅只有我这么认为,已故文书室文书长穆罕默德·拉贾布多次称赞他的能力。'一个了不起的年轻人!'他常这么说。我并不偏袒米尔扎·安瓦尔,我只是认为:'与其被一个恶毒、不怀好意的人领导,不如在一个高尚的人手下工作。'遗憾的是,米尔扎·安瓦尔不仅反对我们提名他做候选人,并且还生我们的气。听说,他甚至打算禀告可汗:他的名字不该出现在候选人名单上,他无法胜任这样的职位,并请求原谅。我们不明白他为什么拒绝这个职位。因此,尽管可能会打扰您,我还是带着自己和同事们的请求,来找您帮忙。您是安瓦尔的老师,就如同他的父亲一般。我们认为,如果您来劝他,他一定会同意接受任命。"

"哈巴!"马赫杜姆高兴地说,"我还没和他谈过这件事,现在我打算和他谈谈。真主保佑,他一定会同意。"

"愿真主保佑您身体健康,先生!"

马赫杜姆捋了捋胡须,眯起眼睛若有所思。

他说:"今天,晌礼的时候,教民问我:'您的儿子安瓦尔将被任命为可汗文书处的文书长,这是真的吗?'我猜这件事已经在城里传开了吧?"

"或许吧!"苏丹纳利微笑着说道。片刻犹豫之后,他悄悄地

[①] 伊玛目·阿扎姆:最伟大的伊玛目,他是穆斯林神学家和律师(卒于767年)。

说："我们宫里的几个同事，已经去找毛拉穆罕默德·尼亚兹、御前辅相和可汗的妻子奥格奇·阿依姆帮忙说话了。毫无疑问，米尔扎·安瓦尔将会被任命为宫廷文书处的文书长。现在最要紧的事情就是说服他。"

"您已经做了这么多的工作了，"马赫杜姆非常高兴地说道，"你们去联系首席统领和可汗的妻子做此事的调解人，这太好了。"

"我们也这么认为……现在所有的希望都寄托在真主身上。希望他能保佑事情能如我们所愿。"

"真主保佑！"

"所以，先生，我们就把劝说安瓦尔的任务交给您了。"苏丹纳利又嘱托了一遍。

"放心"，马赫杜姆信心满满地说："我一定说服这个不知好歹的人。"

苏丹纳利请求马赫杜姆不要对安瓦尔说起任何有关他到访的事。尽管马赫杜姆再三挽留苏丹纳利一起共进晚餐，但他还是谢绝了，并向主人道别。

马赫杜姆郑重其事地将客人送至大门口，这不是他一贯的作风。

责备与玩笑

马赫杜姆仿佛沉浸在甜美的梦境中，为晡礼做着净仪准备。在做净仪时，应该严格遵守先知穆罕默德教导的规则，马赫杜姆却心不在焉地完成净仪，混淆了祈祷的用语。

老师心不在焉地完成晡礼后，来到了内屋。尼戈尔·阿依姆正在将曼蒂铺在木圈上，然后放到锅炉中蒸。拉诺和弟弟们坐在平顶凉台上。

父亲刚出现在回廊，拉诺就将抱在怀里的马苏德放下，站了起来，从衣架上取下长袍和头巾，然后走到平顶凉台的边上。孩子们一看到父亲，立刻安静下来。

"你哥哥安瓦尔还没有回来，"马赫杜姆边说边穿上了长袍，戴上了头巾，"拉诺，你先在苏帕上坐一会儿吧，我去祈祷了。"

"好的，父亲。"

父亲刚一离开，拉诺便抱着最小的弟弟走进花园。马赫穆特和曼苏尔也去追赶她。

"拉诺姐姐！拉诺姐姐！"曼苏尔喊道，抱怨着试图超越自己的马赫穆特。拉诺已经快走到苏帕了。曼苏尔的喊叫声越来越大，拉诺不得不训斥这个大男孩：

"马赫穆特啊，马赫穆特，糊涂蛋马赫穆特！"

在超过弟弟之后,马赫穆特终于停了下来。伤心的曼苏尔坐在地上,开始声嘶力竭地号啕大哭。拉诺把他抱起来,拍了拍他身上的灰尘。

"别哭了,小弟弟,别哭了,"她说,"父亲一会儿过来会打马赫穆特的屁股……等等,马赫穆特,你以为我不会告诉父亲这件事吗?"

曼苏尔很快平静下来,拉住姐姐,爬上苏帕。

哥哥没想到事情会变得如此糟糕。

"父亲会对我做什么?"他远远地问。

"你等着瞧吧……你忘记了前不久挨的打吗?"拉诺说。

马赫穆特虽然什么也没说,但是他的脸上流露出委屈和恐惧。

拉诺抱着弟弟坐在苏帕上。曼苏尔紧紧偎着姐姐的肩膀,幸灾乐祸地看着马赫穆特。

马赫穆特无法忍受。他决定报复拉诺。

"你是毛拉哥哥的妻子!"他手舞足蹈地喊道,"哎呀,哎呀,哎呀,是一个学识渊博的哥哥的妻子!"

拉诺大笑起来。

"你在捉弄人是吗?你等着,你这个没有教养的小男孩!"拉诺气势汹汹地去找马赫穆特算账。

"毛拉哥哥的妻子,毛拉哥哥的妻子!"马赫穆特重复着,慌忙跑向内屋。

拉诺微笑着回头看了看曼苏尔。

"那么我是毛拉哥哥的妻子?"她问道。

曼苏尔没有回答,而是瞥了一眼大门,从苏帕上爬下来,跑下小台阶,高兴地大喊:

"毛拉哥哥来了!毛拉哥哥来了!"

拉诺的脸一下子红了,把蓬乱的辫子藏在身后,整理了下裙子。一个年轻人从回廊里出来,朝着苏帕走去。安瓦尔身材瘦削,穿着带有黑色细条纹的丝绸长袍,他看起来俊美无比。安瓦尔那双仿佛被晕染过的黑色眼睛一直看着拉诺,他在小路中间蹲下,朝着向他奔来的曼苏尔张开双臂。亲吻完小男孩,安瓦尔把他抱起来,朝苏帕走去。

拉诺迎了上来并微笑着向他打招呼。

"晚上好!"

"谢谢!"

安瓦尔站到苏帕上,把曼苏尔放在苏帕上,脱下了皮制套鞋,走到拉诺身边,亲了亲马苏德的脸颊。孩子伸手去抱他,于是安瓦尔便把他从女孩的怀里抱了过来。一到安瓦尔的怀里,马苏德就上蹿下跳,欢快地叫着。拉诺伸出双臂,向弟弟招手。"来我这里,来我这里!"她呼唤着。但是弟弟却扭过脸去,钻入了安瓦尔的胸膛。拉诺笑道:"好啊,你等着,你这个小叛徒!"

安瓦尔将马苏德抱在怀里,坐在苏帕上。曼苏尔也紧紧依偎着他,拉诺坐在旁边。他们一起逗小孩玩了一会儿。然后,安瓦尔把孩子交给了女孩,摘下了灰色的丝绸头巾,把它扔在靠枕上,用手帕擦了擦乌黑色的胡须。拉诺看着他。

"家里一切都好吗?"安瓦尔问

"一点都不好。"拉诺笑着说。

"嗯,那就是一切都好……对了,"安瓦尔环视了苏帕周围,说道,"今天这里收拾得井井有条,是在准备什么吗?"

"我们在等客人。"

"别胡说了,拉诺,"安瓦尔笑着说,"哪里有什么客人?"

"我怎么会知道,我听说人们今天要来诵读《法谛海》[①]。"

"为什么诵读《法谛海》?"

"我怎么知道。"

安瓦尔沉思了一会儿,笑着说:

[①] 《法谛海》:又名《开端章》,是古兰经的第一章,通常在某项仪式的开始的时候(包括订婚、结婚)作为祈祷文诵读。

"会不会是为了你而诵读《法谛海》?"

"怎么会为了我诵读《法谛海》,我还没死呢。"

"别扯开话题,拉诺!也许他们要把你嫁出去呢?"

拉诺脸红了,开玩笑道:

"谁会娶我呢?"

"谁会娶你?"安瓦尔笑了,说道,"还会有谁呢,除了可汗,谁能娶你呢?"

拉诺把视线转移到抱在怀里的弟弟身上,说:

"既然您这么说的话,我还能做什么呢?"紧接着,拉诺对曼苏尔说,"起来,曼苏尔,我们离开这里。"

她看起来很生气。安瓦尔感觉很不安。

"拉诺!"安瓦尔叫住拉诺。

拉诺在小台阶上停了下来。

"请告诉我,今天真的会有客人吗?"

"是的,我们的确在等一位客人,而且他已经来了。"拉诺认真地说。

安瓦尔很惊讶:

"客人已经到了?"

"到了。"

安瓦尔环顾四周。

"那他在哪里?"

拉诺指着安瓦尔。

"客人在这儿。"

安瓦尔笑了:

"难道我还是客人吗?"

拉诺意味深长地回答:

"当然,您是我们的客人。"

安瓦尔又笑了起来,但笑声已经有些勉强。

"我是你们的客人了吗?"

拉诺面带微笑，抬头望着安瓦尔，弟弟在她怀里突然变得顽皮起来，拉诺抱着弟弟轻轻摇晃，想让他安静下来。

"我不知道……"

但是拉诺眼神中假装出来的恼怒已经消失了。

安瓦尔吞吞吐吐地说：

"拉诺，"他说，"你们的客人饿了。希望您能为我这位尊敬的客人准备点美味佳肴。或者您能不能好心地告诉我，准备怎么招待我？"

"客人应该举止得体，"拉诺说，"坐下来，吃主人端上来的东西，并且赞美这一切。"

"您说得对，亲爱的老师，"安瓦尔说，"但是，如果今天您像昨天一样，用一根面条来招待我，那么我可能赞美完它后，就不吃了。"

拉诺哈哈大笑。

"今天我们有烤肉汤吃，"她笑着说，"您可以将干硬的饼揉碎，泡进去……里面没有肉，您只能嚼萝卜！"

"非常好，"安瓦尔说，"我很感谢您今天的盛情款待。只是我分辨不出来今天的萝卜汤是谁做的，是年长的女主人呢？还是年轻的？"

"对于客人来说，区分这个没有意义……"

"您错了，亲爱的拉诺，"安瓦尔说，"每个人做出来的食物是不一样的。"

"好吧，那就告诉您……您喝的汤是年轻的女主人做的。"

"既然这样的话，请您接受我的道歉……您的双手烹调出的萝卜可是天下最鲜美的食物！"

拉诺还想说点什么，但是听到脚步声后，就匆匆瞥了安瓦尔一眼，抓住曼苏尔的手就往内屋跑去了。

10

关心者

拉诺刚跑进内屋,马赫杜姆就进来了。

"拜托了,沙希德别克,拜托你了!"他重复道。

在主人的后面,跟着一个大约五十岁的胖子,他每走一步都气喘吁吁。他的头上裹着一条蓝色的头巾,凌乱的眉毛挂在他的眼睛上方,腰上系着一条银色的腰带,稍稍勒紧了他的大肚子。两人走到花园门口时停住了。

"您请进……"

"不,不,您先请……"

"还是您先请!"

"我这样会不会太无礼了?"

繁文缛节显然使沙希德别克肥胖的身躯感到了疲惫,他不想累坏自己,于是就走在了马赫杜姆的前面。

"啊,米尔扎·安瓦尔已经在这里……"他说道。

安瓦尔站起来迎接他们。他们一起坐到了苏帕上。沙希德别克向安瓦尔问好后,不等别人邀请,就在主位上坐了下来,因为从台阶走到苏帕对他来说太费劲了,他已经没力气顾及其他礼节了。他脱下长袍,摘下腰带把它们放在身边,把头巾扔到靠枕上,擦了擦额头上的汗水,开始给自己扇扇子。

"您最近身体怎么样,米尔扎……"

"真主保佑,一切都好,您呢?"

"真主保佑,我也都好。"

"你今天在宫里有事耽搁了?"马赫杜姆问安瓦尔。

"有要紧的事情处理。"

"据说宫里的文书长去世后,"沙希德别克问,"所有的工作都压到了你身上,是吗,米尔扎?"

"是的,"安瓦尔回答,"有时会有一些紧急信件和命令必须按时送达。时常不得不在宫里过夜。"

沙希德别克再次擦拭了他汗淋淋的额头。

"毫无办法,真是毫无办法……"

安瓦尔偷偷看了老师一眼,然后站起来,走向台阶,开始穿皮制套鞋。

"去内屋看看饭菜准备好了没有,"老师对他说,"如果准备好了,把饭菜端上来。"

"好。"

安瓦尔去了内屋。

沙希德别克看着他远去的背影,问老师:

"米尔扎在你们这里住了很久吗?"

"快十四年了。"

"看起来他就像您的儿子一样?"

"不止!"

"您的女儿也长大成人了吗?"

"真主保佑……"

"愿真主让他们长命百岁!"沙希德别克说,"您可以让米尔扎当女婿……"

"确有此意!"老师回答道。"我们对安瓦尔视如己出,现在我们想让他成为我们的女婿,因为比起其他许多出身高贵家庭的年轻人,我们更喜欢安瓦尔……"

"没错,"沙希德别克说,"这是非常正确的!您很清楚,在选择女婿时,学识和修养比出身重要……"

"哈巴!"马赫杜姆会意地看向沙希德别克,说,"我们就是这么想的。"

沙希德别克是马赫杜姆的邻居,在胡德亚尔可汗在位期间担任收税员。他与马赫杜姆的关系并不是特别亲近,有一次他甚至挑唆街区居民反对马赫杜姆,他也不想让马赫杜姆做他们的伊玛目。他们之间突如其来的友谊是从两三天前开始的,因为这些天到处都在议论:安瓦尔可能被任命为王宫文书处的文书长。这些闲话使马赫杜姆的朋友和敌人陷入了沉思。顺便说一下,在这些日子里,沙希德别克几乎掉了四分之一的体重:毕竟,收税员也是文书处文书长的下属。如果再不改善同马赫杜姆的关系,那么可能会发生麻烦。沙希德别克仿佛已经听到马赫杜姆对安瓦尔说:"这个家伙曾经得罪过我,现在得让他付出代价——解除他税务员的职位。"当然,安瓦尔肯定不会拒绝马赫杜姆的要求,成为文书处文书长后将解雇沙希德别克。

沙希德别克当然不想让安瓦尔担任文书长,但是他没有能力阻止。尽管安瓦尔的升迁只是一个猜测,但为了以防万一,沙希德别克还是决定提前采取行动。他先来到清真寺祈祷,站在离马赫杜姆很近的地方(他以前是在另一个清真寺里祈祷的),并且听完了马赫杜姆诵读的《古兰经》。第二天,在晨礼完毕后,他向马赫杜姆鞠躬,询问他的健康状况,并说:

"我听说安瓦尔要被任命为文书处文书长了,我真的太高兴了!这样宫里就会有咱们自己人了。我还向宫里的朋友说了很多安瓦尔的好话。"

尽管马赫杜姆非常务实,但他还不会区分敌人和朋友,更准确地说,为了两句好听的话,或者蝇头小利,他就可以忘记多年的委屈。他立刻相信了沙希德别克说的一切。马赫杜姆心想:看来这个无赖已经战胜了自己心中的魔鬼。他忘记了自己的仇恨,为安瓦尔的任命感到高兴。所以，不管他心里的魔鬼有多强大，终究邪不胜正！他友好地把自己所知道的关于安瓦尔晋升的事情都告诉了沙希德别克。今天，在参加晡礼时，他甚至向沙希德别克抱怨安瓦尔的"愚蠢"，埋怨安瓦尔不同意即将到来的任命，甚至想拒绝这份职位。沙希德别克稍作思索后说："让我和米尔扎·安瓦尔谈谈。"要知道，如果安瓦尔成功上任，那么沙希德别克也算是为这件事出了力，那么……总之，接下来的事情不言而喻。沙希德别克已经开始幻想劝说安瓦尔成功后，自己所拥有的光明未来了。

他对马赫杜姆说："如果您能告诉我米尔扎·安瓦尔什么时候在家，我一定会亲自去找他。"

直到今天，马赫杜姆才真正相信有关任命安瓦尔的传闻。安瓦尔本人用"空话、废话"应付了马赫杜姆的所有询问，对这些谈话丝毫不重视。现在整个浩罕都在议论这件事了，最重要的是苏丹纳利都登门拜访，请求自己劝说安瓦尔接受这份任命。现在，马赫杜姆认为最重要的事情就是说服安瓦尔，并且他感觉自己需要谋士和助手。因此，他欣然接受了沙希德别克的提议：

"哈巴！安瓦尔现在一定在家了。如果您愿意，请过来找我们吧。"

11

马赫杜姆的威胁

安瓦尔在苏帕中间铺了一张桌布,把曼蒂放了上去。三个人围着盘子坐好后,开始吃饭。吃着吃着,沙希德别克开始慢慢切入正题。

"大家都在谈论这件事,"他一边说着,一边大口地吃着曼蒂,"听说您将接任不久前去世的第一文书长的职位。我们不太明白:这是真的还是谣言?当然,我们马上就会从您那里得到答案。我承认,这些传言使得我、关心您的人以及我的朋友们都很高兴……我们经常听到宫里的人说,您拥有担任这一崇高职位所需的卓越才能……"

然后,沙希德别克给马赫杜姆使了个眼色。马赫杜姆抹下一小块粘在胡子上的面团,劝客人多吃些。

"昨天,"马赫杜姆从盘子里取出曼蒂说,"我还不相信这些谣言。但是今天我觉得没什么可大惊小怪的。安瓦尔被任命为第一文书长有什么可惊奇的?真主保佑,他知识渊博,聪明睿智,出类拔萃……"

安瓦尔微笑着把手伸向盘子。在大热天里吃热腾腾的曼蒂,沙希德别克被热得汗流浃背……他用手帕擦了擦汗淋淋的额头和脖子,看着安瓦尔。

"米尔扎·安瓦尔,您不打算和我们说说这件事吗?"

"的确流传着这种闲话，"安瓦尔斜眼看了看马赫杜姆，说"但他们是在没有我参与、违背我意愿的情况下散播这种闲话的。因此我们不需要理会。"

沙希德别克和马赫杜姆交换了一下眼神。

"所以您不想担任第一文书长，是吗？"沙希德别克问。

"当然不想。"安瓦尔回答。

"这是为什么？"

"因为我不喜欢位高责重的职位。"安瓦尔垂下眼睛，盯着桌布上的某个地方说道。

"但是像您这样的伊吉特①，是不能永远停留在一个地方的。随着经验的增长，职位一定会得到晋升的。很显然，您马上就要被提拔。您天赋异禀、学识渊博，您有义务接受这项任命。"

安瓦尔说："我并不像人们说的那么有才华。对于像我这样在宫廷没待多久的年轻人来说，想成为第一文书长简直可笑。我的意思是，宫里有许多文书官、穆夫提②、诗人，他们在宫里工作了二三十年，做梦都想担任这个职务。一个毫无经验的年轻人想要超越他们，岂不荒谬？尤其让我感到惊讶的是，那些经历过官场明争暗斗、尔虞我诈的人，竟然也相信了这些谣言。"

沙希德别克擦了擦手，笑着说：

"您对自己的不信任实在是幼稚！"

"幼稚，真是幼稚！"马赫杜姆附和道。

曼蒂吃完了。老师喝光了残留在盘子上的肉汤，舔干净了所有的东西。念完祈祷文后，安瓦尔想收拾掉桌布和餐具，沙希德别克阻止了他：

"等一下，米尔扎，请放下盘子，先把任命的事情解决。"

安瓦尔将所有东西整齐地放在苏帕边上，然后再次坐下。马赫

---

① 伊吉特：小伙子。
② 穆夫提：伊斯兰教法的诠释者，也是就宗教和法律问题发表意见的律师。

杜姆响亮地打了个饱嗝，说：

"真主保佑！"

"那么，该怎么做呢，米尔扎·安瓦尔？"

"就像我之前和你们说的一样，别克大哥，没必要再多说什么了。"安瓦尔回答。

沙希德别克给马赫杜姆使了个眼色。

"无论有没有必要，"马赫杜姆突然发火，"你都应该听听别人怎么说！"

"请说，请说！"

沙希德别克晃了晃手指，说道："外面都在传，你的名字已经列在给可汗的推荐名单里了！"

"只是传言而已。"安瓦尔笑道。

"宫里可靠的人传来消息：任命手谕上将会出现您的名字。"

"'将'还不代表'是'。"

"好吧，"沙希德别克边用手帕给自己扇风边说，"我们现在就假设这种情况，如果将来任命手谕上出现您的名字，您打算怎么办。"

安瓦尔笑着瞥了马赫杜姆一眼。

"别克大哥，不会发生这种情况的。"

马赫杜姆阴沉着脸，瞪着安瓦尔。沙希德别克说：

"不，请您回答这个问题：如果发生这种情况的话怎么办？"

"那么请您原谅我，我还是会拒绝这份职务。"

"愚蠢。"马赫杜姆呵斥道，然后把脸转到一边。

沙希德别克遗憾地摇了摇头：

"这和您刚才说的话相悖。您之前说过：'除了我，很多人都想得到这个职务，我对这种晋升不抱有希望。'而现在，您又说了些别的……"

"推开真主的恩赐，就像是用脚践踏面包一样，这是罪过！"马赫杜姆义愤填膺地说。

安瓦尔又笑了笑，然后立刻严肃地说：

"好吧，假设就像人们所说的那样，我能够胜任第一文书长这个职位；假设任命手谕上写了我的名字，我担任了这份职务。你们觉得，那些等待了二三十年也没有得到这份职务的人会让我安生吗？难道他们不会想方设法报复我，将我罢免吗？这就是我想留在原来职位上的原因。比起高官厚禄，我更喜欢自己现在的工作，尽管这份工作没那么重要。这就是为什么我要像我的老师说的那样，推开真主的恩赐。"

沙希德别克又给马赫杜姆使了个眼色。

"如果你好好地为民服务，认真履行自己的职责，"马赫杜姆严肃地说，"即使全世界都反对你，你也不会掉一根头发。因为真理总是能够战胜谬误。因为害怕流言和诽谤，而拒绝为民服务，这是一个年轻人该有的样子吗？有句谚语是用来描述胆小鬼的：'怕麻雀，就不播种小米。'如果你想成为那些因为害怕麻雀偷吃而不敢播种小米的人……那么，我的儿子，我看错你了。"

"是的，您说的没错！"安瓦尔笑道，沉默了一会儿又说，"大家常说——真理总能战胜谬误，我不止一次听到这种说法，但我平生从未见到过。你们比我更了解，可汗的文书官——萨义德汉、毛拉西德迪克和穆明詹遭遇了什么不幸，他们根本不是可汗所想的那种罪犯。① 是敌人构陷、污蔑他们，给他们罗织了罪名。在宫里

---

① 有一次，胡德亚尔可汗想在人们心中留下公正不阿的印象，于是秘密地将三名上面提到的文书官派往不同的城市和地区，并告诉他们："如果有虐待居民的别克、受贿的法官，请暗中监视他们，并通知我，我会惩罚他们。"萨义德汉、毛拉西德迪克和穆明詹在城市和村庄待了很久，秘密地监视着法官和当地统治者，并将一切都报告给了可汗。根据他们的消息，绝大多数的统治者和法官都是贪污分子和暴君。可汗对汗国的这种状况感到震惊，向自己的一些心腹讲述了这件事。这些心腹中有那三名文书官的敌人，他们对可汗说："这些人诽谤了没有给他们好处的别克，袒护了给他们好处的别克。在您仁慈而明智的统治下，您的汗国不可能有这么多糟糕的情况，这三个坏蛋存心污蔑陛下最忠诚的奴仆，想让他们造反，引起国家动乱。"于是，"仁慈"的可汗相信了诽谤者的说法，下令割掉三个忠心耿耿的文书官的舌头和鼻子，并把少数几个忠心耿耿一心辅佐自己的臣子驱逐了。安瓦尔是回忆起了这件事。——作者注

工作了几年，见惯了朝臣之间的钩心斗角，我对这份职位实在是厌恶，因为它会使我处于无休止的阴谋中。"

"你说的情况是个罕见特例……"马赫杜姆伤心地说，"如果你什么都害怕，那么你不仅无法在宫里工作，而且在街上行走也是危险的。不，既然幸运之神眷顾了你，那么你就不能让它从你手中溜走，这是很大的罪过，我的儿子！"

"是的，先生，"沙希德别克说，"您说得对……安瓦尔兄弟，人生的幸福只有一次……如果您在那一刻没有紧紧地抓住它，您就永远错过它了，您一生都只会是个无名小卒。"

"谢谢你们的关心。我知道你们是真心为我好，但是，请原谅我，我还是坚持自己的观点……"

马赫杜姆彻底怒了，他微微眯缝起眼睛，瞥了一眼安瓦尔。他非常生气的时候就会这样看人。

"安瓦尔，我是你什么人？"

"您……您是我的老师……"

"告诉我，我的教导和建议是否对你有害？"

"除了好处，别的我都没看到。但是这次，我还是想坚持自己的观点。"

因为愤怒，马赫杜姆的喉咙哽咽得说不出话，只好咽了几口唾沫。

"你可以在别的事情上坚持自己的观点，但是在这件事上，你的固执就是愚蠢！"马赫杜姆说着，用手重重地挥了一下，"我告诉你：我是你的老师，也是你的父亲，你不可以违抗我，否则你自己承担后果，想怎样就怎样吧！"

马赫杜姆的这些话让安瓦尔感到了真正的威胁，他沉默了。

"别生气，别生气，"沙希德别克说，"米尔扎·安瓦尔不是那样的人……当然，米尔扎·安瓦尔是对的……宫里的一切并不是一帆风顺的，他刚刚谈到的情况也时有发生，但我设法打听到了一些消息……可以这么说，王宫里的每个人，从大到小，都对安瓦尔毕恭毕敬。谁会对一个连蚂蚁都不忍心伤害的人使用阴谋诡计呢？"

"哈巴！"马赫杜姆激动地喊道，"除了你幼稚的恐惧之外！还有什么可反对的。每月四十金币的薪水，可汗赐予的各种礼物、荣誉和尊重，这难道不是恩典吗！"

马赫杜姆的话逗得安瓦尔哈哈大笑。他勉强控制住自己的笑声说道：

"我觉得现在谈这个有点为时过早，要知道我还没有被授予第一文书长的任职手谕……"

"安瓦尔，我的儿子，我知道，"马赫杜姆说话的语气变得柔和起来，"但是，如果真主赐给你这样的荣誉，我担心你幼稚的推测会毁掉一切。所以我才提前和你谈论这件事。我听说你打算禀告可汗，要拒绝任命？"

"谁说的？"

"先不管是谁说的！你今天的言论让我感觉你干得出来这事儿。难道你真的想这么做吗？"

"也许和您说这件事的人讲了实话。不过，如果您不同意的话……那么，当然……"

"哈巴！"马赫杜姆喜笑颜开地说，"别孩子气了，懦弱是不好的品质。'如果必须跌跤，也得从高处跌倒'，这句俗语很有深意。"

说罢，马赫杜姆得意扬扬地看着沙希德别克。他倍感自豪：首先，安瓦尔的话"如果您不同意的话"，证实了安瓦尔在考虑马赫杜姆的意见，其次，也表明他不会违背老师的意愿。

沙希德别克吃得饱饱的，他不习惯午餐时聊得热火朝天，现在他累了，懒洋洋地躺在枕头上，为双方达成了谅解而高兴：

"太棒了，米尔扎，这么做最好了……"

喝完了两杯茶，读了《法谛海》之后，马赫杜姆和沙希德别克开始为昏礼做准备。安瓦尔把沙希德别克送到门口。与安瓦尔告别时，沙希德别克说：

"我想，真主保佑，您会得到任职手谕的……在那之后，我要和您进行一次特别的谈话……我们需要咨询一些税务员的意见。您是个有自己想法的人，您被任命为第一文书长对我们是有利的。"

"就像老话说的：如果邻居有牲口，我们就会有粪肥。"马赫杜姆补充道。

安瓦尔被这些谈话弄得心烦意乱，摇了摇头，又回苏帕了。

12

一个巴赫马尔博夫街区的穷苦家庭

安瓦尔于希吉拉 1267 年年中①出生在巴赫马尔博夫县一个非常贫穷的家庭。通常母亲在生下孩子后，会称他为"我的心愿"或"真主恩赐"。但是我们的安瓦尔对于他的母亲来说，既不是所愿的，也不是真主赐予的，其父甚至从未叫过他"儿子"。他的父亲是个染工——腰部以下总是浸在蓝色染料里。这个穷人已经有五个孩子了，孩子一个比一个小。后来又有了第六个孩子——我们的安瓦尔。

安瓦尔不是父母所欢迎、期盼的孩子，相反，他违背了父母的意愿出生人世，似乎是为了增加他们的痛苦和贫穷。

如果一个孩子降生到其他家庭，人们会高兴地准备音乐、油炸馅饼和烛光来迎接新生儿，总之会举办完整的庆祝仪式。安瓦尔的诞生没有得到任何庆祝。母亲甚至没有叫接生婆，而是在大女儿娜迪拉的帮助下生了孩子，母亲没有派人到邻居家去领取应得的礼物，因为她担心邻居们会责备她，"这么穷还生孩子"，或者说更难听的话，"像母狗下崽。"

因此，整整一个星期，邻居都不知道安瓦尔出生了。没有人为

---

① 希吉拉 1267 年年中，也就是 1851 年的春天。

他准备新的襁褓,一直到第九天,才有人把他放进了哥哥们用剩的旧摇篮里。因此出生后第四十天(应该庆祝的日子)没有人点蜡烛为他庆祝也就不奇怪了。还有一件值得关注的事——安瓦尔在摇篮里躺了二十多天都没有人给他起名字,因为他的父亲很忙,母亲甚至都不记得要给这位新来的"亲爱的客人"取名字。我们不要为此而责怪他的父母。也许,家庭的重担使得染色工萨里姆无暇顾及安瓦尔,六个孩子的哭闹声也让母亲阿诺比比头痛不已。无论如何,这个孩子的名字不会由令人尊敬的伊玛目或者其父母来取。

在他出生的第二十二天,他的姐姐——娜迪拉完成了起名字的任务。

她在很久以前就被邻居家的一个男孩,也就是某个神职人员的儿子迷住了;娜迪拉特别喜欢这个男孩的名字——安瓦尔。没过多久,她就开始称呼刚出生的弟弟为"安瓦尔",并围着他转来转去,不停地叫:"安瓦尔江①,安瓦尔江!"安瓦尔躺在摇篮里,乌黑的眼睛茫然地望着一贫如洗的家。在安瓦尔出生时,娜迪拉似乎是唯一替他高兴的人。他的姐姐从小就代替了母亲的角色,现在仍然是安瓦尔最亲近的人。

安瓦尔这个不合时宜出生的孩子,就这样降生在贫穷的萨里姆家里了。

孩子们逐渐长大了,但萨里姆的生意越来越惨淡,贫穷如猛兽般吞噬着他们。安瓦尔三岁时,折磨萨里姆长达五年的痔疮还是将他打倒了。他因为失血过多虚弱地躺在床上。治病需要钱,但他们更需要钱来养家糊口。染色工萨里姆先是卖掉了他的蓝色染料和盐,开始接受治疗。但他的病被耽搁了太久,所有的治疗都没有起色。后来萨里姆卖掉了他的染坊和所有的设备,储备了一

---

① "江"是指小表爱的后缀。在乌兹别克语中,"江"也被翻译为"亲爱的"或"所喜欢的"。该词用于表示对某人的极度喜爱或尊敬。

些食物。当这些储备都消耗殆尽时,家里的日子就很艰难了。饥饿,贫穷,还有病人需要治疗。

寒冬即将来临,但是他们还没有做好御寒的准备。

先是第四个孩子得了感冒,死于肺炎,然后在初春时节,染色工萨里姆自己也告别了这个世界。安瓦尔和两个哥哥都染上了麻疹,其中一个哥哥也死了。六个月来,阿诺比比失去了丈夫和两个孩子,成了一个带着四个孩子的寡妇。然而,娜迪拉已经长大成人,人们希望她能决定自己的命运,离开家。那剩下的三个孩子呢?家里几乎什么都没有了——就剩两个大罐,三四个小罐子以及一些小餐具——这就是全部家当。命运悲惨,生过七个孩子的阿诺比比大约四十来岁,但是现在看起来像个老太太,她根本没有再嫁的念头。

每个人都清楚像阿诺比比这样的寡妇能做什么:在节日里当仆人,去巴侬家里做帮佣,好一点还能算命、驱邪等。阿诺比比为了抚养自己的三个孩子,把这些事情都做遍了。不久,她将娜迪拉嫁给了一位织布工的儿子,这使她的生活轻松了些。

13

你认识这个美丽的女孩吗？

厄运偏找苦命人——不幸再次降临到安瓦尔一家。一天，当阿诺比比在一户人家干活时，她突然感到身体不适，说不出话来。几人用担架将她抬回家。孩子们大声地哭了起来。她的女婿跑去找医生。医生诊断完，说她中风了，当天，她还没来得及给孩子们留下遗嘱，就去世了。她被送往墓地。六岁的安瓦尔和哥哥们跟在母亲的棺材后面，边走边哭。

养育弟弟们——十一岁的帖木儿、九岁的科比尔和小安瓦尔的重担都落在了娜迪拉肩上。尽管把弟弟送给别人抚养使她很痛苦，但是丈夫的贫穷让她别无选择。服丧的日子过去后，她把两个弟弟托付给愿意收养他们的人，然后把母亲那点破烂的家具什物装上车，带着安瓦尔回到了丈夫的家里。

她像母亲一样照顾安瓦尔，给他洗澡，喂饭，为他的命运感到悲痛。她不想让安瓦尔像父亲一样成为染匠，也不想让他像丈夫一样成为织工，而是想让他成为一名学者。娜迪拉甚至决定把他送到宗教学校，这样他就可以成为毛拉，重振门楣。她把安瓦尔送去萨利赫·马赫杜姆那里学习，因为他的学校离家最近。安瓦尔踏上了学习之旅，很快就表现出了非凡的才能，到十一岁时已经掌握了读写能力。安瓦尔学得很快乐，但是造化弄人……娜迪拉有两个孩子，她的丈夫经常对她说："我该养活谁？我的孩子还是你弟弟？把安瓦尔送人吧！"娜迪拉竭力反对，她很舍不得让弟弟辍学，让他去当鞋匠或织布工的学徒，但她无法一直反对，因为她知道丈夫也很不容易。就这样过了一段时间，有一天，娜迪拉和丈夫又一次因为安瓦尔吵架了，她穿上带有面纱的长衫，去了萨利赫·马赫杜姆的家。那一年萨利赫·马赫杜姆的母亲还没有去马尔吉兰。娜迪拉向莫赫拉拉·阿依姆哭诉自己的痛苦，以及因为安瓦尔而不得不承受的一切。

"我满怀希望地来到您神圣的家中，希望孩子能够继续跟着您学习，希望他在这里学到的知识不会白费。"她说，"我请求您：收留这个孤儿吧，给他一口饭吃就行。"

常言道：穷人总是能够惺惺相惜。娜迪拉真挚的讲述和悲痛的心情打动了莫赫拉拉·阿依姆和她的儿媳尼戈尔·哈努姆。莫赫拉拉·阿依姆立刻就想见一见正在上学的安瓦尔，并要求请人把他叫来。过了一会儿，一个瘦弱的英俊男孩走了进来。

"这是我们的乖孩子，马赫杜姆总是夸奖他！"看到安瓦尔后，莫赫拉拉·阿依姆说。"好吧，姑娘，"接着她安慰娜迪拉说，"如果您的丈夫不想养这个孩子，那就不用他养了。我会亲自抚养、教育好他，让他成为一名出色的毛拉。"

最近安瓦尔很难过，因为姐夫总是数落、埋怨自己。现在，他听完莫赫拉拉·阿依姆的话之后，便明白发生了什么，默默地低下了头。他的姐姐看到这一幕，心里很难过，眼泪又夺眶而出。

"姑娘，别哭了，"莫赫拉拉·阿依姆说，"真希望贫困彻底消失！没有人应该因为贫穷而被指责，这是命运。从今天起，这个男孩不再回到你们那里，他将和我一起生活，就像是我的儿子。你叫什么名字，年轻人？"

"安瓦尔……"

"你的名字真好听，真是人如其名……你认识这个美丽的女孩吗？"

正在附近玩耍的六岁女孩拉诺跑到莫赫拉拉·阿依姆跟前，紧紧依偎在她怀里。

安瓦尔看了看这个漂亮的小女孩，微笑着说：

"这是拉诺！"

莫赫拉拉·阿依姆把孙女从自己身边拉开：

"去和你的哥哥安瓦尔打个招呼！"

拉诺彬彬有礼地向安瓦尔鞠躬，然后朝他走去。

"和她打个招呼吧，安瓦尔！"莫赫拉拉·阿依姆说。

安瓦尔把拉诺拉到身边并拥抱了她。莫赫拉拉·阿依姆笑道：

"如果到时候我还活着，我就把我的小美人嫁给安瓦尔，让他做我的孙女婿。"

安瓦尔尴尬地放开了小女孩。女人们笑了起来。娜迪拉对莫赫拉拉·阿依姆的好意感到高兴，心满意足地回家了。

当然，马赫杜姆可不喜欢家里多一张嘴吃饭，但是他无法阻止母亲的决定。他只能埋怨道："给他口饭吃不难，但是谁给他做衣服？他的姐姐必须给他提供衣服……"莫赫拉拉·阿依姆反对道："人们正在建造清真寺、宗教学校，我们难道连一个孤儿都养不了吗？如果为他提供衣服对你来说很难的话，我就用自己的布料给他缝衣服。"

就这样，在十二岁那年，安瓦尔住进了第三个家。在这里，他各个方面过得都比在自己家和姐姐家好：他可以继续自己的学业，吃得饱饱的，尽管他穿着旧衣，但至少有衣服穿。现在他已经是老师的养子，学校的孩子们不敢再取笑他了。他在马赫杜姆家做的活儿也不累，因为这里的活都让学生们干了。下课后，他和小拉诺一起玩，逗她开心。

他十三岁时就已经完成学业，虽然年纪还小，但他已经开始履行助教的职责。每天，当学生们回家后，马赫杜姆会单独教他阿拉伯文语法，让他阅读并背熟萨迪的《古利斯坦》。

十五岁那年，安瓦尔已经可以在学校独立授课，他的波斯语说得很好，并且懂一点阿拉伯语。起初，马赫杜姆要将安瓦尔送去宗教学校，但后来他没有再提这件事，因为他已经习惯了安瓦尔给自己做助教，他明显变得懒惰了，对学校也不那么上心了。为了使安瓦尔不去想宗教学校的事情，马赫杜姆亲自教他阿拉伯语和波斯语，学习这两门语言的句法和词法。马赫杜姆和安瓦尔之间的关系很好。莫赫拉拉·阿依姆很喜欢他，就像对亲孙子一样对他，在安瓦尔伤心难过时，莫赫拉拉·阿依姆会安慰他。"不要难过，不要悲伤，年轻人，"她常说，"看看这个美丽的小女孩吧，我一定会让她嫁给你的！"

但是莫赫拉拉·阿依姆未能兑现自己的诺言：与马赫杜姆吵架后，她不得不去马尔吉兰的大儿子那里。离开时，莫赫拉拉·阿依姆没有忘记安瓦尔，她把儿媳妇尼戈尔·哈努姆叫来，对她说："你们不会找到比安瓦尔更好的女婿。拉诺长大以后，就把她嫁给安瓦尔。"

14

真正的朋友

　　小时候，安瓦尔是个沉默寡言的孩子。他很少与同龄人在一起，很少和他们一起玩，不与任何人交朋友，不调皮，很少笑。他的眼神里满是忧伤。之所以变成这样，也许是因为他在自己的家庭中很少得到亲情和欢乐。但他的哥哥们却截然不同。俗话说，一母生九子，九子各不同，这话一点不假。安瓦尔和哥哥们一点儿也不像。但是，他住在马赫杜姆家以后，有所改变。虽然他还是会避开同学们，但他喜欢小拉诺，并且绞尽脑汁逗她开心。他会陪小拉诺一起在花园里散步，告诉她各种花草和鸟儿的名字，陪她去河岸，小心翼翼地确保拉诺不会跌进水里。

　　当他们碰巧看到葬礼队伍，听到人群对失去父母的孤儿表示同情时，安瓦尔说："当我的母亲去世时，她也被抬到了街上……我也像那个男孩一样，跟在棺材后面哭……"

　　拉诺总是专心地听他说话，并向他提问，安瓦尔不厌其烦地回答她，他尽力满足她的好奇心。

　　安瓦尔有着超越年龄的成熟和敏感，他同情遭遇不幸的人们。他从小就喜欢花。在马赫杜姆家安顿下来之后，他就开始打理占了院子大部分面积的花圃。安瓦尔亲自去花圃浇水、打扫，除去杂草。他不允许任何人摘花，如果看到哪个孩子摘花，他就会很生气，并责备犯事者。在同学的帮助下，他获得了不同花卉的种子和幼苗。此后，他的花圃每年都花团锦簇，并且花的种类变得越来越丰富。夏天，安瓦尔指导孩子们捕捉甲虫和蝴蝶；谁能把它们活捉并毫发无损地带来，他就帮那人准备功课。安瓦尔将蝴蝶和青铜色的甲虫放进花圃，当这些小昆虫在花朵上驻足停留时，他会很开心。夏天的时候，马赫杜姆家花圃的上方飞舞着成群的蝴蝶：有白色的、粉红色的、蓝色带斑点的、绿色的和黄褐色的。安瓦尔所有的空闲时间都在花圃里度过。

　　家里的每个人都喜欢安瓦尔，安瓦尔对所有人也都很好。但是他只喜欢拉诺和他的同学——一个叫纳西姆的男孩。纳西姆和安瓦尔交好，两人敞开心扉，心意相通。

　　纳西姆的父亲是浩罕汗国最有权势的人之一，在整个汗国都很有名。男孩们的出身和财富有着天壤之别，但他们并不在意这些。纳西姆从不炫耀自己是汗国文书长的儿子，安瓦尔也不为自己是染色工萨里姆的儿子、马赫杜姆的养子而感到羞耻。旁人看到这两个男孩坐在一起，热情地聊天，会惊讶："一个穿着丝绸的小少爷和一个穿着破衬衫的乞丐能有什么共同语言？"但孩子们自己并不这么认为。

　　得到马赫杜姆的允许，安瓦尔经常在他的伙伴家度过星期五。纳西姆的父亲穆罕默德·拉贾别克也喜欢安瓦尔。纳西姆告诉他的父亲，他的朋友是个孤儿，可能是应儿子的要求，穆罕默德·拉贾别克多次在节假日赠送新衣服给安瓦尔。贵族老爷的这种好意让马赫杜姆感到高兴。老师认为，与穆罕默德·拉贾别克等贵族的儿子交朋友是一种莫大的幸运。看到这些礼物，马赫杜姆甚至开始对安瓦尔另眼相看，并在心里对自己说："看来，他以后会大有作为。"

　　遗憾的是，这份友谊并没有持续多久。无情的死亡使它戛然而止。十五岁那年，纳西姆患上了天花，当时因为没有接种天花疫苗，这个男孩成了愚昧无知的牺牲品。

他的死给穆罕默德·拉贾别克一家带来了巨大的痛苦，但对安瓦尔来说，这种悲痛似乎更强烈。甚至可以说，安瓦尔比朋友父母流的泪还要多。整整三天，他一直待在穆罕默德·拉贾别克家里，忘记了老师，忘记了上课。他坐在朋友的坟墓旁边哭了好几个小时。安瓦尔炽热的感情和对友谊的忠诚，让所有人感到吃惊。

他作了一首诗纪念朋友。这是他第一次写诗，这首诗让死者的父母感动到落泪。在此，我们引用几句：

> 如果一朵花早早凋零，老人与孩子都会为之哭泣……
> 不仅是人类，整个世界都会为失去它而哀叹。
> 最美的花朵被死亡天使用无情的剑杀死。
> 鲜艳的郁金香枯萎了。宝贵的生命已经消逝。
> 我的纳西姆离开了人间，留给我的是沉重的悲痛。
> 我的眼中流下的不是眼泪，而是鲜红的血……
> 在偌大的世界里，我只有这一个朋友和暖心人……
> 这是成为孤儿后，我又一次的哭泣，就像沙漠中疲倦的朝圣者。

从那天起，毛拉穆罕默德·拉贾别克开始特别留意自己这位已故儿子的忠实朋友。安瓦尔的才华和贫穷使穆罕默德·拉贾别克想到了自己的命运。安瓦尔为朋友写的诗，固然幼稚不成熟，但其中的某些内容却让人想去关心写诗者的命运。

起初，穆罕默德·拉贾别克命人在纳西姆墓碑上刻了两行字，内容节选自安瓦尔的诗。然后为了不让安瓦尔感觉自己孤苦伶仃，穆罕默德·拉贾别克决定像慈父一般关心儿子的朋友，这样他就不会再说："在偌大的世界里，我只有这一个朋友和暖心人……这是成为孤儿后，我又一次的哭泣，就像沙漠中疲倦的朝圣者。"

三周以来，安瓦尔在穆罕默德·拉贾别克的家里度过了所有的追思之夜，那些为逝者诵读《古兰经》之夜。

最后一晚，穆罕默德·拉贾别克开始问安瓦尔：

"你的老师最近好吗？"

"真主保佑，一切都好。"

"你的学业进展如何？"

"还可以。"

"你住在自己的老师家里吗？"

"是的，先生！"

"你在那里会不会受欺负？"

"不会，先生。"

"你学过数学吗？"

"没有，先生。"

"那你的老师懂数学吗？"

"我认为，他不懂，先生！"

"如果我给你找个老师，你想学习数学吗？"

"如果我的老师允许的话，我当然想。"

"那么请让你的老师明天晚上来我这里吧。"

"好的，先生！"

第二天，马赫杜姆来到这位别克家。穆罕默德·拉贾别克对老师说，他想把安瓦尔安排到王宫工作，为此安瓦尔需要更加深入地学习阿拉伯语、波斯语和数学。这位别克对安瓦尔的赏识使马赫杜姆有些困惑，但在了解了这一举动的原因后，他开始赞扬别克对这个可怜孤儿的崇高关怀并对这个才华横溢的年轻人赞不绝口。马赫杜姆不忘提及安瓦尔成长过程中的种种困难和花费，夸耀自己一直在教安瓦尔学习波斯语和阿拉伯语，安瓦尔已经能用波斯语写作了。但是就数学而言，马赫杜姆说自己也不懂，因此安瓦尔需要一个能教他这门学科的老师。

穆罕默德·拉贾别克回答说，他会亲自找一位老师来教安瓦尔，并让马赫杜姆回去了。

15

马赫杜姆很幸运

　　从那天起,安瓦尔的生活翻开了新的一页。如今,马赫杜姆不再把他看成一个命运坎坷的孤儿,甚至可能因为安瓦尔不是自己的亲生儿子而感到遗憾。的确,当他面对这样的问题时,他怎么能不遗憾呢?比如,如果安瓦尔去宫廷工作,每个月将会有五个到十个金币的薪水,那么这些"现金"将花到哪里去?

　　这个问题就像黄蜂一样,刺痛了马赫杜姆的心。"从他十岁起,我就供他吃穿、教育他,因此他的收入理应属于我。"马赫杜姆想,但同时,他又不确定自己的想法是否正确。是的,这是一个复杂的问题。

　　如果说莫赫拉拉·阿依姆之前说要把拉诺嫁给安瓦尔的话在马赫杜姆看来显得"愚蠢,毫无价值",让他感到恼火的话,那么现在,他不仅认真考虑了这个建议,还推理出了如下结论:"如果安瓦尔继续走运,那也没什么不可以。成为孤儿不可耻,出身也并不重要,一个人的聪明才智、人格自尊和成功才是要紧的。当然,所有人都迷恋拉诺的美貌,安瓦尔也不例外……而这是将所有收入汇集在我手里的唯一途径。"马赫杜姆得出了这样的结论。

　　一个月前,他告诉尼戈尔·哈努姆:"安瓦尔已经成年了。根据伊斯兰教法典,他对你和拉诺来说是外人,你们不应该在他面前露出自己的面容。"但是尼戈尔·哈努姆和拉诺没有理会他。现在，马赫杜姆不再要求她们这样做了，因为他觉得这会让安瓦尔不舒服。

安瓦尔开始跟着穆罕默德·拉贾别克聘请的穆夫提学习数学并研究如何写文书。马赫杜姆则更努力地教安瓦尔学习波斯语以及阿拉伯语。

在短短一年时间里，安瓦尔就学会了所需的数学知识，掌握了起草文书的规则，在其他的学问上也颇有建树。因此，自春天起他开始每天去宫里实习，与可汗文书处文书长穆罕默德·拉贾别克领导下的文书官们一起处理公文。他工作了大约一年，虽然没有薪水，但是穆罕默德·拉贾别克每周都会从自己口袋里拿出一点钱给安瓦尔。安瓦尔每次都会把这笔小钱交给自己的老师。于是，马赫杜姆对未来更有信心了。

在这一年的实习期间，安瓦尔认真地学习了王宫的公文处理工作，他可以用波斯语和乌兹别克语起草文书，其能力已经与经验丰富的文书官不相上下了。他可以根据文书长的口头命令写完一封符合要求的书信、公文，或者以适当的形式改正其他文书官写的东西，这些文书官对语法知识的了解并不深入，多次受到第一文书长的责备。而安瓦尔却几乎没被责备过。

从第二年开始，安瓦尔可以领取每月七枚金币的薪水了。此外，马赫杜姆家还获得了一纸免税文书。这张文书大大减轻了马赫杜姆的经济压力，因为可汗对自己臣民征收的税款已经高到了无法付清的地步。这件事我们稍后再讨论。在第一个月，免税的钱以及七枚金币的工资就都进了马赫杜姆的口袋，这对他来说是双喜临门。甚至难以描述马赫杜姆收到七枚金币时的状态——他的眼睛扭曲，嘴角泛起微笑。他说："哈巴！你收获颇丰，安瓦尔，只是，你要省着用钱，我的儿子。"但尼戈尔·哈努姆得知这七个金币都给了马赫杜姆之后，埋怨安瓦尔道："安瓦尔，你把所有的钱都给了我丈夫，这是浪费。要知道，你需要添置衣服、被褥，剩下的钱用来打扮打扮你的小妹妹拉诺也不错。萨利赫不会用这笔钱做任何有用的事，他只会往上吐几口唾沫，把这些钱捆住，打个结，藏起来。"

但是，获得七枚金币"现金"的马赫杜姆却更加忧心忡忡。他开始想：如今日子不好过，周围有许多坏人，说不定什么时候就会有人把安瓦尔从他身边抢走，而这个打击很可能在他即将家财万贯时到来……"难道不应该让安瓦尔娶了拉诺，把他牢牢绑在身边吗？"他想。但是拉诺当时只有十一岁。

有一次，安瓦尔下班回家后，马赫杜姆带他去花园看了一个绝佳的向阳地段。

"我想在这里给你盖个房子，里面有一个房间、平顶凉台、厨房还有马厩，你觉得好不好，安瓦尔？"他问。

安瓦尔笑了：

"盖房子至少需要五十枚金币，我现在一分钱也没有。在您为我诵读《法谛海》之前，我的钱都是您和妈妈的。"

"哈巴……你真慷慨！"马赫杜姆激动地说，"当然，这是对的，但是我希望你现在就开始积攒盖房子的钱，当我和你母亲为你诵读《法谛海》后，你就可以盖房子了。但是不要太早盖房子，过个三四年再说……"

他们谈话时，拉诺怀抱着弟弟站在不远处。马赫杜姆叫住她说：

"哈巴……我们都在这儿，拉诺，我们要为你哥哥安瓦尔盖一座房子。你觉得怎么样？"

拉诺一脸茫然。

"安瓦尔住在客房那里！"拉诺说。

"嘿嘿嘿……你还是个孩子，女儿，你还是个孩子！"马赫杜姆低声笑道，"安瓦尔哥哥不会一直住在客房里。总有一天他会结婚，就像你会嫁人一样……他需要一套房子，女儿！"

安瓦尔听到这些话，窘迫地红了脸。拉诺看了看安瓦尔，好像很生气，转身离开了父亲，去了内屋。就这样，马赫杜姆巧妙隐晦地向安瓦尔表达了自己内心的想法。同时，这些话好像也起到了让安瓦尔免受坏人蛊惑的作用。

这次的谈话触动了安瓦尔。之前他欣赏拉诺尚未绽放的美丽，没敢有非分之想，但是现在，看着她，他开始怀揣幸福的甜蜜梦想。

马赫杜姆并非杞人忧天。安瓦尔的身边出现了各种各样"无私"的参谋，这其中之一便是安瓦尔的姐夫，当他听说安瓦尔月薪七枚金币时，两眼都放光。娜迪拉在丈夫的教唆下也开始劝说弟弟：

"我丈夫说，希望你搬到我们这里住，他答应帮你娶妻。"

但是安瓦尔没有听任何人的建议，包括姐姐的。他说，没有马赫杜姆的允许，他不会离开家的，但他答应接济姐姐，并让她放心。

安瓦尔从第二个月的工资中拿出三枚金币，请求马赫杜姆允许自己为家里购买礼物。马赫杜姆勉强表示同意，并说："我的儿子，这毫无用处！好吧，就照你说的办吧，只是以后你不要再做这种失去理智的事情了！"尼戈尔·阿依姆用这些钱为自己和拉诺添置了新衣服，给自己买了毛织品，给拉诺买了做连衣裙的缎子。

慢慢地，尼戈尔·阿依姆开始劝说安瓦尔。她劝说他不要将全部的薪水都交给马赫杜姆，而是要留一部分给自己花。"无论你给他什么，他都会据为己有。但这样一来你和我什么也得不到。既然这样，你就得学着聪明点。"尼戈尔·阿依姆知道，马赫杜姆不会与安瓦尔吵架。尽管她苦苦哀求，安瓦尔还是把自己七八个月的收入全部交给了马赫杜姆，而得到的只是他的夸赞。

从安瓦尔那里得到的钱并没有改变马赫杜姆家的生活，也没有改变马赫杜姆的习惯，正如人们所说的那样，"还是老澡堂，还是旧木盆"。他们每天喝清汤，过节时才会吃学生们带来的抓饭。安瓦尔下班回家得晚，吃的是残羹冷炙。家里不烤馕，学生们周四带来的烤馕在一周之内就会变得像木头一样嘎吱作响，还会发霉。

不久，安瓦尔就厌倦了这种生活，他决定听从尼戈尔·阿依姆的建议。与其用赚来的金币换取夸赞，不如好好吃饭。安瓦尔开始为家里买肉和各种食物，点自己喜欢吃的菜肴，给自己添置衣物，也给拉诺和尼戈尔·阿依姆买衣服。给姐姐娜迪拉和她的孩子们买了衣服，还花了两枚金币给住在马尔吉兰病重的莫赫拉拉·阿依姆买礼物。

这样的奢侈使马赫杜姆感到不安。

马赫杜姆担忧地说："我的儿子，你这个月似乎花了很多钱。"

安瓦尔回答："我只是买了生活必需品。"

到了下个月，当安瓦尔购买被子和枕头时，马赫杜姆看了他很久，因此安瓦尔不得不拿出两枚金币，以感谢这位马赫杜姆为学生"无私"的祈祷。

然而，马赫杜姆还是非常不快。安瓦尔的转变使他惊讶，他诵读相应的祈祷文："魔鬼，是不是你迷惑了他，请真主原谅！"

安瓦尔对马赫杜姆的态度一如往昔——和颜悦色又恭敬有礼，但是每当涉及他的收入和"不必要的开支"这种问题时，他就会避而不答。这使马赫杜姆很苦恼。

"我的儿子，安瓦尔！"有一天，马赫杜姆说，"财富是用劳动换来的。一个人即使挨饿也能活下去，但金子必须得到保护……宝贝儿子！如果你把钱交给我保管，这些钱最后还是你的。"

但即使是如此动人的言论也没有动摇安瓦尔的决心。在与尼戈尔·阿依姆和拉诺协商好后，他把每月两块金币的固定份额交给了马赫杜姆，相信马赫杜姆会习惯的。人对一切都会习以为常，马赫杜姆最终也满足于此，不再干涉安瓦尔的开支。但是，每当萨利赫·马赫杜姆收到这两枚金币时，他都会因为其他的金币不在自己手里而感到心痛。

16

可汗的仁慈

在可汗文书处任职的第三年，安瓦尔在文书官中已经享有很高的声望了。毫无疑问，他是起草和校对公文的最佳人选。他的书写优美，文风通俗易懂。最先注意到这一点的是文书官们，然后是御用诗人、穆夫提、文书处文书长穆罕默德·拉贾别克，甚至可汗本人也欣赏他，慢慢的所有人都被他的才华吸引。胡德亚尔可汗时常命人给自己朗读公文和信件，可他常常听不懂掺杂了阿拉伯语和波斯语的句子。他责骂文书官："你们的母亲嫁给了阿拉伯人还是怎么的？"但是安瓦尔起草的所有公文，可汗都像听音乐一样听得津津有味，一切都一目了然。于是可汗说了一句引起其他文书官妒忌的话："这个年轻人比你们所有人都有学问！"

最后文书处的长官穆罕默德·拉贾别克也开始委托安瓦尔起草最重要的公文。无论穆罕默德·拉贾别克离开去哪里，他都会把文书处交给安瓦尔打理，因为他最信任安瓦尔。安瓦尔公正无私，他在自己的职权范围内公平地解决了所有的事情，对应得工资以外的其他收入不感兴趣。

我们着重强调安瓦尔的这一品质，因为即使在后来沙皇俄国统治时期，穆斯林法庭的文书官也会收取"润笔费"，大家都很明白，任何小案件都会被夸大和拖延，以获取贿赂。这些法院的文书官和我们小说中描写的胡德亚尔可汗文书处的文书官别无二致。给可汗的请愿书如果不是由这些文书官来写，在大多数情况下都得不到审理。由于"润笔费"给了宫外的人，宫里的文书官什么好处也捞不到，因此这类公文通常会被他们撕碎，不会给文书长或者可汗看。如果请愿人询问此事，则会被告知公文里书写错误太多，可汗陛下不会看的，因此需要重新写请愿书。申诉人不得不额外付费请求宫里的文书官帮忙重新写一份。文书官之间经常发生争吵，还会去可汗那里相互揭短，互泼脏水，经常为了个人恩怨或取悦于大汗，加害无辜的人，造成可怕的悲剧。因此人民，尤其是穷人，在不得已向他们鞠躬致敬时，总是害怕靠近他们并且会用极其厌恶的眼神看着这些人。

安瓦尔并未受贿，也没有搞阴谋诡计，更未以权谋私，而且他特别不喜欢拉帮结派和行告密之事。在文书处尽职尽责，努力完成别人交给他的工作，一直尽力向可汗传达穷人的冤屈并使他们的申诉得到重视。安瓦尔的公正和诚实妨碍了其他文书官谋取私利，这些人认为安瓦尔是在故意破坏他们的好事，因此安瓦尔很快成为他们憎恨的对象。不过，安瓦尔备受可汗信任，并且在宫中影响力很大的穆罕默德·拉贾别克也在支持他，因此，无论敌人怎么使坏，都不能伤害到安瓦尔。此外，除了一些年长的文书官，例如穆夫提·沙霍达特对安瓦尔恨得咬牙切齿外，文书处里的其他人都为安瓦尔的智慧和学识所吸引，例如苏丹纳利。

安瓦尔已在宫中工作了五年，还不算第一年的实习期，几天前，文书处文书长穆罕默德·拉贾别克在病了仅仅一个星期之后突然去世了。安瓦尔失去了靠山和朋友。

一直翘首以盼穆罕默德·拉贾别克逝世以取代其位置的穆夫提·沙霍达特因公务外出了。因此由安瓦尔临时担任文书处文书长的职位。有人说安瓦尔将成为文书长。没人知道这传言是真是假，毕竟有太多的御用诗人和学者想成为这个职位的候选人。

17

深思熟虑的安瓦尔

送走沙希德别克和马赫杜姆之后,安瓦尔返回了苏帕。拉诺立刻从内屋出来了,好像她一直在等着这些人离开。她用手把一条黄色的看似随时会飞走的绸缎头巾按在头上。看到拉诺后,安瓦尔在苏帕旁的花坛边停了下来。拉诺走近安瓦尔,想要微笑,但是又做出一副生气的样子。她走到苏帕前,用手摸了摸空盘子。

"唉,安瓦尔哥哥,您对今天的宴席满意吗?"拉诺问。

"非常满意,"安瓦尔说,"我尤其喜欢你亲手做的曼蒂。"

"您怎么知道哪些是我做的?"

"我怎么知道?"安瓦尔手里拿着一朵花笑着说,"你触摸过的东西我都能感受到!"

"哪些曼蒂是我做的呢?"

"你以为我不知道?"

"您肯定不知道!"

"它们的边缘被如此用心地捏紧,它们的褶皱是如此的整齐——我怎么能认不出它们呢?我只吃了你做的曼蒂!"

"它们好吃吗?"

"光说好吃是不够的!"安瓦尔说,"看看这朵花:你还记得吗,我们刚种下它时,它是粉红色的,而两年后的今天,它变成了红色。你知道为什么吗？"

这个问题问得很严肃，拉诺不明白。

"它一定是被太阳晒红了……"

"你错了，拉诺，"安瓦尔说，"我知道花为什么会变红。因为你唇似樱红，拉诺……"

"别开玩笑了，"拉诺说着，脸颊绯红得像花儿一样，"请告诉我，沙希德这个胖子来干什么？他们想让您当文书长？"

"你不相信？照照镜子：你的嘴唇就像这朵花一样娇艳欲滴。"安瓦尔说着用这朵花碰了碰她的嘴唇。

拉诺转过身去……

"你就开玩笑吧！他们想让你当文书长是真的吗？"

"我不知道他们想要我做什么……都是一些无聊的谈话而已……"

"怎么会是无聊的谈话？现在整个城里都在传……"

安瓦尔往上一跳，双腿悬空坐在苏帕边上。拉诺站在他旁边，用胳膊靠在苏帕上。

"不要相信谣言……"

"但是无风不起浪啊，或许您真的会被任命为文书处文书长。"

"拉诺，我被任命为文书长难道是好事吗？"

"我怎么知道是好事还是坏事。"

"这是一件坏事，拉诺！"

"为什么是坏事呢？"

"这是一份肮脏的工作。如果我能找到其他工作，我宁愿离开宫廷。"

"肮脏的工作？！但是，您的朋友，也就是您的庇护人穆罕默德·拉贾别克不也担任过这个职位吗？

"我不是别克，永远都不可能成为别克。拉诺，宫里流淌着无辜的人的鲜血，不断传来的叹息和呻吟，让我心痛不已。如果我成为文书长，我将满手血腥，无辜百姓的埋怨声和诅咒将围绕着我。我必将沉入苍茫的苦海,切身感受到人民的艰辛痛楚,参与所有纷扰的琐事。为了取悦大汗,我必须按照他的要求发言。我不得不成为可汗的刽子手,因为只有这样,我才能坐稳这个位置。但显然我天生不是做这种事的料。如今暴力、残忍的行为被披上了赞美、吹捧和祈祷的外衣,我无法帮助人民减轻他们的痛苦、保护他们免受残忍暴力的侵害。因为'仁慈'的可汗不是那种摸着良心做事的'傻瓜'。拉诺,你了解你的父亲:他是一个只看重现实利益的人。他根本不想理解我为什么逃避这个职位,他说我是个懦夫,忘恩负义,拒绝真主每月给这么多金币的恩典。向他解释我拒绝的真正原因就像要求石头去祈祷一样,所以我什么也没和他说。目前我的任命只是谣言。但是,如果不是有一个我在意的人卷入了这件事,我是绝对不会接受这个职位的……"

拉诺凝视着安瓦尔,专注地听他说话。她的脸上流露出同情。

"安瓦尔哥哥,如果您怀着善意去做这份差使,"拉诺问,"如果您不遗余力地为人民谋福祉,您就不会有罪,对吗?"

"没错,"安瓦尔说,"但是问题的关键不在于此。我也希望如此,但是别人不会像我一样做事,因此我无法心安理得地认为自己无罪。如果我对一件事深信不疑,付出了巨大的努力,但结果却事与愿违,那么我将受到良心的折磨。这就是困难所在。推卸责任很容易,这是最简单的事情。但是信仰被践踏的那一刻,是难以忍受的,拉诺!"

拉诺想必理解了安瓦尔痛苦的主要原因。她默默地在他身边站了好一会儿。

"所以你不会接受文书长的职位吗?"拉诺看着他若有所思的脸问道。

"如果被任命,我会接受……"

"即使这个职位让你很为难?"

"是的。因为这是你父亲的要求!"

"这和我父亲有什么关系?难道他有权力替您做决定?"

面对这个天真的问题，安瓦尔只是叹了口气，然后看着拉诺说道：

"他有非常大的权力！"然后又叹了口气。

拉诺不再询问了。她似乎意识到了什么。伸手去拿桌布和盘子，她轻声问道：

"您想喝茶吗？"

"晚点再喝。"

拉诺端着盘子走了。安瓦尔目送她离开，绸缎长裙清晰地勾勒出她纤细的少女身材轮廓。

"拉诺，我不去做昏礼了！"

拉诺走到半路停了下来并冲他笑了笑：

"我可能还会再过来……"

18

清真寺内的争吵

有三个人聚集在清真寺带顶棚的走廊里做宵礼。在清真寺入口的角落里，坐着一个三十岁左右的男人，身着黑色长袍，脸色苍白，黑色的长胡子像袋子一样挂在他的小脸上。在他旁边坐着另一个虔诚的中年男子，正解开了轻薄的粗布长袍，他的脖子上有个香瓜大小的甲状腺肿。还有第三个人——长着一张椭圆形的脸，穿着一件长长的、几乎着地的粗布长袍，头上戴着头巾。第一位是清真寺年轻的伊玛目、尊敬的学者毛拉阿卜杜拉赫曼，第二位是该街区里出了名爱搬弄是非的大脖子萨玛德，第三位是清真寺的宣礼员苏菲·舒古尔。萨玛德和苏菲·舒古尔谦恭地听着这位伊玛目讲话，伊玛目谨慎地选择词语，轻声吟诵，娓娓道来，强调他认为特别重要的思想。

"如今，宫里有那么多博学多才的男人，真主啊，为什么要把这么高的职位交给一个连宗教学校都没上过的无知小子，实在令人难以置信。担任这个职位需要具备很多条件。首先，需要有成熟的智慧；第二，接受过完整的教育。而您说到的这个青年人，他读的是萨利赫·马赫杜姆的学校，还是我亲自教他识字的。不，我的理智让我无法相信这些谣言。"

"的确如此，先生。"萨玛德用肘部轻轻推了推宣礼员。"这个小伙子，怎么会身居如此高位？但是，就目前的形势来看，穆罕默德·拉贾别克已经给他在宫里安排好了……他，据说，他如同一朵洁白的花朵，受穆罕默德·拉贾别克的青睐，于是将他收入麾下……"

伊玛目垂下了眼睛，继续听这个粗脖子抱怨。

苏菲·舒古尔压低了声音说："我说的就是人们议论的。城里的老老少少都在谈论他的任命，这种情况已经持续好几天了。"

"唉，苏菲，难道你能堵上民众的嘴吗？"

说到这里，粗脖子的萨玛德绷着脸，脖子上的青筋暴起。伊玛目仍然低着头，点了点他的小脑袋。

"宫里有人以散布谣言为乐。"

"一切皆有可能，先生。"

就在这时，第四位祈祷者走进了清真寺带顶棚的走廊。他是个身材矮小、有点驼背的男人，大约四五十岁的样子。他是织布工萨法尔。向伊玛目鞠完躬后，他在宣礼员旁边坐下，还没有搞清楚是怎么回事，他就参与了谈话。

"真主保佑，如果这个年轻人能成为文书长的话，"织布工萨法尔说，他并不知道这些人在自己来之前发表了什么样的意见，继续说道，"这是一个了不起的人，高尚的人，他关爱民众。任命他不是很好吗？您怎么看，先生？"

伊玛目仍然低着头，毫无表情地摇了摇头。萨玛德阴沉着脸，瞪着织布工萨法尔。

"哎，你在瞎说些什么啊，萨法尔！你和我们说的不是一件事。"

"你们在说什么呢？"

"我们说这些都是谣言，有学问的人才能胜任这个职位。"

"难道安瓦尔没有学问吗？"

"他的那点学问一文不值！"

"你错了，萨玛德，"织布工萨法尔说，"很多人都羡慕他渊博的学问。而且他帮助穷人,你应该对他说声谢谢!"

"他帮助谁了,真希望他倒霉透顶!"

"所有人,"织布工萨法尔说,"他也帮助了我,希望真主能让他长命百岁!"

"他怎么帮助你的?"

"去年,大约就是这个时候,"萨法尔说,"我带了八块厚棉布去了集市。我不知道是有人告发了我,还是收税员手痒,总之有个卑鄙的家伙对我纠缠不休,还抢走了我想卖的厚棉布。我苦苦哀求他:'你的父亲是好人,你的母亲是好人,我不是买卖人,只是个家庭手工业者,如果我说谎了!就让我的房子被烧掉……'但是他对我的恳求置之不理,还对我说,他要拿我的厚棉布去交'天课'①,然后将我的厚棉布带走了。我有什么办法呢!我只能空着手回家了。我的妻子和等着我给他们买东西的孩子们都被吓到了,因为我表情太难过了。货物不见了,心情郁闷,想去干活,手又不听使唤。当然,失去的东西不会回来,只是我的心会痛,而且我还没有钱。后来我想:是不是该写个诉状?我同一些人商量了一下,他们也支持我的想法,说离这里不远处住着一个宫里的文书官,他可能会帮忙写诉状。我对自己说:'大不了所有的布都不要了。'然后拿上剩下的半块厚棉布,夹在腋下,一路上打听着,找到了这个文书官。他刚从王宫回来,脱下长袍的那一刻被我逮个正着。我看见了一个年轻帅气的年轻人,我们互道了声'您好!'于是我说:'我想写一封简短的控告书,所以来找您。'你们也知道,等待世界末日都比向宫里的文书官解释自己的事情容易,但是这个年轻人一点也不狂妄自大,他完全是一个纯朴的人。听完了我的陈述,他说:'好的!''一切都会好起来的。'诉状上要写上收税员的名字,这我怎么会知道呢,我只好描述了一下他的外貌,年轻人一下就猜到了这个人是谁,并且写上了他的

---

① 天课:伊斯兰教的济贫税。

名字。他说：'您先回家吧，我会亲自呈上这封诉状。两天之后我在这里给您答复。'一切就是这么的简单。我谢过他，扯出那半块厚棉布给他作为润笔费。他不肯收。我想：'哎，看样子礼太轻了。'我说：'如果我的诉求得到了满足，我就不再欠您人情了，文书官先生。'他还是没有收。'完蛋了！'我心想。他严肃地说：'我不收取请愿书的费用，拿走你的厚棉布吧。'真的有这样的人存在，萨玛德大哥！愿真主赐予他最好的一切！常言道：'不拿黄金，就请接受祝福。'我举起双手为他祈祷。然而，请你们听听接下来发生的事。第二天晚上，我正在织布机上准备底布，突然响起了敲门声。'请进！'一个人手里拿着厚棉布走了进来。

'您是萨法尔兄弟吗？'

'我是。'

'您呈交了诉状？'

'呈交了。'

'您的父亲叫什么？'

'玛玛特。'

来人在我面前拿出所有的厚棉布，正好八块——都是我昨天的厚棉布。

'是你的厚棉布吧？'

'是的。'

'再见！'

'再见！'

当然，我立刻意识到，这一切都是那位年轻的文书官奔走周旋的结果。在我妻子的建议下，我拿了两块厚棉布去找他。我叫他，他就出来了。把厚棉布递给他，当然要感谢他，但他还是拒绝收下厚棉布。'我有厚棉布，'他说，'您请回吧。'于是我说：'要不我把厚棉布卖掉，换成钱给您？''不，'他回答说，'我不需要钱，我自己有。'他什么都不想要。我再一次给他送上了祝福，带着我的厚棉布回家了。唉，他难道不是天使吗，苏菲·舒古尔先生？除了他，谁还能当文书长呢，萨玛德兄弟！人民的祝福在这个人身上。而人民的祝福，就像湖泊一样：'水滴滴下来，广泛扩散开来。'难道不是吗，先生？"

在听萨法尔讲述时，伊玛目全身都在颤抖。萨法尔讲完后，伊玛目就幸灾乐祸地瞥了一眼大脖子的萨玛德。一言不发的萨玛德顿时勃然大怒：

"你在撒谎，萨法尔，你说这种谎话不会被呛到吗！"

萨法尔脸色顿时煞白：

"真主保佑，我说的都是真的，你想让我给您发誓吗？"

萨玛德说："怎么可能会有傻瓜不拿别人给他的两块厚棉布呢？你谎言说得如此逼真，我们差点都信了！"

"真主保佑，他没有接受！"萨法尔激动得从座位上站起来，"如果我说谎了，我就不是穆斯林，不相信我的人就不是真主的仆人，而是叛教者和异教徒！"

见萨法尔真生气了，伊玛目也加入了谈话：

"任何人都可以做好事，萨法尔，因此我认为这个文书官的确做了这件善事。但我们现在的谈话与他是否善待穷人和寡妇无关。我们谈论的是这个人是否有能力领导宫中的所有文书官，他能否承担这么大的责任。"

"是的，先生，"织布工萨法尔说，"愿真主保佑，他会做得很好的。当然，他一定可以胜任。"

伊玛目疑惑地看着萨法尔：

"为什么你认为他能够胜任？"

"真主会帮助他的，先生！"

"为什么？"

"人民祝福他，先生！"

"人民的祝福是好的，"伊玛目说，"但是他有足够的学识吗？"

"够了，够了，先生！"

您怎么知道不够呢?

伊玛目生气地回答:"能够胜任文书长的人应该在布哈拉接受过教育,至少在浩罕学习过,而你的米尔扎没有这样的学习经历。"

"您怎么知道他没有?"

"因为我亲自教过他……"

"那也不是他的错。"

萨法尔很快回答道。

"您在布哈拉学习了好几年,可现在不也只是个普通的伊玛目……这是真主的安排。"

"米尔扎·安瓦尔虽然没有专门学习过,但如今要当所有米尔扎的领导,这是真主的安排,先生。"

伊玛目本就苍白的脸变得毫无血色,一双明亮的眼睛闪烁着恶毒的光。

"你这个愚蠢的男人!"他说。

"你这个愚蠢的毛拉!"织布工萨法尔反击道。

怒气冲冲的伊玛目跳了起来,要不是大脖子萨玛德拦住了他,他早就冲到萨法尔面前去了。

"没有教养的家伙,诅咒你的父亲!"萨玛德叫嚷道:"有人会对毛拉说这样的话吗?!"

织布工萨法尔并不理会他。

"闭上你的嘴,大脖子,"他喊道,"把伊玛目先生放开,让他来和我打一架!"

"你以为我害怕你吗?!"

伊玛目一把推开萨马德,假装要挣脱萨马德的阻拦。

苏菲·舒古尔惊呆了,萨玛德根本帮不了伊玛目,他只会耍嘴皮子。

"你这么做,以后还敢站在伊玛目身后祈祷吗?!"萨玛德大喊。

"你们就能放过我吗?"

"你要是不想祈祷,就赶紧滚!"

"唉,你们!……"织布工萨法尔愤然离去。

伊玛目看着他离开的背影骂道:"没教养的家伙!"然后又坐回了自己的位置,"有这样的儿子,他父亲一定是被诅咒过!"

一时间,三人都沉默不语。

"不要为他难过,先生!这就是条狗!"

伊玛目没有回答。

等待祈祷的人越来越多。苏菲·舒古尔登上清真寺的高塔,召集信徒们祈祷。

所有人都进入了清真寺。

19

有着不光彩过去的人

伊玛目阿卜杜拉赫曼非常失落。在昏礼和宵礼期间他没有与任何人交谈。"您在圣城布哈拉学习了这么多年,也只不过是马哈拉①清真寺的伊玛目。看样子,这都是真主的安排,先生!"萨法尔这番话,如同一把淬了毒的匕首刺进他的心脏,揭开了他的旧伤疤。迄今为止,这个伤口一直深深地埋在心底,并悄悄地溃烂。但是今天这个无知的织布工萨法尔,却在这些游手好闲的人——大脖子萨玛德和苏菲·舒古尔面前无情地揭开了它,这败坏了伊玛目的威信。这只是其一,其二是萨法尔对安瓦尔的评价也让他气急败坏:"纵使他不在宗教学校学习过,也能成为文书长。"伊玛目胸中埋藏的妒忌之火熊熊燃烧,将他整个人都吞噬了。

他为什么要拼命证明安瓦尔不适合担任文书长一职,反复地说安瓦尔受教育水平低,管理能力差?他为什么要和萨法尔这个蠢货吵架,破坏自己的心情?即便他想公平地评价安瓦尔,又何必向无知粗俗的织布工萨法尔表达自己的看法呢?伊玛目给自己提出了这些疑问。为了回答这些问题,我们必须了解伊玛目先生的过去,否则无法满足读者的好奇心。

---

① 马哈拉:穆斯林社区。

大约二十年前，我们现在的伊玛目——毛拉阿卜杜拉赫曼有一个简单朴素的名字——拉赫曼。他的父亲虽然出身于神职世家，却不知出于何种原因，并没有成为一名神职人员，但阿卜杜拉赫曼所有的叔伯都是圣城布哈拉中有名的经学院教长，他们当初都在布哈拉接受过教育。阿卜杜拉赫曼的父亲在他还很小的时候就去世了，阿卜杜拉赫曼由母亲和父亲的亲戚抚养长大。十五岁之前，他一直在萨利赫·马赫杜姆的学校学习，后来他收到了一个叔叔的来信，邀他去布哈拉进修。信上说他们的祖先都是学者，因此他应该到布哈拉接受高等教育，而不应该浪费时间从事其他职业。阿卜杜拉赫曼的母亲和亲戚们非常喜欢这个邀约，决定立即将这个年轻人送往布哈拉。沉浸在如何成为一名学者、伊斯兰律法专家和宗教学校经学院教长的美梦中，阿卜杜拉赫曼出发了。

阿卜杜拉赫曼的伯父是"霍加·波尔索"宗教学校的经学院教长，这个少年来到他那里，希望获得渊博的知识和必要的教育。经学院教长伯父本可以把他安排在宗教学校的宿舍，但他把阿卜杜拉赫曼带回了自己家，把他安置在自己的客房部。阿卜杜拉赫曼的高等教育学习就这样开始了……

伯父家客房部的墙壁无法保护阿卜杜拉赫曼免受当时"神圣"布哈拉的放荡生活的影响。阿卜杜拉赫曼与放浪不羁的花花公子以及商人鬼混，并偷偷背着伯父出去寻欢作乐。最终这个秘密还是被发现了。身为经学院教长的伯父不堪其辱，把侄子赶出了家门。阿卜杜拉赫曼后悔不已，请求学校给他完成学业的机会。多亏了一些熟人的担保，他才保住学生的身份并得以在宗教学校里落脚。然而即便在宗教学校里面，也有不少学生想要过放荡的生活。如果说在布哈拉的前三年阿卜杜拉赫曼被商人们带坏了，那么随后的两年里，在宗教学校大学生的影响下，阿卜杜拉赫曼彻底堕落腐化了。

过了不久，就连宗教学校里的住户也对他敬而远之。于是阿卜杜拉赫曼开始在茶馆里，在各种冒险家和吸毒者中间寻求慰藉。

他在布哈拉居住的最后那段时光，所作所为难以笔述。他在布哈拉又住了大约三年，当他终于要告别自己放荡肆意的青春时，他已经成了一个彻头彻尾的放荡者，一个卑鄙龌龊的恶棍，一个纵情享乐的人。他已经长出了胡子和胡须，脸看起来像一个沾满蚂蚁的烤饼，镊子对他来说已经没有任何用处了。①

---

① 有些人会清除自己脸上的毛发，使自己看起来很年轻。

20

小心谨慎

过去做的荒唐事现在都令阿卜杜拉赫曼觉得自己是个肮脏的人，他感到自己前途渺茫。几个月来，他情绪低落，意志消沉，不愿去宗教学校上课。他经历了严重的酗酒，而酒后内心仍然非常痛苦。好在他战胜了痛苦，重新振作起来。他撸起袖子，全身心投入学习中，决定要精通对阿凯德①教律的"诠释"。

在经历了这段萎靡不振的时期后，阿卜杜拉赫曼下定决心不再做荒唐事，而是依靠解读圣书来改变自己的命运，并且他唯一的"想法"就是通过披上宗教外衣来为自己谋求幸福。五年来，他固执地待在潮湿的宿舍里，把自己搞得瘦弱苍白，二十八岁之前阿卜杜拉赫曼从宗教学校毕了业。目睹了阿卜杜拉赫曼的改变后，经学院教长伯父原谅了侄子先前的罪过，甚至在他从宗教学校毕业之际自费为他举办了欢送会。

准备返回浩罕时，阿卜杜拉赫曼梦想着人们在浩罕等待他这个大学者荣归故里，他希望能担任穆夫提或卡兹②的职位。他以为所

---

① 阿凯德：是一本由纳吉木丁·安·纳萨菲（1068—1142）编写的关于穆斯林教义的教科书。

② 卡兹：由国家统治者任命的穆斯林法官，负责处理特定地区或城市的刑事和民事案件。

有亲戚都会张开怀抱热烈欢迎他归来。

他像要赶去约会的情人一样,旋风般地回到自己的城市。他以为整个浩罕的人都会一起来迎接他,但实际上,只有三四个亲戚和一对以善良著称的街区老人在城门口等他。这是对阿卜杜拉赫曼美梦的第一次打击。

他回了家,休息了几天并接待了为他的归来做感恩祷告的亲友们。但是他如今野心勃勃,显然对这样的排场是不满意的。再加上这些访客都是贫民:穷亲戚、宗教学校的大学生还有附近街区的伊玛目。访客里没有一位高级的神职人员,没有经学院教长,没有博学的律法学者,没有显贵的别克,也没有富人,这使他大失所望。这是对阿卜杜拉赫曼的第二次打击。

一些熟人推脱说没空拜访他,但他一直等待着,因为通常他会被邀请参加一个为庆祝自己学成归来举办的晚宴。然而这个希望也落空了。他没能如自己梦想的那样,挨家挨户地享受美味佳肴的招待,不得已只能去几个请他的穷亲戚家里吃饭,而饭菜都是东拼西凑的。这是第三次打击。

不到一个月,邀约就完全停止了,如今毛拉阿卜杜拉赫曼只能吃可怜的寡妇母亲给他做的面条。他既不能像在布哈拉梦想的那样成为一名经学院教长,也没能做经学院教长的助手。甚至要得到街区清真寺伊玛目的职位也困难。有人想任命他为离家两个街区远的清真寺的伊玛目。但也有一个阻碍:毛拉阿卜杜拉赫曼是单身,这是违反习俗的,因为根据不成文的规定,清真寺的伊玛目必须是一个已婚男人,因此虔诚的教民不愿在这一点上让步。于是,几个朋友商量好要一起分担婚礼的费用,决定帮他娶妻。由此,毛拉阿卜杜拉赫曼可以被任命为邻区清真寺的伊玛目,附加条件是他得尽快结婚。

贫穷迫使他接受了这个微不足道的职位,阿卜杜拉赫曼在布哈拉的所有梦想都破灭了。

阿卜杜拉赫曼的媒人想为他求娶萨利赫·马赫杜姆的女儿拉

诺。首先，有关拉诺美貌的传闻在城里家喻户晓；其次，阿卜杜拉赫曼认识这个女孩——他曾经在她父亲的学校学习过；第三，一个年轻的学者娶了昔日老师的女儿，这件事本身就是一桩美谈。在得知拉诺尚未嫁人后，阿卜杜拉赫曼觉得这事儿有戏。他盼望着在这十年里拉诺的容貌能够变得更加出众，他已经开始在梦中拥抱拉诺了。他认为自己是同龄毛拉中受教育程度最高的人，并确信萨利赫·马赫杜姆会很高兴有他这样的女婿，拉诺迟早会投入他的怀抱。但命运又捉弄了他。媒人带回了尼戈尔·阿依姆令人失望的答复：我们的女儿还太小，她刚满十二岁。

  毛拉阿卜杜拉赫曼不相信这些女人，派了两个熟悉的老头去找萨利赫·马赫杜姆本人。这些媒人带回了更糟糕的消息："原来，萨利赫·马赫杜姆的女儿与一位名叫安瓦尔的年轻人订了婚，他是宫里的文书员。如果拉诺没订婚，萨利赫·马赫杜姆会很乐意将他的女儿嫁给你。他很抱歉……"

  得到这样的回答后，阿卜杜拉赫曼咒骂着自己的命运，心中充满苦痛。对即将迎娶拉诺的安瓦尔产生了嫉妒之心。为了确认他们没有骗自己，阿卜杜拉赫曼开始到处询问关于文书员安瓦尔的事，结果发现这一切都是真的，而且他自己也记起了这个孤苦无依的小男孩，在他出发前往布哈拉之前，这个小男孩就跟着萨利赫·马赫杜姆学习。这三四年来，安瓦尔一直在宫里做事，每个月都能挣到几块金币。得知这一切后，阿卜杜拉赫曼变得更加愤愤不平。他，一位毕业于布哈拉宗教学校的学者，好不容易才在街区找到了一份伊玛目的工作，而某个不学无术、出身寒门的孤儿却能够在宫里任职，捞好处，还想迎娶拉诺这样的女孩为妻，不，这是让人不能容忍的。

  毛拉阿卜杜拉赫曼担任清真寺的伊玛目后，以极大的热情投入到工作中，把自己所学的知识都运用了起来。每天，他都会向祈祷的人们说些教诲性的话语。每逢周五他都会发表长篇布道，用以触动教民的心灵。虚荣心极强的阿卜杜拉赫曼，是为了提升自己在人们心中的形象才布道的,这些布道成功地打动了教民。每逢周五,街区附近的人就会来听他的布道。看到自己的努力获得了成功,毛拉阿卜杜拉赫曼骄傲得有些膨胀,讲起话来更加真挚动人了,尤其是当他发现祷告的人里面有别克或者可汗的近侍时,他就把地狱和天堂的问题放在一边,开始说起如何谦卑地服从可汗,尊重统治者。他把取悦可汗及其亲信放在第一位,很少关心自己可怜的教区居民。他的努力得到了回报:一个富有的商人被他"渊博的学识"俘获,把自己的亲戚嫁给了他。毛拉阿卜杜拉赫曼成为富人的女婿后,开始与该市其他富裕的家庭结交,并在节日期间拜访他们,结识了许多经学院教长和其他重要人物,渐渐变得骄傲自大。现在他希望能够接触到王宫贵族的社交圈子!……但是目前这一目标还无法实现。

读者已经知道了阿卜杜拉赫曼对安瓦尔怀恨在心,也就可以明白当他得知对手晋升文书长时有多么的不安。怎么?那个不学无术的安瓦尔非但没有被逐出王宫,反而被提拔到如此高的职位?

在大多数情况下,公正的看法是不会贬低任何人的,偏见通常会使发言者本人蒙羞。毛拉阿卜杜拉赫曼对安瓦尔的看法有失偏颇,因此他遭到了织布工萨法尔的正当的回击。

但无论阿卜杜拉赫曼心中对安瓦尔怀有多深的怨恨,他都没有能力也没有机会去伤害对手。或许你会说:"伊玛目已经结婚了,他现在不需要拉诺了,何必怨恨安瓦尔呢?"这是一个幼稚的问题。怨恨始于拉诺的拒绝,但是对安瓦尔的嫉妒加深了这份怨恨,使其向着另一个方向发展。"您在圣城布哈拉学习了这么多年,也只不过是街区清真寺的伊玛目,而他,即使没有在布哈拉学习,也当了宫里的文书员……"织布工萨法尔说,这些恶毒的话再次激起了他已逐渐平息的怒火。如果您像织布工萨法尔一样天真,那么,也许您也会说:"这一切都是真主的安排。"那您还是什么都没明白。像阿卜杜拉赫曼这样的人是让人难以理解的,最好还是不要去理解他们。

21

授职典礼

　　从早上开始，所有人都知道了任命手谕上的名字。安瓦尔像往常一样坐在宫廷文书室里工作，时不时地有文书官和其他职员来到他身边，悄悄地表达祝贺后离开。安瓦尔默默地听着这些贺词，照常为可汗准备公文，整理来自各地方长官的请愿书和信件，将紧急、重要的文件与不太重要的分开，以便将它们转交给乌代奇①。他把一些需要重写的文件交给了坐在隔壁房间的抄写员和穆夫提，他们面前放着纸张笔墨。

　　文书长的房间里，除了安瓦尔，还有两名文书员。他们好像被钉在桌子上似的，一动不动，一声不吭，只有手中的芦苇笔在沙沙作响。其中一个人皱着眉坐在那里，他就是穆夫提·沙霍达特，提交给可汗的文书处文书长候选人名单上也有他的名字。另一位名叫卡隆沙赫的文书官从前一直幻想着他的朋友——诗人马德赫能担任文书处文书长。隔壁的房间里坐着十五名文书官，他们心情各异：有的人，比如苏丹纳利，面带微笑，与邻座的人说说笑笑，其他人，则像穆夫提·沙霍达特一样，看起来愤愤不平。

　　身旁文书官的言行举止使安瓦尔感到有些不安，在翻阅公文

---

① 乌代奇：浩罕宫殿的司仪。

时，他会不时地看看他们。可坐在对面的两个人却一言不发，仿佛用蜡封住了嘴巴。

安瓦尔忍不住打破沉默："今天早上所有人都在打趣我，好像我已经被任命为文书处文书长似的。"

穆夫提·沙霍达特用芦苇笔在墨水瓶里蘸了一次又一次，回答道：

"假如结果如此，也没什么好奇怪的……"

"您说什么呢，"安瓦尔把公文放到一边说道，"这是因为您在外地乡村四处奔波，我只好暂时接手这些事情，以免工作出现延误。从明天起请您重新负责这些事情吧，先生。我已经厌倦这些玩笑话了！"

穆夫提·沙霍达特用笔梳了梳自己那遮住整个胸膛的、浓厚的灰白胡须。

"也许这不是开玩笑，"他掩饰着自己的恼怒说道，"你年轻，好学上进，知识渊博。而我们在文书处工作很久了，已经很疲惫了……"

"是的，"坐在穆夫提旁边的卡隆沙赫坚定地说，眼睛却没有从书写上移开，"不要理会这些人。"

安瓦尔已经相信了这些贺词，称其为"玩笑"只不过是因为他想设法缓和一下尴尬的气氛。卡隆沙赫的话让他很不高兴，他感受到了话中明显带有敌意。这时，宫殿司仪从接待处走了进来，停在门口，叫道：

"米尔扎·安瓦尔！"

安瓦尔拿起为可汗准备好的公文，从座位上站了起来。

"公文已经准备好了……我正准备把它们送给您，先生。"

宫殿司仪摇了摇头。

"公事先放一放，"他看着文件点头示意，"请跟我来。"

"去哪里，先生？"

"去见可汗！"

文书官们面面相觑。穆夫提·沙霍达特面色苍白地看了看卡隆沙赫。安瓦尔手里拿着公文,惊讶地立在那里。宫殿司仪又叫了他一遍:

"我在等您,安瓦尔!"

安瓦尔把文件放在桌子上就跟了出去。

可汗坐在王位上。他的右手边的长椅上坐着阿卜杜拉赫曼·阿夫托巴奇①,左手边坐着双手交叉放在胸前的诗人达姆拉②·尼亚兹。通向可汗寝殿的大门两侧,像雕像一样矗立着两名手持长戟的侍卫,墙边坐着的是可汗的高级政要,御前别克。

宫殿司仪进入了神圣的寝殿并行了鞠躬礼。

"把他叫来了?"可汗问道。

"是的,陛下。"

"让他进来吧!"

宫殿司仪鞠了躬,后退着离开了,然后带领安瓦尔走进了神圣的寝殿。安瓦尔在门口停下,向可汗鞠躬,又对可汗周围的人恭敬地鞠了一躬。

"最近怎么样,文书官?"可汗问。

"承蒙您的恩典,大汗,一切都好。"安瓦尔说。

可汗看着达姆拉·尼亚兹。

"这个年轻人似乎是我们所有文书官中最有能力的。"可汗说。

达姆拉·尼亚兹鞠了一躬:

"这都是您英明领导的结果,您是万王之王!"

"我们决定任命这个年轻人为我们的第一文书长。"可汗说完,拿起手谕,递给达姆拉·尼亚兹,吩咐道,"读吧,达姆拉!"

达姆拉·尼亚兹从座位上站起来,接过手谕并亲吻了一下。阿卜杜拉赫曼·阿夫托巴奇及其身后的贵族高官——所有人都立即站

---

① 阿夫托巴奇:直译为用来沐浴的容器,另指御前官衔。
② 达姆拉:以博学著称的人,又指伊斯兰学校讲师。

了起来。

达姆拉·尼亚兹站着开始诵读手谕：

以至高无上的真主名义！所有的穆斯林都请服从真主的旨意。请聆听伟大的苏丹之子，即我们费尔干纳如今的掌权者苏丹赛义德①·胡德亚尔可汗②的命令！

在胡德亚尔可汗第三次登基的第三年——希吉拉 1287 年，萨法尔月的二十五日③，我们将这封手谕交给浩罕市民米尔扎·安瓦尔，希望这位有学问的文书官安瓦尔——萨利赫的儿子，遵守伟大的伊斯兰教法典，身为御前别克，忠实履行可汗第一文书长的所有职责。希望他在履行陛下的旨意时，能够不辜负我们的信任，时刻警惕叛国和违反伊斯兰律法的行为，不让我们的公正之镜蒙尘，夜以继日地为我们的人民伸张正义，细心而公平地对待人民。

手谕上附有一段文字写着："此人是可汗宫廷部下设文书处的最高文书官。我们已在此手谕上加盖了可汗印章。"

读完手谕后，达姆拉·尼亚兹把它贴在额头上，然后双手举起递给胡德亚尔。

胡德亚尔接过手谕，点了点头，叫来了站在他面前低着头的安瓦尔。安瓦尔跑上前，接过手谕并亲吻了一下，然后把它放进头巾里，后退到原来的位置上。

达姆拉·尼亚兹作了感恩祈祷：

---

① 赛义德（萨义德）：伊斯兰教传入之前是阿拉伯部落首领的称谓，后指伊斯兰教对先知默罕默德之女法蒂玛与阿里所生后裔的专称，伊斯兰教国家统治者视其为最高封号，一般加于姓名之前。引自《中国伊斯兰百科全书》。
② 胡德亚尔可汗：中亚浩罕汗国可汗，曾于1845年至1875年三度当政。
③ 希吉拉1287年萨法尔月二十五日：也就是公元1870年5月28日。

> 在万王之王的统治下，愿国家日益昌盛！愿敌人在他面前俯首称臣！愿真主永远保佑他，使他的恩典庇护着我们！
> 真主，保佑我们免受伤害！
> 击退攻击，洒下光明！
> 为了先知的荣耀，赐予我们胜利！
> 真主啊！请赐予我们胜利！

作为回应，四处都响起了热烈的呼声，尤其是前厅传来了高扬的欢呼声："阿敏①！阿敏！"。这些呼喊的回声响彻神圣的寝殿。

宫殿司仪带来了两件袷袢，一件是由锦缎做的，给达姆拉·尼亚兹穿，另一件是由黑色天鹅绒制成的，应该给文书长，也就是安瓦尔穿。穿上锦缎袷袢后，达姆拉·尼亚兹又开始称颂可汗，为他诵读礼赞和祈祷文，将他比作传说中慷慨大方的哈蒂姆·泰②和象征公平正义的伊朗国王努希尔万③。仪式到此就结束了。

安瓦尔悄悄地退到了前厅，在朝臣们嘈杂的祝贺声中离开了可汗的寝殿。

当安瓦尔返回文书处时，所有级别的文书官，都站起来迎接他们的新长官。即使是那些不希望他上任的人，脸上也没有丝毫昔日的"困惑"。穆夫提·沙霍达特也有史以来第一次亲自站起来迎接安瓦尔。

"恭喜，恭喜！这是莫大的光荣与荣耀，米尔扎·安瓦尔！"

读者对这些人在半小时内发生的变化不要惊讶，原因很简单，大家都明白。毕竟，文书长是文书处的负责人，即使对于像穆夫提·沙霍达特这样胡子长及腰部的长者来说，他也是文书长。从

---

① 阿敏：阿敏（Amin）的阿拉伯语是"أمين"。基督教有一个常用词"阿门"，源于希伯来语的 Amen，其实发音与阿拉伯语极为相似。也读作"阿米乃"。二者的原意也是一样，意思是"主你接收（允许、承领）吧"。
② 哈蒂姆·泰：阿拉伯神话中的主人公，非常的慷慨大方。
③ 努希尔万（531—579）：萨珊王朝的伊朗君主，在后世的传说中被誉为正义的楷模。

这一刻开始，他们所有人的命运都掌握在这个人的手中。

这些或真诚或虚伪的祝贺使安瓦尔感到难为情。他从头巾中取出那封手谕拿在手里，做出一副难以置信的样子，环顾了一下周围的文书官们。

"根据可汗的旨意，"安瓦尔对他们说，"我不得不承担一项艰巨又极其重要的职务。我接受它不是因为相信自己有能力，而是希望能依靠大家的力量，把这份差使做好。你们就像我的长辈和兄弟一样，我想你们不会让承受了如此重担的兄弟难堪，你们会体谅我的……在你们的帮助下，我在这里学到了很多东西，你们是我的老师。虽然我现在成为你们的长官，但这并不能说明什么。我希望你们继续把我当作从前的安瓦尔，不要用这些繁文缛节来折煞我，像以前那样称呼我就好。毕竟，简单朴素的待人态度是善意和友谊的象征。"

"一直以来，我们都很尊重您，不是因为您是已故穆罕默德·拉贾别克的学生，"苏丹纳利回答说，"我们尊重您的学识和才华。未来我们还会继续尊重您，不是因为您是可汗的文书长，而是因为您是米尔扎·安瓦尔！"

穆夫提·沙霍达特不以为然地看了一眼苏丹纳利，在舌头下放了一撮纳斯威，然后回到自己位置上坐下。

安瓦尔说："您总是说些溢美之词让我受之有愧，苏丹纳利大哥，我再说一遍，我在意的不是称赞，而是您的尊重。因此，请以淳朴、兄弟般的态度来表达您对我的尊重吧。"

感恩祷告结束后，大家继续工作。安瓦尔刚要脱下自己的天鹅绒长袍，苏丹纳利走了过来。

"米尔扎·安瓦尔，您现在该回家了！"

"为什么？"

"现在，一名传令官会穿梭在城市里向人们宣布您被任命为文书长的消息。人们会来您家祝贺您……"

"首先，我没有自己的家。其次，没有熟人会来祝贺我的。"

安瓦尔摆了摆手说,"所以不必考虑这个!"
"您还是太年轻了,安瓦尔!"
安瓦尔笑而不答,坐在座位上开始整理文件。

丝绸长袍和热烤馕

给新任文书处文书长颁发手谕才过了两个小时,消息就传遍了整座城市。

王宫传令官在集市和街道的十字路口高声呼喊,宣布这一消息:

> 让逝者听见!您自己的时代结束了,
> 尊敬的毛拉穆罕默德·拉贾别克!
> 但花园里的玫瑰开得更加艳丽了,
> 一只歌声嘹亮的夜莺向我们飞来,
> 有人能与米尔扎·安瓦尔相比吗?
> 他的才华无与伦比,
> 丰富的语言,惊人的天赋……
> 可汗把手谕赏赐给了安瓦尔!
> 他的思想如此流畅清晰,
> 愿幸福与他同在!
> 忠于伟大可汗的人,
> 无愧于无上的荣耀。
> 他将得到一个又一个奖赏,

荣誉和喜悦在等待着他……

城里的神职人员和贵族们昨天还对安瓦尔的任命传言嗤之以鼻，如今得知这是事实，他们愤怒地揪住自己的衣领："愚蠢至极！请真主宽恕我！这样的荣誉竟然给了一个出身寒门的无名小卒？"

关于这件事，贫苦的手艺人是这样认为的："哎，不论谁在那个位置上，只要他是一个正义的人就好！对吧，玛玛尔·阿依姆？"然后他们就各忙各的事去了。而那些像织布工萨法尔一样，有机会了解安瓦尔好心肠的人，听到这个消息后则欣喜若狂。

"这个年轻人是凭借真才实学晋升的，"他们说，"他被任命是件好事。"并对新任文书长大加赞赏。

尽管萨利赫·马赫杜姆对安瓦尔的任命早有预料，但是等消息时还是很焦虑。马赫杜姆拦住了前来通报喜讯并索要礼物的年轻人后，立即让自己的两个学生迅速把男宾室打扫出来，并让其他所有的学生回家去了。他匆匆忙忙地进入内屋，把正在教书的尼戈尔·阿依姆招呼到跟前。

"把箱子打开，安瓦尔文书室来人了！"

起初，尼戈尔·阿依姆一头雾水。

"安瓦尔文书室来人了？为什么要打开箱子？"

"你可真是个愚蠢的女人，"马赫杜姆激动地回答，"安瓦尔得到了可汗的任命手谕，一个年轻人来传递喜讯并索要礼物。打开箱子，随便拿点什么东西给他，你快点儿！"

尼戈尔·阿依姆急忙起身，开始在房间里四处奔走，寻找箱子的钥匙，马赫杜姆站在前厅里，生气地责骂她。钥匙还是没有找到，马赫杜姆的耐心耗尽了，他走进教室去叫拉诺。

"找到啦，找到啦！"尼戈尔·阿依姆尖叫道。

马赫杜姆回到她身边。尼戈尔·阿依姆打开了箱子。

"我应该拿出哪件长袍？"

"拿那件厚棉布的。"

就在这时拉诺进来了。马赫杜姆看着女儿笑了。

"哎，女儿，祝你幸福，"他说，"你的哥哥安瓦尔已经成为王宫的文书长了！"

拉诺转过身去，掩面而笑。

"您叫我干吗？"

"想问问你箱子的钥匙去哪里了，现在已经找到了。"

尼戈尔·阿依姆从箱子里面拿出一件厚棉布长袍给丈夫看：

"给这件合适吗？"

"合适，合适，给我吧！"

尼戈尔·阿依姆怀疑地看着这件长袍：

"给宫廷传令官送这种长袍，合适吗？"

拉诺同样嫌恶地看着这个长袍。

"不许送人家这种东西，丢人！"

马赫杜姆想了想。

"好吧，"他迟疑地说，"那就拿件丝绸长袍吧，但是不要给他太好的。"

尼戈尔·阿依姆取出一件丝绸长袍。马赫杜姆对着灯光细细地端详它。

"不，我舍不得它，"马赫杜姆小心翼翼地把长袍折叠起来，"还是拿厚棉布长袍给他吧！"

"送人家厚棉布长袍，还不如什么都不送。难道你想让安瓦尔哥哥因这种小事而蒙羞吗？"

尼戈尔·阿依姆也站在拉诺这一边：

"不要让安瓦尔因为我们而蒙羞！"

"但是不舍得，我不舍得把它送人！"马赫杜姆翻动着手中的丝绸长袍说道，脸上再也没有喜悦激动的神情，有的只是贪婪。"这太浪费啊，我的女儿，太浪费！你看，它的丝线多么的稠密，针脚多么的扎实！"

"那更好了,"拉诺说,"对一个人的敬意和尊重远比稠密的丝线更珍贵。"

"唉,好吧,好吧,"马赫杜姆一边和丝绸长袍告别一边说,"你去把学生都打发回家,尼戈尔·阿依姆,铺桌子,煮上茶水。或许,一会儿会有人来祝贺。而你,我的女儿,你就不能好好洗洗头发,看起来更像个女孩一点吗?"

说完这些,马赫杜姆就离开了。拉诺用手捂住脸,笑了起来。尼戈尔·阿依姆叫住了丈夫。

"拉诺啊!"① 她说,"我们所有的烤馕都又干又硬,没时间和面了,应当去集市上买一些热烤馕。"

在马赫杜姆已经将丝绸长袍送出去之后,妻子的这些话无疑是在他伤口上撒盐。他在院子的中央停了下来,挠了挠头,眯起眼睛看着妻子。

"很干很硬吗?"

"像石头一样。无论怎么使劲都掰不开。"

烦心事又来了!萨利赫·马赫杜姆艰难地开口:"好,我去买些烤馕。"他垂头丧气地走到男人们活动的区域,亲手给等候在男宾室的传令官穿上丝绸长袍,送他出了大门,目光中透露出万般不舍,甚至忘记询问安瓦尔什么时候回来。他先是指责那个不先洒水就打扫院子的男孩,骂他是个笨蛋,把院子弄得尘土飞扬。然后又埋怨另一个在男宾室铺垫子的男孩动作缓慢。

"赶紧跑去集市!"男孩刚铺好垫子,为客人准备好了座位,马赫杜姆就对他说,"一棵大柳树下是萨维尔的烤馕店铺。告诉他:需要二十个热乎乎的烤馕。问问他需要多少钱,然后快去快回。向他强调,是萨利赫·马赫杜姆要买,让他卖得便宜些,我会给他现金。还要告诉他,宫里的客人会来拜访新任的文书

---

① 拉诺:此处指拉搭父亲。乌兹别克斯女性一般不直呼丈夫的名字,而是用最年长的孩子的名字来代替。

长……快去！"

吩咐完男孩去打听饼的价格，马赫杜姆就到院子里去了。那个因扬起灰尘而被萨利赫·马赫杜姆斥责的男孩，现在使劲在院子里洒水，弄得到处都是泥泞。马赫杜姆又把他骂了一顿，让他给门前的街道洒水，然后去了内屋。

"你把女学生都打发回去了，很好，"马赫杜姆对妻子说，"但是你为什么不早点考虑烤馕的事儿呢？我们都预料到了他会收到任命手谕……面粉家里也有……你可真是个傻瓜！来，把家里的烤馕拿出来，让我看看它们到底成什么样了？"

拉诺按照母亲的吩咐，从盒子里取出了几个烤馕递给了父亲。各式各样的烤馕干得像木片一样。无论马赫杜姆怎样用力去掰，这些烤馕都纹丝不动。拉诺转过身去大笑起来。最后，马赫杜姆发现自己是在白费力气，也笑了：

"它们完全干透了，真是浪费！都怪天太热了，你说是不是，拉诺？"

拉诺哈哈大笑起来。尼戈尔·阿依姆也笑了。

"昨天我就想发面，但您说'没必要'。我们可以将就，但是安瓦尔辛苦工作了一整天后，就吃这样的烤馕吗？他为我们这个家花了那么多钱，而我们连一张新鲜的烤馕都不给他吃。"

"我已经派人去买热乎的烤馕了！"马赫杜姆说着，把干硬的烤馕给了拉诺。"既然你认为安瓦尔需要吃新鲜的烤馕，那么从今天开始就为他烤一点。我们把那些干硬的饼泡在茶里吃掉，就这样！"

尼戈尔·阿依姆已经为拉诺和安瓦尔偷偷烤了很久的馕了，但是今天只剩两个了。

马赫杜姆终于决定买新鲜的烤馕，他去了男宾室，给问价回来的男孩几枚硬币，让他把烤馕带回来，并且嘱咐他确保烤馕底部的饼皮没被烤煳。

虽然安瓦尔认为他没有"自己的家，也没有关系好的熟人"，但前来道贺的宾客却是络绎不绝。当第二批、第三批宾客陆续到达后，马赫杜姆派人把安瓦尔叫回了家。直到深夜，还有客人前来拜访安瓦尔。就连那些不久前还义愤填膺地揪着自己的衣领嘲笑安瓦尔，说他不学无术的神职人员和贵族别克们，也来向他表示祝贺。因为这样的人总是努力融入环境，迅速适应任何变化，为自己找到摆脱困境的便捷途径，安瓦尔从这些高贵的祝贺者的脸上读出了虚伪、贪婪和魔鬼般的狡猾。只有在穷人那里，安瓦尔才能感受到纯朴的善意。

23

照本宣科

那是在昏礼开始之前，马赫杜姆站在门口，深深地向前来拜访的一位经学院教长鞠躬，并送别。这位经学院教长道完别，刚走几步就停了下来，咳嗽了几声清清嗓子。

"萨利赫·马赫杜姆，我忘记和您说一件事！"经学院教长说。

萨利赫·马赫杜姆殷勤地跑过去。

"我不太方便亲自和米尔扎说：如果他需要对任何书籍或诸如此类的东西进行诠释，请不要绕过我……我请求您向他转达我的请求。"

"好的，没问题！"

"我希望，您不会忘记吧？"

"请放心好了！"

几个小时来一直有不同的官员给马赫杜姆委托类似的事情，他已经头昏脑涨了。马赫杜姆答应了经学院教长的请求后，他目送来访者离开。然后，马赫杜姆看到了随随便便系着头巾的织布工萨法尔，这人光着脚穿着橡胶套鞋啪嗒啪嗒走过来，从大门往男人们活动的区域走去。

"喂，老兄！"马赫杜姆拦住萨法尔说，"您要去哪里啊？"

熙熙攘攘的宾客已经让马赫杜姆感到厌烦了，即使是别克和富人，他也不想招待，更别说是穷人了。何况还要再次买烤馕款待他们，这让马赫杜姆很烦躁。织布工萨法尔停在入口处，转过身来看着马赫杜姆。

"您说什么，先生？"

"我问，您要去哪里？"

"我听说安瓦尔兄弟得到了真主赐予的荣誉职位，所以想去祝贺我亲爱的兄弟。"

"您真的太客气了，但是他现在很累了。您在家里为他祈祷就够了！"

织布工萨法尔挠了挠后脑勺，又看了看马赫杜姆。

"我看他一眼就走。我什么东西都不需要，先生！"

马赫杜姆拦住萨法尔的路，说：

"不行，您只会让他生气！"

"我对米尔扎·安瓦尔一片赤诚，"织布工萨法尔说着，向前挤去，"他不是那么容易生气的人。他是一个简单纯粹的人，愿他能一直幸运下去。您会亲眼看到他对我有多么友好！"

马赫杜姆开始生气了。

织布工萨法尔注视着他，笑了：

"你很快就会看见，他对我是多么友好！"他重复了一遍，不再管马赫杜姆，径直去了房间。他来找过安瓦尔几次，知道男宾室在哪里，不需要马赫杜姆指引。

安瓦尔在男宾室与沙希德别克以及另一个看起来像军事长官的人交谈。看到织布工萨法尔后，安瓦尔站起来迎接他。他们像老朋友一样高兴地打招呼。织布工萨法尔含着泪水向安瓦尔祝贺。安瓦尔安排他坐在自己身边。织布工萨法尔念起了《法谛海》，但两位别克几乎没有举手加入祷告。

"怎么样，税务官不再找你的麻烦了吧？"安瓦尔笑着问道。

"很顺利，多亏了您的庇护，米尔扎！"

"买卖最近怎么样了？"

"还好……不管怎么说,还过得去,兄弟。"

就在这个时候,外面传来了老师请人进来的声音。安瓦尔和织布工萨法尔之间的谈话被打断了。

毛拉阿卜杜拉赫曼走进前厅,一眼就看到了坐在安瓦尔旁边的"朋友"萨法尔,他的脸瞬间苍白——从黄色变得煞白,他硬着头皮迈入了男宾室。

萨法尔进来时没有起身的别克们在毛拉阿卜杜拉赫曼出现时全都站了起来。马赫杜姆将安瓦尔介绍给毛拉阿卜杜拉赫曼认识。

"或许,您还记得,米尔扎·安瓦尔,"马赫杜姆说,"在您到我家来的那年,您的兄弟毛拉阿卜杜拉赫曼也在我们学校读书。"

"我记得。您身体还好吗,先生?"

"很好!"毛拉阿卜杜拉赫曼斜睨了织布工萨法尔一眼,说道,"恭喜您高升。"

"谢谢,先生!请坐!"

他们坐下来念了会儿《法谛海》,然后就开始闲聊。实在是太不凑巧了!毛拉阿卜杜拉赫曼被这突如其来的会面弄得十分尴尬,他无法向安瓦尔道贺,总是忍不住去看萨法尔那个"傻瓜"。见大家都坐着不说话,安瓦尔便邀请所有人去茶桌喝茶。沙希德别克努力地活跃气氛,拉着毛拉阿卜杜拉赫曼聊天:

"先生目前担任什么职务?"

"清真寺的伊玛目,"阿卜杜拉赫曼说,然后斜着眼看了看萨法尔,继续说,"我从布哈拉回来之后就在清真寺当伊玛目了……在宗教学校里也有点活计……"

"太棒了。您在哪个街区的清真寺当伊玛目?"

"在我们那儿的街区,"织布工萨法尔插话道,"我们这位伊玛目的学识渊博,如滔滔江水,他可是在布哈拉求过学。"

沙希德别克不知道该说些什么,只好又说了一遍:

"太棒了!"

"的确,人们都说,毛拉阿卜杜拉赫曼知识渊博,我也听说过。"马赫杜姆说。

织布工萨法尔好像在和毛拉阿卜杜拉赫曼唱反调似的，再次开口：

"的确，我们这位伊玛目知识渊博，就是命不好。他本可以做经学院教长、法官、文书官的，因为他的能力足够胜任这些工作……只是他很不走运！如今，说不定米尔扎·安瓦尔可以好好地关照他，帮他在宫里随便安排个职位，这么一来，他们俩都将得到宠爱和尊重，就像太阳的光芒照耀人们一样！他一周前还亲自为我们的米尔扎祈祷……是吧，先生？"

毛拉阿卜杜拉赫曼准备从地上站起身。他擦了擦额头的汗水，不安地看了看周围人，用微弱的声音说道：

"是，是这样的！"

马赫杜姆以为，是毛拉阿卜杜拉赫曼委托织布工萨法尔在安瓦尔面前说好话的。

"毛拉阿卜杜拉赫曼是自己人，"马赫杜姆说道，"安瓦尔一定会竭尽全力帮助他的。"

"或许可以把他带到宫里当文书官。"另一个别克说道。

安瓦尔认为做出这样的承诺不合适，因此一直沉默着。毛拉阿卜杜拉赫曼一直在擦拭脸上的汗水。织布工萨法尔觉得自己已经弥补了之前对伊玛目的无礼，一直在捕捉他的目光，看他对自己的表现是否满意。坐了一会儿后，别克们打算离开，然后开始祈祷。伊玛目一直心事重重、一动不动地坐着，他担心织布工萨法尔继续口无遮拦地说下去。织布工萨法尔立即为安瓦尔念了一段《法谛海》以示敬意，然后跟着伊玛目走了。在路上，他想再次为自己前些日子的无礼行为向毛拉阿卜杜拉赫曼赔罪。

四人向安瓦尔道别后便离开了。沙希德别克和他们一起走了约三十步后，转身朝自己家走去。过了一会儿，另一个别克也拐进了其他街道。阿卜杜拉赫曼不想和自己的"朋友"萨法尔一起走，于是加快了步伐。但是织布工萨法尔快速追上了伊玛目，与他并肩同行。伊玛目大怒，停在路中间，像一只发狂的猫似地瞪着萨法尔：

"你别停下，继续往前走！"

织布工萨法尔又往前走了两三步才发现阿卜杜拉赫曼停住了。

"我们一起走吧，先生！"

"我不想和你一起走，滚开！"

织布工萨法尔不明白这是为什么，沉默了一会儿。

"为什么，先生？"

"你个笨蛋，还问为什么？！"

"如果您的布道可信的话，清洗、晾干头巾的工夫就能消弭穆斯林心中的怨恨，"织布工萨法尔说，"而我们已经结怨四天了……够了，先生！"

"我的天呢！"伊玛目惊呼道，"您当日说了那么多诋毁我的话，短短四天你忘不了吧。"

"我那天是鬼迷心窍了，先生！"萨法尔说，"但是，最后还是被我搞成了那种局面，我还能说什么吗？我只希望我们彼此心中不要有怨恨！"

毛拉阿卜杜拉赫曼感叹道："我的天呢！"他继续向前走去。织布工萨法尔高兴地走在他身边，双手合十放在腹部。

"如果您已经从心里消除了怨恨，那很好，"伊玛目走在前面说道，"但是您为什么又在众人面前胡扯？"

"我说的都是好话。我只是在称赞您的学识。"

"别的没说吗？！"

"我还说了别的吗？我的确说过您怀才不遇，运气不好，但这不是事实吗？"

"我没让您帮我向安瓦尔讨工作！"

"没错，您的确没委托我办这件事……但是难道您是想一辈子都在我们的清真寺做伊玛目，白白浪费掉您的才华吗？！毕竟，只要您能找到一份好工作，奉承下别人又如何呢，先生？"

"我的天哪！对我来说，在清真寺的工作可能比整个王国还要宝贵！"

"唉，您可拉倒吧！"织布工萨法尔说，"不说这个了，先生，我们谈正事吧。难道咱们城里会有经学院教长拒绝宫廷文书官这份工作吗？……我告诉米尔扎·安瓦尔您为他祈祷过，是想让他帮您在宫里安排一份工作，您明白我的用意吗，兄弟？"

"我的天哪！"伊玛目说，"我何时为他祈祷了？……为何要说这样的谎言？"

"虽然您是伊玛目，但是您还太年轻了，"萨法尔笑道，"如果我说实话，直接说安瓦尔被任命为文书长并不符合我们伊玛目的喜好，这样您就满意了吗，嘿嘿？不，先生，想必您在布哈拉也学过，在这两种情况下是可以说谎的：第一，在家庭事务中，也就是夫妻之间；第二，当需要调和两个教民间的矛盾时，也可以说谎。我在天国的老师，曾从一本学术著作中给我读过这些话。它们深深地印在了我的脑海里。如果现在我说错了，我也是按照书上教我的去做的——让两个信徒和解。"

毛拉阿卜杜拉赫曼哑口无言。织布工萨法尔的照本宣科让他无言以对。不知不觉他们已经到了清真寺。织布工萨法尔心中完全没有了芥蒂。他走进清真寺，站在毛拉阿卜杜拉赫曼的后面做昏礼。在清真寺入口处，苏菲·舒古尔和大脖子萨玛德正在等待朝拜者。看到织布工萨法尔和伊玛目同时出现，萨玛德吃惊地推了推织布工，问道：

"你们和解了？"

"常言道：清洗、晾干头巾的工夫必须消除心中的怨恨。"织布工萨法尔说，"我和伊玛目刚刚一起从文书长家出来，我们都去那里拜访了。你知道我的米尔扎接到任命手谕了吗？"

萨玛德默默地转过身去。而苏菲·舒古尔则在昏礼开始前就读起了礼赞。

24

诗人的秘事

在接下来的十五天里,马赫杜姆的男宾室变成了一个真正的文书处。所有想往宫廷递请愿书的人,甚至是官员,都会事先来找安瓦尔,征求他的意见。当然,白天管理宫廷文书处,早晨和晚上接待来访者,这是很累的事。但是,长期以来一直如此,安瓦尔不得不在家里接待请愿者。穷人们的确没有给他带来太多麻烦,但是那些别克、神职人员和巴依老爷们却让他很烦恼。穷人们前来咨询重要的事项:例如,他们因极度贫困而要求免税,或寻求保护以免受某些别克的欺压,等等。而富人和贵族则有其他要求:有个经学院教长与另一个经学院教长不睦,于是他希望安瓦尔在权贵面前说点什么;一个富商抱怨自己贫穷,也想免税;税吏为了给自己开脱,把责任推给了另一个人,并许诺如果安瓦尔肯帮他,一定会得到酬谢。这些不速之客让安瓦尔觉得愤怒、可笑,每当他成功摆脱这些人之后,都感到精疲力竭。

虽然这些访客让安瓦尔无比烦恼,但却让马赫杜姆很高兴,使他的虚荣心得到了极大满足。当安瓦尔还在宫中时,马赫杜姆就亲自在男宾室接待他们,在安瓦尔回来之前,他已接受了他们各种各样的委托。

但是,马赫杜姆对待穷人就像见到织布工萨法尔时一样冷淡,他无法忍受那些穿着旧长袍的人，想尽快把他们送出大门："米尔扎今天不会从宫里回来……他没时间听你们说话，不要纠缠他。"如果看到安瓦尔和某个穷人坐在一起，与其亲切、温和地交谈，老师就会很生气，并想起一句阿拉伯谚语，"一切都会回归其本源，因为蚁民永远是蚁民"，或者是，"从母亲乳汁中汲取的东西直到死亡也留在体内"。马赫杜姆会极度厌恶地离开。

以前，马赫杜姆不急于为安瓦尔和拉诺举行婚礼。他有自己的理由。他知道安瓦尔深爱着拉诺，因此，他不用为新郎操心。他之所以推迟婚礼，主要是想尽可能多地从安瓦尔那里捞钱。毕竟，一旦婚礼结束，拉诺嫁给了安瓦尔，后者可能就不给自己金币了。

但是，当安瓦尔当上文书长后，老师就开始寻思是否该坚持按照以前的"计划"行事？毕竟，如今安瓦尔的名字在全城是家喻户晓。神职人员、学者、别克和别克的儿子们——所有人都知道安瓦尔，他们每个人都乐意将自己的女儿嫁给他，让他当自己的女婿。既然这样，还要推迟婚礼吗？在安瓦尔当上文书长的第二十天，老师与尼戈尔·阿依姆商量后，决定去找苏丹纳利，拜托他和安瓦尔谈谈，让安瓦尔同意娶拉诺为妻。

晚上，安瓦尔准备离开王宫回家。可汗遣散了朝臣，回到了自己的寝殿，白日当差的人都回家了，只剩下夜侍、可汗的守卫以及常驻宫里的仆人，在文书处待得最晚的安瓦尔和苏丹纳利也离开了王宫。他们走后，宫门关闭。

苏丹纳利非常了解安瓦尔的个性和信仰，但这个年轻人的灵魂对他来说仍然是个谜。安瓦尔从未向任何人敞开过心扉，对拉诺的爱也只字未提。从前，苏丹纳利以为安瓦尔住在马赫杜姆那里，只是因为他没有自己的家，从小就在这幢房子里长大；然而，早晨他与马赫杜姆谈话之后，他才明白了真正的原因，尤其是当马赫杜姆开门见山地说："我们希望女儿拉诺能成为安瓦尔的妻子，请您转达安瓦尔，我们想筹备婚礼，希望他能同意！"马赫杜姆直接把婚礼日期提上日程，这让苏丹纳利一下子想明白了许多事。

回家的路上，苏丹纳利和安瓦尔聊了起来。

"您就听我的建议，买一匹马吧，"苏丹纳利说，"您现在不应该步行。"

安瓦尔微笑着说："要马干吗呢，现在这样步行就很方便……"

"是方便，但是现在这样不合适。"

"当我被撤职后，我该如何习惯没有马、重新步行的生活呢？"

"您怎么会被撤职呢？您会在这个职位上干很多年。"

安瓦尔又笑了。

"我觉得，我连一年都撑不下去……如果您是我的朋友，就请替我向真主祈祷，让我在不被砍头的情况下，摆脱这个职位。"

"您在胡说些什么！"

"您看看穆夫提·沙霍达特那副面孔。还有诗人的嘲笑声，您听到了吗？……如果这些处心积虑的人能从我手中正大光明地夺走第一文书长的职位，我会感到非常幸福！我真的百思不得其解，有那么多实力强劲的候选人在觊觎这个职位，他们为什么要选择我。这要么是我莫大的福分，要么就是我的不幸。我预感，或者如您所说，鬼使神差荒谬的想法，想来想去我觉得是后者……"

"如果穆夫提·沙霍达特和诗人马德赫伤害您分毫，我就去帮您讨回公道！"苏丹纳利说，"您就该被任命为文书长，对您的任命是完全正确的。即使在七岁孩童那里，穆夫提也没有威望。穆夫提多年来纵容各种徇私舞弊的行为，他那些见不得人的卑鄙行为，不仅我知道，整个城市的人，甚至可汗本人也知道。所有人都知道，他不会获得任命手谕的。毛拉布尔汗①与首席大臣之间的关系是这样的，如果可汗亲自下令让首席大臣给布尔汗写手谕，

---

① 布尔汗：布尔汗这个名字是中亚地区最常见的名字之一，其意义一般译为"神谕"或者"神示"。乌兹别克斯坦的许多人认为布尔汗这个名字是神圣智慧的象征。它还与地平线上一颗闪亮的星星有关，象征着光明、善良和高贵。叫布尔汗这个名字的人有很强的精神能量，并有很强的执行力。他们往往乐善好施，支持弱者，为人平和、冷静、精神富足。

他无论如何也不会写。况且任命布尔汗会引起文书处的骚乱。至于诗人马德赫，谁都知道这是一个不靠谱的人，他只会对着可汗溜须拍马，嘲笑自己的仇敌。而且，他还是一个贪恋美色的浪荡子，他无法获得任命手谕的原因还有一个——宫里只有少数人知道这件事……"

"那是什么原因呢？"

"别问了，您会笑的。"

"还是因为好色吗？"

苏丹纳利笑了，压低了声音说：

"诗人与一位后宫女子有染。"他说。

"后来呢？"

"另一个女子知道后告诉了可汗。可汗放逐了那个有罪的女子，把诗人叫到跟前骂了一顿，甚至连他的母亲也未能幸免。诗人好不容易才为自己求得了饶恕、逃过了流放。"

安瓦尔笑了，说：

"您认为这就是他没获得任命手谕的原因？"

"当然。如果有脑子的话，他会感谢真主没有把他逐出王宫。所以，您所有的担心和恐惧都是多余的。请相信我：当您走累的时候，真的要买一匹马。算了，先把这个问题放一边，我们来谈谈另一个更重要的问题：比起马来，您现在更需要什么。比如说，我觉得您是时候该结婚了，这样您就不会孤单了……"

"怎么会说起这件事了，苏丹纳利大哥！"

"我是认真的。如今，结婚是您的责任和义务。希望您不要找借口推辞。"

安瓦尔笑了，说：

"我想等自己被撤职后再结婚。"

"您这是说的什么话！如果您在这个岗位上工作一辈子呢？您要一辈子单身吗？哈哈哈！"

"谁能在同一个岗位上工作一辈子呢？"

"有这样的人。比如,已故的穆罕默德·拉贾别克。从穆罕默德·阿里汗时期直到他去世,他一直在宫廷文书处里工作。不,我是认真的,我们会尽力帮您迎娶城里任何您喜欢的女孩!"

"谢谢……"

"安瓦尔!我在和您说正事!"

感受到苏丹纳利是在认真期待自己的答复后,安瓦尔笑着凝视他说:

"好的,我和我的老师商量一下再和您谈。"

"您的老师今天早上来找过我,"苏丹纳利郑重其事地说,"如果我没理解错的话,他似乎想让您当他的女婿。我只是不知道——您是否同意?"

安瓦尔脸红了。他没有回答,不知所措地看着苏丹纳利,好像在问:"接下来该怎么办?"

"按照您老师的说法,婚礼已经筹备好了,"苏丹纳利说,"马赫杜姆是想让我来询问您的意见。我承诺会给他答复。"

安瓦尔又笑了起来。但是这次他的笑是一种别样、幸福的笑。

"好,"安瓦尔说着又默默地走了几步,"好,我今晚考虑一下,到明天给您答复。"

"也就是说,如果我今天见到老师,我是不是应该告诉他,明天他就能得到答复?"

"当然。"

"再见,安瓦尔,愿真主保佑您!"

"再见,苏丹纳利大哥!"

于是他们便分开了。

25

生命之光

多年来令安瓦尔坐卧不安的也正是他梦寐以求的，而这心愿终于要实现了。多年来被压抑的爱情之花如今尽情绽放，要去迎接他的爱人。很久以来安瓦尔只能远远地欣赏这朵爱情之花，如今终于可以嗅到它的芬芳了。他所做的一切难道不是为了得到这朵爱之花？安瓦尔在这所房子里住了这么多年，忍受着马赫杜姆的种种行为，干着那份令人憎恶的工作，忍受着姐姐一次次的责备："我还挺高兴，以为你能够回母亲的家中振兴家业……安瓦尔，你真傻，对自己人不管不顾，却养肥了外人！"

每个人对幸福的理解都不尽相同。对安瓦尔来说，幸福就是自己对拉诺的爱情。当他的生活中缺少火焰时，他怎么能够振兴家业呢？而原来他一直在追寻的火焰就是爱情的火焰。

其他年轻人在追求幸福的时候，先建房子，奋斗事业，为自己还不了解的妻子缝制华丽的服饰。而安瓦尔想先结婚，然后再考虑别的事情。

答应明天给苏丹纳利答复后，安瓦尔忐忑不安地回家了。在与男宾室等候的访客们匆匆忙忙地交谈完后，他便前往内室。想与拉诺会面的隐秘愿望牵引着他去那里，他想透过拉诺的眼睛看出她是否知道马赫杜姆的打算。

25. 生命之光

拉诺坐在平顶凉台上，靠着根柱子看书。尼戈尔·阿依姆正在炉灶旁准备晚饭。拉诺的余光看到安瓦尔正在朝自己走来，她莞尔一笑，用黄色绸缎连衣裙遮盖住双腿，将自己的细长辫子铺撒在绸缎包裹的胸部上。等他走近，拉诺才缓缓将视线从书上移开，说："您好！"然后又继续看书。安瓦尔看了一眼书。

"奥马尔·海亚姆①?"说着，他坐到了拉诺的对面，双腿从平顶凉台上垂下来，"读一读吧，我们想听！"

拉诺合上书，把它递给了安瓦尔：

"您读吧，我听着。"

"还是你亲自读吧，别偷懒……"

"如果我读错了，您又要像那次一样笑个不停，您还记得吗？"

"那次你是故意读错，来逗我笑的……读吧，拉诺！"

拉诺把书放在安瓦尔的面前。

"我读累了……"

"我请求你，为我读一读！"

拉诺望着通往屋子的小路示意了下：

"父亲会进来的。"

"你怎么变得这么害羞了？"

拉诺嫣然一笑，没有回答，但脸却红了。安瓦尔试图转移话题：

"你流汗了，拉诺……难道今天这么热吗？"

拉诺用手帕擦了擦脸上珍珠般大小的汗珠。

"不是因为热，"拉诺笑着说，"是因为别的事情。"

"是什么事情？告诉我。"

拉诺又恢复了平时爱捉弄人的模样，嘻嘻哈哈地说：

"自从您成了位高权重的别克……每次看到您，我就会紧张。

---

① 奥马尔·海亚姆（约1048—1131）：伟大的诗人、哲学家、天文学家和数学家，出生于尼沙普拉（伊朗）。

甚至会出汗。"

"我还以为你不再戏弄、嘲笑人了。看来并没有。接下来还想说什么？"

"谁敢质疑位高权重可汗的文书长呢?！希望您能允许您的女仆这样称呼您。"

"可以，我允许，"安瓦尔笑着说，然后从座位上站了起来，"如果我们的女仆现在不紧张了，那么我向她说了事之后，她会不会更紧张了？"

"您的女仆已经准备好听从您的吩咐了。"

"女仆坐着和主人说话合适吗？回答这个问题，然后再听我的吩咐。"

拉诺跳了起来，学着女仆们的样子把双手放在裤缝处，把头低在胸前，请求原谅。

"愚笨是人的天性，"拉诺说，"但是您听话的女仆值得宽大处理。因为她是用金币买来的，对主人忠心耿耿！"

安瓦尔满眼笑意，久久地凝视着眼前这个搞怪的女孩，聆听着她可爱俏皮的语调，继续着他们的游戏，用一种命令的口吻说：

"我一会儿去苏帕。抽空来找我，我有秘密要告诉你！"

拉诺继续扮演着女仆的角色，她鞠了一躬，做出一副"随时准备效劳"的姿态，然后抬眼看向安瓦尔，用她那迷人的目光注视着他……安瓦尔勉强克制住了自己的笑容与赞叹的表情，转过身向出口走去。

尼戈尔·阿依姆还在炉前忙碌着，她也被女儿的这些把戏逗笑了。但是，此类游戏在拉诺和安瓦尔之间时常进行，她早已经习惯了，因此没有多说什么。

"我已经准备好晚餐了，安瓦尔！"她说，"您要去苏帕吗？"

"是的。"

"晡礼结束后，父亲要去别的地方。您要一个人吃晚饭吗？"

"是的，一个人。"

"如果您看到孩子们的话，叫他们来找我。"

"好的。"

安瓦尔一边想着马赫杜姆可能会去哪儿，一边往男人们活动的区域走去。

还没到昏礼时间。微风轻轻拂动着苏帕周围的花朵，罗勒浓烈的气味扑入鼻腔。一轮暗月慢悠悠地从空中升起，随着夕阳落下，它的颜色逐渐变得明亮起来。一群牲畜从牧场返回到市里，到处都能听到牛的哞哞声和羊羔的咩咩声。

当拉诺从内屋过来时，安瓦尔正坐在花园的苏帕上，忙着处理公文。安瓦尔似乎忙于工作，没有注意到她的到来。拉诺悄悄地走近安瓦尔，将胳膊肘支在苏帕上，用手托住下巴，看着安瓦尔写字。安瓦尔温柔一笑，侧过头去看了拉诺一眼，勉强用笔蘸了点墨水，又写了几个字。然后，他顿了顿手中的笔，又像之前一样，宠溺地看着少女。他们的目光交汇在一起，相视而笑了好一会儿。

"您为什么停下呢，继续写呀！"

"你总是这样，拉诺！"

"怎么啦？"

"总在我忙碌的时候到来，分散我的注意力。"

"我又没和您说话。继续写吧，我就看看而已……"

安瓦尔转头看向拉诺。

"没用的，因为你已经偷走了我的心思！"

"我可不是小偷！请您继续写吧！"

安瓦尔把写完的公文放在一边，拿起一张干净的纸。

"现在我要写点不一样的东西。"

"好啊，写吧。"

"这次你给我回应，好吗？"

"好。"

"如果像上次一样,你还是不敢回应,那我该拿你怎么办?"

拉诺坐在苏帕上面,双腿悬在空中。

"那您可以拍拍我的脸。让我回应没问题,只是您这次表达的意思、使用的韵脚不要太复杂哦。"

"好。"安瓦尔笑着说,然后看了一眼拉诺,沉思起来。

拉诺蹙了蹙眉。

"不要想太久哦!"

安瓦尔没有回答,而是用羽毛笔蘸了蘸墨水,动笔写道:

法尔哈德为他的希琳感到骄傲,玛吉农为美丽的莱利而自豪。①

我骄傲,拉诺,你是世界上最美的一朵花。

看着安瓦尔笔下的文字,拉诺脸红了,摇了摇头,转过脸去。

"拉诺,快点回应我呀!"

她站了一分钟,没有看安瓦尔,然后弯下腰,从他手中接过纸笔,问道:

"您真的不会笑我?"

"如果你不笑我,我也不会笑你的。但是你得按照约定给我的两行诗一个确切的答复。"

拉诺想了会儿,背着安瓦尔写下诗句:

凯斯②的疯狂对莱利来说是不幸和耻辱。

我骄傲,米尔扎,你的智慧像远方的太阳一样闪耀着光芒!

---

① 法尔哈德与希琳、玛吉农与莱利:乌兹别克斯坦及一些东方民族的诗歌中颂扬的恋人形象。

② 凯斯:一个年轻人的名字,他爱上了莱利,他的绰号是玛吉农,意思是疯狂的、痴迷的。

拉诺把纸扔给安瓦尔，笑着跑到了花圃中。安瓦尔满意地读着拉诺的回复。

"太棒了，拉诺！但是你把我写得太好了……"

拉诺站在花圃中凝望着安瓦尔。

"您也是……"

"不，我一点儿也没夸大其词！"安瓦尔说。"你现在站在花圃中，就是最美的那朵花，拉诺！快来看，我又要写了，准备好回应我，拉诺！"

拉诺又跑了过来，开始读他写的东西：

我曾不止一次焦虑地想，沉重的爱是痛苦的。
我可能注定要成为玛吉农，成为一个疯子。

读完最后一行，拉诺陷入了沉思。安瓦尔一直盯着她若有所思的脸。

"这让你很难回答吗，拉诺？"

"把笔给我！"拉诺伸出手委屈地说，"您还没给我时间思考！"

然后她写道：

医生们常说："谁的胆汁因炽烈的爱情而溢出来，谁就生病了。
唉！无节制的情欲导致许多人陷入疯狂。"

"你赢了！你赢了，拉诺！"安瓦尔惊呼，"但是在最后一行你犯了一个错误……"

"什么错误？"

"医生并没有说胆汁会溢出，医生的意思是，人在热血沸腾时会发疯。"

"但是要想让热血沸腾，首先得让胆汁溢出来。胆汁尚未溢出时，血液是不会发生变化的……唉，您是继续写还是甘拜下风呢？"

"我输了。"

"既然您输了，那么我想得到奖赏！"

安瓦尔把脸凑了过去。拉诺轻轻地拍了拍他的脸颊。

"如果我赢了，"安瓦尔略带遗憾地说，"我不会拍打你的脸颊……"

"那您会怎么做？"

"现在谈这个没用。"

"说吧，万一我也喜欢这种方式的话，那刚刚拍您的脸就不算数了啊，毕竟我几乎都没拍到……"

"不行，你不会像我那样做。"

"我为什么不会做？告诉我……"

"你肯定不会……"安瓦尔笑了，一字一句地说："因为我不会用手去触摸你的脸颊，但会用嘴唇……"

拉诺害羞地低下了头。拉诺无疑会脸红并低下头，因为这是她有生以来第一次听到这样的话。她虽然写过情诗，曾经有过相互喜欢的人，但这些事情对她来说还是非常陌生。对安瓦尔来说，这也是他第一次对拉诺说了一些"无礼"的话，两人都有些尴尬。

蔚蓝色的天空星光闪闪，一颗颗璀璨的星星如同蜡烛一般闪烁着。月亮变得更加明亮了，好像在取笑这两个迈着笨拙步伐步入生活的年轻人。

一阵风吹过，把花园里的花都压弯了腰，仿佛在对这两个年轻人说："你们也该像花儿一样，靠彼此更近一些。"拉诺抬起头来对安瓦尔腼腆一笑：

"好了，我已经按照您的'吩咐'来这里了！"

"按照我的吩咐？"安瓦尔也笑了笑，直视着拉诺的眼睛说，"不，是在昏礼之后……"

"昏礼之后有什么事情吗？"

"你必须按照'吩咐'来这里!"

"有事儿现在说不行吗?"

"现在不行。"

拉诺气呼呼地看了安瓦尔一眼,然后起身就要去内屋。

26

拉诺,你为何垂眸?

一阵狂风把花园里的树吹得东倒西歪。街道上,尘土飞扬,星月黯淡。呼啸而过的风声淹没了螽斯和蝉的鸣叫。苏帕上面的葡萄架一直在晃动,仿佛在和他们嬉戏,映得人脸时隐时现。几串小葡萄被吹到了地上。

安瓦尔捡起掉落在身边的葡萄吃了起来,并递了几个给身旁的人。

"拿着,拉诺!"

"我不想吃。"

"那我就不劝你吃了。"

拉诺又捡了一些葡萄递给了安瓦尔。

"既然您这么想吃葡萄,那就都拿着吧。"

"真好……你帮我把掉落的葡萄都捡起来了……"拉诺又捡起几个葡萄。

"您想和我说什么呢?"

"也没什么……就像往常一样,你自己知道……我们就这样坐会儿……我叫你来是为了帮我捡被风吹落的葡萄。"

"昏礼结束后,父亲很快就会回来的。如果您没什么事情找我的话,我就要回去了。"

"昏礼还没结束，宣礼才刚刚开始。如果父亲提早回来，我们就躲到花后面去。"

"如果父亲来找我们，发现我们躲在花丛后面该怎么办？"

"唉，能怎么办呢？你去你的内屋，我回我的男宾室。"

"如果他问我们两人在花丛后面干吗，我们如何回答？"

"就说，我们只是在这儿坐着。"

"如果他问：为什么要藏起来呢？"

"那我们就告诉他，因为您的女儿害羞了……"

拉诺笑着站了起来，把散落一地的葡萄拾起来，递给了安瓦尔。

"唉，好吧，既然您没事儿与我谈，我就走了，否则风要把我的耳朵吹聋了！"

"拉诺！我还有话要说，"安瓦尔赶忙说道，"回来，我告诉你。"

拉诺走到他面前。

"请说吧！"

"你先坐下！"

拉诺坐在了安瓦尔身旁。她刚坐下，突如其来的一阵强风掀掉了她的头巾，盖住了安瓦尔的脸。

"啊哈，风替我报仇了。好了，快说吧！"

安瓦尔握紧了手中的头巾。

"我可以说，但是有个条件！"

"请告诉我您的条件！"

"你不会生气吧？"

"行吧……"

"你不会害羞吧？"

拉诺好像猜到了什么，想了一会。

"请把我的头巾还给我！"

"你的头巾飞走了。你接受我的条件吗？"

拉诺沉默了。安瓦尔凝望着月光下拉诺那童话般绝美的容颜。她那双清澈纯净的眼睛似乎明白安瓦尔想说什么。两人静默地坐了一会儿。风阵阵袭来，忽大忽小。风中的花朵宛若新娘一般，向着四周行礼。

安瓦尔挪到了苏帕的里面，躲进了树荫下。或许接下来要对拉诺说的话首先让他自己难为情了。

"人降临在这个世间，慢慢成长，长大后就会成双成对。在这个世上，不仅人成双结对地生活，自然界中的动物也是……山里的小鹿，林中的鹦鹉，还有花园里的夜莺——万事万物都是成双成对的。我不知道你怎么想，但我认为，最重要的是，结合在一起的人应该彼此相爱……我们从小便一起生活，我们之间没有秘密，也没有其他人会阻碍我们的关系……所以我觉得没有人可以阻止我们对彼此坦诚……如果我没弄错的话，我们真挚地爱着彼此，心心相印。或者，是我在自作多情，拉诺？"

拉诺抬头望了安瓦尔一眼，又一次低下了眼。沉默了一会儿，安瓦尔继续说：

"我不知道你是否听说，我们的婚事已经定下来了，今天有人让我给婚礼定个日子，我允诺明天答复他们……所以我把你叫到这里来，想和你谈谈，这样明天我就能答复他们了……拉诺，你为何垂眸？"

拉诺静静地抬起头，微笑着把脸过去背对着他。

"你不要害羞，不要不好意思，我们终归是要结婚的。已故的莫赫拉拉祖母也是这样期望的。如果你不想改变我们的兄妹关系，那我就如实回复他们。你说吧，拉诺！"

"还是让一切维持原样吧，"拉诺扭过脸说，"我们妨碍到谁了吗？"

拉诺的话似乎让安瓦尔如释重负。

"当然，除了我们自己，我们之间的关系对任何人都不是负担……你说让一切维持原样，那要保持到什么时候呢？我们应该设定个期限。"

"直到我们老去……"

"也就是说,直到我们老去?"

"直到我们死去……"

安瓦尔笑着靠近拉诺,把手搭在她的肩上,似乎想让她转过来,他看着她的眼睛。

"看着我,拉诺,告诉我实话!"

一阵炽热的呼吸萦绕在耳边,拉诺吓得转过身来,嘴唇正巧碰到了这股灼热的气息。她无法将嘴唇从对方火热的嘴唇上移开,她僵住了,等待着。一阵风从拉诺背后吹来,仿佛要把她推向安瓦尔。挂在白杨树梢的月亮,好像被风吹得摇摇晃晃,躲到了树枝后面窥探他们。为了近距离地观察这一对恋人,一颗暗淡的星星也从天边跌落到地上。

"回答我,拉诺!"

"这种情况下,让我怎么回答?"

"你不回答我,我是不会放开你的!"

"父亲可能会回来……"

"父亲他今天允许我……"

拉诺将左侧的鬓角靠在安瓦尔下巴上,她别过脸去。

"您想什么时候结婚,就什么时候吧!"

"如果我明天就要呢?"

"可以……"

安瓦尔亲吻着女孩依偎在他怀里的娇嫩脸庞,抚摸着她披在肩上的秀发,愉悦地吸吮着发丝的芬芳。

"和我说实话,拉诺,我想按照你的想法回复他们!"

"但愿是在春天……"

"真的吗?"

"真的。"

"那就春天。明天我就告诉他们,婚礼将在春天举行……当春天的大地铺上绿色的地毯，紫罗兰盛开，小鸟开始筑巢，那时我们将举行婚礼，在我们的洞房帷幔后面聆听祝福，我们将为自己的命运祈祷。好吗，拉诺？"

"好……"

"到时候你就不会像小鸟一样在我怀里颤抖，担心被父亲看到。你的一切都将是我的——你美丽的面孔，你的迷人的一切，都将是我的，对吗？"

拉诺没有回答，而是挣脱安瓦尔的怀抱站了起来。她走到小台阶上，穿上皮制套鞋，为了不让安瓦尔追上她，迅速从台阶上跳了下来。

"拉诺，别不回答就走！"

"对！"拉诺站在花圃中，一边整理头巾一边说，"但是以后我不会再来这里找您了。"

"为什么？"

"因为您变坏了……我要告诉妈妈去！……"

安瓦尔笑了起来。

"你要告诉妈妈什么呢？"

"把一切都告诉她！"

就在这时马赫杜姆进来了。他拦住正要前往内屋的拉诺，并问她：

"我的女儿，你给安瓦尔哥哥送茶了吗？"

27

暴力家园

希吉拉1283年①，胡德亚尔可汗第三次登基。这是他统治的晚期，也是浩罕汗国历史上最黑暗的一段岁月。这期间，他暴虐无道，将可汗专制发挥到了极致。从希吉拉1283年到1292年这八年间，胡德亚尔享受着至高无上的权利，草菅人命，他的刀刃上沾满了人民的鲜血。

胡德亚尔想要建造大型的公共设施来改善城市面貌，于是在1284年强迫浩罕的工匠们无偿为国家建造许多新的商行、商队驿站、棉花行以及粮栈。

1285年，胡德亚尔在乌尔根奇②附近建造了一座阿克萨拉伊③宫殿，他命人从远处引来水源，浇洒在宫殿周围的土地上，以便在炎热的天气中享受到一丝清凉。为了与后宫佳丽寻欢作乐，他又命人建造了博吉伊尔姆④天堂乐园。1286年，他完成了母亲哈基姆·阿依姆的遗愿，修建了著名的"哈基姆·阿依姆宗教学校"，

---

① 希吉拉1283年指的是胡德亚尔可汗的第三次登基，开始于公元1866年，此时汗国的内乱动摇了国家的统治根基，导致国力衰弱。
② 乌尔根奇：乌兹别克斯坦的一座城市。
③ 阿克萨拉伊：乌兹别克语翻译成"白色的宫殿"。
④ 博吉伊尔姆：现位于伊朗设拉子的天堂花园，为波斯风格建筑，被列入联合国教科文组织世界文化遗产名录。

与此同时他还令人在埃米尔·奥马尔可汗时期建造的较新宫殿周围修砌了许多花圃①。

　　1286—1287 年，胡德亚尔命人开凿了著名的乌鲁格纳赫尔运河，又可称作伟大的河或可汗的河。1287 年，他建造了一座以自己名字命名的宗教学校，1288 年，他重建了老旧的苦行僧清真寺——卡兰达尔汗那，并建造了一座宗教学校来纪念自己的哥哥——已故的苏丹穆拉德可汗。同年，为了纪念儿子乌尔曼可汗的割礼，胡德亚尔连续一百二十天用手抓饭宴请百姓。在为期四个月的节日期间，每天要煮两百锅手抓饭，用八百个坦德尔炉②烤许多馕，还要每天组织两百场赛羊会。每天都要为从全国各地赶来的贵宾们提供数千件袷袢。

　　人们一定会想，如此盛大的庆典一定会耗费可汗国库中大量的黄金。而汗国国库的财富来源就是从人民身上榨取而来。但胡德亚尔的慷慨、对汗国公共设施的关心，不是靠从大臣们那里收来的黄金，而是靠人民的血泪支撑起来的。自穆哈马达利可汗（1240 年）执政以来，王位之争、乌兹别克人与吉普恰克人之间的内斗以及其他纷争彻底掏空了汗国的国库，1283 年胡德亚尔即位时，他继承的是一个空虚的国库。胡德亚尔大兴土木、劳民伤财地折腾了数年，将费尔干纳人民置于水深火热之中，那是一段暗无天日的时光。

　　就拿在锡尔河③上开凿运河这段历史来说吧。

　　可汗不顾国库空虚、施工难度大，毅然决然地要开凿运河。他派代表到他控制下的所有城市和村庄去征收徭役和赋税。起初，他们宣称开凿运河的工作是自愿的，但不久后又下令："每家每户

---

　　① 旧宫殿始建于希吉拉 1145 年，由沙赫鲁可汗的儿子阿布杜·卡里姆建造。宫殿年久失修，因此胡德亚尔不喜欢这个宫殿。——作者注
　　② 坦德尔炉：乌兹别克斯坦的一种圆顶烤饼炉。
　　③ 锡尔河：中亚最长、流量仅次于阿姆河的河流。

都要出一件月锄①和一个劳工。"

鞭子在空中呼啸,利刃生死相逼——谁敢不服从可汗陛下的命令!即使会丧失家中的顶梁柱,每家每户还是得派一名劳工带着月锄前往可汗指定的地方。富有之家,除了劳工,还得再出一匹马或一架马车。

运河要求宽六嘎兹、深五至十五嘎兹、长三十查基里②。这条三十查基里的运河要灌溉纳曼干和安集延区二千巴特曼③的土地。运河就这样开挖了。劳工的数量很多,但是伙食极差。巴依们逃避责任,派了雇农替自己履行徭役。草原上,一排排拿着月锄的农夫和工匠绵延了三十查基里。他们抛下饥饿的家人,来到这里开凿运河,却一分工钱都拿不到,而且食不果腹。可是在炙热的阳光照射下,在缺水、干燥的草原上,挥动月锄需要消耗大量的体力——劳工们需要更多的食物。

饥肠辘辘的挖土工很快就变得虚弱不堪、精疲力竭,别说挖十卡多④的泥土,他们连月锄也举不起来了。可汗指派的工头们骂这些饥肠辘辘、虚弱不堪的人偷懒,用不堪入耳的话辱骂这些可怜人,直到劳工们筋疲力尽地倒下时,工头才让他们放下月锄。可汗每隔十五到二十天就会来工地视察。监工们诬蔑劳工不服从可汗的命令,在监工们的唆使下,可汗在众目睽睽之下处决一两个人。每次视察,"可汗的河"都被不幸被处决劳工的鲜血灌满。目睹着这一切,其他人都强忍住饥饿,不顾孱弱的身体,用尽全力开挖运河。

于是,在暴政的震慑下,这些工程历时不到一年就完成了,数千里神秘的锡尔河水如银子般地流入草原。用人民的鲜血浇灌的荒芜土地上绿意盎然。

---

① 月锄:中亚地区用来挖土、锄地等的一种农具。
② 查基里:旧乌兹别克语中的长度单位,1查基里等于1.5千米。
③ 巴特曼:面积的度量单位,一巴特曼相当于0.18公顷。
④ 卡多:旧乌兹别克语中的重量度量单位,1卡多等于409.5克。

这个例子有力地证明，可汗的这些革新——建造宗教学校、贸易商行和粮栈，修砌花圃以及多日的庆祝活动，依靠的不是国库里的黄金储备，而是劳动人民的血汗。

但毕竟可汗建造了宗教学校，开凿了运河，所以也许有人会说："虽然可汗很残忍，但他为国家建设做了很多事。"因此，我们要解释清楚，为什么胡德亚尔会如此关注国家的建设。

经过两次的废黜，胡德亚尔已经获得了相当多的从政经验，而且他第三次登上可汗宝座时，恰逢俄国专制制度取得胜利——沙皇的军队占领了塔什干，逼近浩罕。迫于形势，可汗改变了从前的政策，他要加强中央集权，把神职人员和商人等上流社会精英都吸引到自己这边。因为沙皇俄国就像一条张开大嘴的巨龙，正逼近汗国，他们反对汗国的文化，目的是为了在汗国创建新的文化。因此可汗无情地动用人民的一切力量，创建宗教学校、开凿运河、设置贸易商行并重建卡兰达尔汗那清真寺和宫殿。他还拆除了自阿布杜·卡里姆可汗起数十位可汗居住过的旧宫殿，建造了一座新宫殿。胡德亚尔必须要充分展示费尔干纳是一个强国并将其王权紧握在手中。

常言道："火苗熄灭前，会迸发出最后一道明亮的火焰。"在我们看来，作为可汗，胡德亚尔对国家建设的异常关注，只是因为这些原因，除此之外别无其他。

后　宫

我们已经提及过新的宫殿确实美轮美奂、气势恢宏。这一点甚至可以从它现在的遗址上判断出来。宫殿四面环绕着美丽的花圃和果园。胡德亚尔的御用诗人达姆拉·尼亚兹·穆罕默德在赞美这些园子时写道：

> 在最幸福的时节，可汗建造了一座奇妙的园林，
> 大地上弥漫着玫瑰的芬芳。
> 美丽的花园里散发着菟丝子和罗勒的气味。
> 龙涎香的气味笼罩在穹顶上空……
> 国王的花园里有八个富丽堂皇的花圃。
> 每一个花圃里面都有十万朵花儿，它们像宝石一样闪闪发光……
> 水果的种类之多是人类无法想象的，
> 据说，即使是蜜糖也无法与它们的味道相提并论。
> 它们是如此的耀眼夺目，
> 红宝石般鲜艳的郁金香，玫瑰，殷红的石榴……排列在集市的摊位上

> 世间最稀有的植物都在统治者的园林里……
> 愿他能在这座园林里踱步百年！

诗人祝愿胡德亚尔长命百岁，祈求真主赐予可汗一百年的寿命，让他在这座园林里尽情享受。

根据达姆拉·尼亚兹的描述，园林的三面环绕着许多店铺和一个集市广场。这里从早到晚人潮涌动。皇家园林的大门始终有重兵把守，与王宫不相干的外人无法进入园林。只有为可汗举办各种娱乐活动时，才允许特权人士进入园林，但每周只有一次。在园林入口处，可以看到新宫殿的大门，上面装饰着富丽堂皇的壁画和琉璃砖，看得人眼花缭乱。任何进入到园林的人，都会立刻感觉自己好像站在了可汗面前，被他的权势和威严所折服，他们感到恐惧，无心观赏华美的建筑。在雕梁绣杜的塔楼下，手持阿尔及利亚弯刀的年轻的卫兵在巡逻，禁止外人进入。后宫所在的宫殿更是戒备森严。就连王宫里的官员也禁止入内，只有可汗的儿子、可汗的妻子、亲戚、侍女、接生婆以及执行可汗"特殊"任务的妇女才能进入后宫大门。可汗本人不需要走后宫大门，他穿过大殿和可汗文书处就能够直达后宫。

这件事发生在希吉拉 1287 年的苏布尔月①。时值八月底，天气本该是凉爽的，但是却像春天一样温暖。傍晚大约五点钟时，王宫里安静下来，门口的卫兵不再允许访客进入。宫廷的官员、别克、文书官、宫廷杂役以及可汗的亲信们都纷纷离宫。守卫第一道大门的年轻人鞠躬送别位高权重的别克，与品阶较低的官员开起了玩笑。别克们来到自己的马前，检查马匹，如果马吃得不好或没有被清洗干净，就会责骂马夫，然后在马夫们的帮助下爬上马背，最后骑马离开。

---

① 苏布尔月：旧乌兹别克斯坦历法中的年份采用希吉拉纪年，而月份则用星象月，苏布尔月即星象月份中的处女座，8月23日至9月23日。

这时候，守卫又气又急地骂着："连有急事的人也不让进宫。"

"喂，你这个人，是让面粉堵住耳朵了吗！"其中一位守卫瞥了一眼站在远处的来访者，厌烦地说道，"听着，赶紧离开，别浪费口舌。即使是谢里·亚兹顿①本人出现在这儿，我也不会让他进来！"

来访者见自己进宫无望，便离开了宫门。

就在这时，一个穿着带面纱长衫的女人，大胆地走入了宫门。那些连谢里·亚兹顿本人来也不会放行的守卫，此刻只敢默不作声地上下打量着她。进入园林，女人直奔宫殿而去，她穿过富丽堂皇、雄伟庄严的大门，然后右转——进了后宫。宫墙下的侍卫也只是缓缓地看了女人一眼，似乎认出了她，就放行了。可当女人走到后宫门口时，站在门口的年轻卫兵从刀鞘里拔出了军刀。

"站住！"

女人停下来，瞥了一眼这个年轻人，然后掀开了面纱的边缘。年轻人脸上威严的表情立即被笑容取代，他把军刀收入鞘中。

女人掀开面纱，进了后宫。她是古尔珊巴努②，一位三十五岁左右的美丽女人。

古尔珊巴努曾是后宫的侍女，在胡德亚尔可汗的第二次统治时期，多次受到他的宠幸。当他被废黜并被迫逃往布哈拉时，他的兄弟马利亚汗③登基了，他指责胡德亚尔荒淫无道，沉溺美色。胡德亚尔后宫里的数百名女子被赐给新可汗的部下。马利亚汗把古尔珊巴努赐给了一位与胡德亚尔可汗作战时表现出色的年轻人。

当胡德亚尔第三次登上王位时，古尔珊以"往日的情分"为名义来求见他，请求在他的后宫服侍。仁慈的可汗答应了古尔珊

---

① 谢里·亚兹顿：是阿拉伯人哈里发·阿里的绰号（656—661年在位），他被穆斯林尊为圣人。

② 巴努：太太、女士的意思。

③ 马利亚汗：浩罕汗国的统治者，1858年至1862年3月在位，后来被自己的心腹杀害。

巴努的请求，给了她一个后宫中很少有人能够获得的高位。古尔珊巴努的职责是什么，读者将在下文知晓。

古尔珊巴努走进后宫的大门，理了理面纱下散乱的头发，抖落了蓝色丝绸裙摆上的灰尘，调整了一下手指上镶嵌有红宝石和祖母绿的金戒指，然后走上了楼梯。二十级台阶直通一条贯穿整座宫殿的长廊，长廊两侧洋溢着布哈拉风情的大门光彩夺目。这些门通向后宫的各个房间。

古尔珊走进这条长廊，推开了第一扇门。看门的老侍女对着古尔珊鞠躬行礼道："欢迎！"在古尔珊进去之后，她又把门关上了。这是一个小院子，它的中央是后宫的蓄水池。几个侍女正从池中取水，墨绿色的水在铜池中荡漾开来。除了院子北头的侍女房，这里没有其他房间，南墙上还有一扇门。这个水池供应着整个后宫的用水，运水人在每周固定的几次时间里用皮袋装水，灌满水池。

古尔珊脱下长衫，披在胳膊上，走到第二扇门前，轻轻叩了叩门环。门再次被守门的侍女打开，只不过这次走出来的是一位非常年轻的女孩。她从古尔珊手中接过长衫和面纱，轻声招呼道："欢迎！"

这是后宫的第一个庭院。院落的四面坐落着一模一样的房间，这些房间都有彩绘的墙壁和天花板、玻璃制的外廊、雕花的百叶窗，并且都有配有前厅。小院子里铺着砖头。有几个分散在庭院里的侍女身着红色毛线裙，头系黄色毛线头巾，穿着轻便的软底靴或皮制套鞋，正在忙活着什么。她们迈着小心翼翼的步伐，用手势和眼神交流，只有在不得已的情况下才会低声说话，好像在提防周围的什么敌人似的，又或者是害怕惊醒一只可怕的野兽——这一切都让人觉得这里发生了什么不同寻常的事情。古尔珊似乎察觉到这一点，悄悄地向侍女们打了个招呼，然后小声地问其中一个侍女：

"可汗呢？"

"在寝宫！"侍女用低到几乎听不到的声音回答道。

王室寝宫——可汗的私人场所，可汗分别用来吃饭、睡觉、召见妻子的三个房间，沿着后宫池畔的庭院分布，毗邻宫廷文书处和大殿。这些房间应该是王室寝宫，比其他房间要高出一些，占据了宫殿的东部。南部区域划给了后宫使用，厨房、可汗的金库通往其他庭院的出口以及不同的大厅则位于西部区域。

听到"可汗在寝宫"之后，古尔珊稍稍停顿了一下，似乎在想要不要进去，片刻后，她理了理头发、头巾和衣服，向着王室寝宫走去。她刚走三四步，一个侍女从对面的房间里走出来向她招手。

"奥卡洽·哈努姆在找您。"侍女低声说。

古尔珊转身跟着侍女走了。她走进前厅，有三个侍女正坐在墙边刺绣。古尔珊向她们打招呼。在这时，一个六岁左右的俊美少年，从大厅走了出来，他有着乌黑的眼睛、白皙的肌肤，穿着黄色缎子做的衣服，走起路来沙沙作响。

"您好！您最近身体怎么样，我的小主人？"古尔珊双手交叉抱在胸前，向孩子鞠躬行礼。

男孩没有回答，笑着看了古尔珊一眼，又跑回了大厅。怕弄脏地毯，古尔珊在门口就脱下了皮制套鞋。前厅是一个带有壁画的宽敞房间，天花板上有十一根横梁；在墙内的壁龛里铺着缎面的、带图案的被子，以及供人落座的长床垫，搁架上分别摆放着来自中国的瓷器、布哈拉铜盘、银制的器皿和水罐。

古尔珊在脱掉皮制套鞋时，正在刺绣的侍女们从座位上起身，走到她身边打招呼。召唤古尔珊来这里的侍女从大厅中出来，对古尔珊说：

"请进来！"

奥卡洽·阿依姆

快到门口时,古尔珊理了理头上的白色头巾,然后走进了大厅。站在门口的侍女双手交叉抱在胸前,向古尔珊鞠躬行礼道:
"欢迎!"

大厅非常华美,里面铺着罕见的地毯、丝绒褥垫——库尔帕奇,摆放着各种各样的金银器皿,让人眼花缭乱。面向庭院的三扇玻璃小彩窗本身就是大厅的装饰品,它们流光溢彩,透过小窗户的光线,被悬挂在天花板中央的吊灯,反射出微红的光芒。一个女人坐在靠墙边的丝绸地毯上祈祷,面朝东方,抚摸着依偎在她膝下的小男孩。古尔珊进门时,女人转过身来。古尔珊停在门口,双手交叉抱在胸前,深深地鞠了两次躬。

"免礼,古尔珊!"女人说,"您好,请坐!"

古尔珊鞠躬完毕后来到了窗前,坐下来开始祈祷:

"愿真主赐予阿依姆·哈努姆更多的幸福和荣耀!愿可汗之子长命百岁!"

笔直站立在门口的侍女也坐了下来,念起了《法谛海》。祈祷过后她又站在了门口。

一个大约三十五岁的女人坐在祈祷毯上抚摸着一个小男孩,她穿着镶边的绸缎连衣裙,披着一件布哈拉天鹅绒制成的坎肩,头上戴着一条绣花的头巾,这就是令人尊敬的奥卡洽·阿依姆,可汗的妻子,而这个男孩——则是可汗最宠爱的儿子乌尔曼别克。奥卡洽·阿依姆长着一双像中国女人一般的杏仁眼,眼尾上翘。她的外貌证明,她并不是突厥人,但她的讲话没有任何口音。她的真名叫马苏达·哈努姆,但她更为人所知的名字是奥卡洽·阿依姆。这表明该女人来自喀什噶尔,因为维吾尔语会说"奥卡洽",而不是我们的"哈努姆"。马苏达是住在奥什附近的维吾尔人伊巴杜拉霍加的女儿。胡德亚尔第二次即位之后,迎娶了她。当他被迫再次退位逃往布哈拉时,他的妻子多数都背叛了他,嫁给了别人;只有奥卡洽·阿依姆和胡德亚尔一起度过了那段颠沛流离的日子,她的忠诚换来了可汗的钟爱与尊重。此外,在可汗所有的妻子中,她是最聪明、最明事理的,因此整个后宫和数百名侍女都听从她的安排。妻子们之间的所有丑闻都在奥卡洽·阿依姆面前迎刃而解,后宫的每个人都必须无条件地服从她,而且可汗亲自授予奥卡洽·阿依姆处理后宫争端的权力。分配新衣服时,由奥卡洽·阿依姆决定给谁分发何种衣服,她还负责给司库员提供订单,并分发成衣。厨房里的所有食物都是按照奥卡洽·阿依姆的命令准备和分配的;可汗的妻子、后宫的侍女、接生婆还有女裁缝要外出去浴室沐浴、参加婚礼或各种庆典,都必须要征得奥卡洽·阿依姆的同意。有时,奥卡洽·阿依姆甚至会干涉国家大事,想方设法让可汗做出她想要的决定,可汗有时候也会听她的。当可汗心爱的继承人乌尔曼别克的生母——沙赫·阿依姆去世后,胡德亚尔便将儿子的抚养权托付给奥卡洽·阿依姆。奥卡洽·阿依姆对待乌尔曼别克视如己出,为此可汗更加敬重她了。

奥卡洽·阿依姆没有理会古尔珊,而是继续和乌尔曼别克说话:

"你实在是太淘气了,儿子!我要告诉你父亲,让他打你屁股。"

"请给我一只鹌鹑,我就不淘气了!"

"你已经把所有的鹌鹑都勒死了,你这个坏家伙!我们现在上哪儿去找鹌鹑?"

"我没勒死它们,它们是自己咽气的。"

"那你为什么打齐拉克奶妈?"

"她不给我鹌鹑!"

奥卡洽·阿依姆看了看站在门口的侍女。

"过来,米斯科尔,"奥卡洽·阿依姆抚摸着乌尔曼别克的背对她说,"好了,先去和奶妈玩会,我们明天再给你找鹌鹑。"

侍女把乌尔曼别克领了出去。

"别让任何人进来,"奥卡洽·阿依姆说,"把身后的门关上!"

侍女带着男孩离开后,奥卡洽·阿依姆从祈祷毯走到了丝绒毯上,说:

"请靠我近些,古尔珊!"

古尔珊预感到她有重要的话说,便走上前来,双手抱胸跪下。

"城里有什么新鲜事儿吗,古尔珊巴努?"

"难道还有什么新闻是奥卡洽·阿依姆不知道的吗?"

"您最近一切顺利吗,家里人身体怎么样?"

"真主保佑……托大汗和您的福,一切都好!"

"最近怎么样?"奥卡洽·阿依姆笑着说,"还没为可汗找到年轻貌美的女子吗?"

古尔珊低下了头。奥卡洽·阿依姆笑着等待她的回答。

"虽然您在努力给我们寻找竞争对手,但这当然不是您的意思,而是赛义德的吩咐,因此我不会责怪您。"奥卡洽·阿依姆说。

这些话缓解了古尔珊的些许尴尬。

"当然,夫人……"

"但我希望您不要忽视我的建议,"奥卡洽·阿依姆严肃地说,"我和您要谈的事情是个秘密。"

"我用我的项上人头担保,夫人!"

奥卡洽·阿依姆把放在身边的垫子拿起来，靠了上去。

"近日我和巴特尔巴希婶婶说好了。但是这件事不能让赛义德知道。我希望，您能小心点。毕竟咱们是老朋友了。"

"您的奴仆不是一个挑拨是非的人，夫人。"

"那最好了，就该这样，"奥卡洽·阿依姆说，"你不是外人，古尔珊，没什么可隐瞒你的：如今可汗的妻子共有好几十个①。如果把所有的侍女也算上，那都有一百多个女眷了。在巴特尔巴希婶婶、周围的别克还有其他人的努力下，最近三四年里赛义德后宫的规模不断扩大。我们本以为搬进宽敞的新宫殿，能住得自在些，但事实证明我们这儿日益拥挤。我们庭院里的侍女，八九个人挤在一个房间里。再这样下去，一年之后我们不得不再建一座宫殿。但这是不可能的。你想，如果赛义德把所有的精力都放在后宫，那么会耽误国事的，我们也会受到责备。所以，我思前想后，还是决定和你商量商量……巴特尔巴希婶婶支持我的想法，答应帮助我。古尔珊，你也好好想想，告诉我你的看法。"

古尔珊似乎不明白奥卡洽·阿依姆在说什么，沉思了一会儿。

"夫人，您忠心耿耿的奴仆不太明白您在说什么。"

"好吧，这样您还不明白，那我就这样说：以后不要再往宫里带新的侍女和女人！"奥卡洽·阿依姆说。

古尔珊垂下了头。奥卡洽·阿依姆的要求使她反感。谁愿意砸了自己的饭碗呢？

"但是，尊敬的夫人，我在这件事上能起到什么作用呢？这都是可汗的意思……我只是可汗射出的一根箭而已！"

奥卡洽·阿依姆瞪着古尔珊。古尔珊又一次垂下了头，躲避着她的目光。

"当然，我们所有人都是可汗放出的箭，"奥卡洽·阿依姆生

---

① 根据伊斯兰教法典，可汗的妻子不应当超过四个。胡德亚尔多次将他的第四个妻子贬为女奴，然后再次结婚。——作者注

气了,"但是,还没搞明白这件事好不好、需不需要,只因为是主人的命令,就盲目执行,这简直愚蠢!既然你和我都是陛下忠实的奴仆,那么我们就不应该危害赛义德的国家,我们要做他明智的朋友。这才是对赛义德表忠心的方式……虽然看起来好像是在背叛他,但实际上这是忠诚与情谊的体现,这也是我向你提出这个提议的原因。你不要以为,我在为赛义德争风吃醋,要知道我现在是他第一百个妻子。作为众多妻子之一,嫉妒是愚蠢的!正如我和你说的,我这么做,是出于对江山社稷的忠诚与关切。你能明白我的意思吗,古尔珊?"

古尔珊意识到,"我只是陛下放出的一支箭而已"这句话激怒了奥卡洽·阿依姆。

"我不是那个意思……当然了,我们……"古尔珊开始用道歉的语气说。

"如果你自己不知道该怎么做,那么请来问我。"

"当然,既然您这位真正的导师愿意手把手地带我,那么为了可汗的幸福,我鞠躬尽瘁,死而后已!"

"既然如此,那我们就坚守秘密,因为这是忧国忧民,不是叛国,"奥卡洽·阿依姆说,"我对你的建议是:从今以后,做事要深思熟虑。"

"如果可汗逼迫我呢?"

"这很容易避免,"奥卡洽·阿依姆说,"尽量少在他面前露面,如果露面,那就禀告他,你无论如何都找不到美丽的侍女,请他原谅。他不会为难你的,也不会因为你找不到倾国倾城的美人而惩罚你。如果你需要钱,我会尽力帮助你。好吗,古尔珊巴努?"

古尔珊喜笑颜开:

"遵命,尊贵的夫人!"

"阿桑!"

一个坐在前厅的姑娘——奥卡洽·阿依姆的司库员,应声而至。

"您有何吩咐?"

"给古尔珊取两块金币,再拿一件新的蒙萨克①给她披上。"

阿桑双手抱胸,鞠了一躬,然后退了出去。

"如果你需要什么,就请来找我,不要客气,也别不好意思!"

古尔珊低头鞠躬道谢。门开了,阿桑手里捧着蒙萨克走进来,然后在古尔珊面前停下来。古尔珊起身,向可汗的夫人鞠躬。阿桑给客人披上蒙萨克,然后把两块金币塞到她手里。古尔珊小心翼翼地在地毯上坐下。阿桑也蹲了下来。古尔珊举起双手以示感恩,阿桑说:"阿敏!"

然后古尔珊和司库员阿桑退至门口,离开了奥卡洽·阿依姆。

---

① 蒙萨克:女装,轻便的短袍。

30

可汗的女人们

古尔珊走到前厅时,姑娘们满怀敬意地向她祝贺——她可是得到了奥卡洽·阿依姆的特别关注。古尔珊在穿皮制套鞋的时候还不时向寝宫望望。然后,她和侍女们道别,向庭院走去。正如上文所述,庭院内住着可汗宠爱的女人们,她们每个人都有自己的接生婆、裁缝、侍女和奴仆。

奥卡洽·阿依姆房间旁边的第二个大厅里住着可汗宠爱的萝西娅·阿依姆。萝西娅·阿依姆两年前才刚成为可汗的妻子,但她惊人的美貌赢得了可汗对她的特别宠爱,也使她跻身宫室中最尊贵的女人之列,有四个侍女和两个奴仆负责照料她。萝西娅·阿依姆是阿洪占巴依的女儿,出生在喀什噶尔。她在青年时期嫁给了浩罕汗国的占波波巴依,生了一个孩子后守了寡。后来又嫁给浩罕的哈兹拉特①——米延·法兹尔·瓦哈巴。与古尔珊一同为可汗物色美人的胡菲娅将萝西娅的美貌描述给了可汗。然后在某个阳光明媚的日子,可汗派来豪华马车请萝西娅去宫里"作客"。

米延·法兹尔·瓦哈巴如何能违抗可汗的意志呢?萝西娅在可汗的宫室内过了一夜,次日清晨才回家。然后她的丈夫米延·法

---

① 哈兹拉特:高级官员的封号,也是对穆斯林神职人员的尊称。

兹尔·瓦哈巴同她离了婚,并用七辆豪华马车将她送进了宫里。直到现在萝西娅也不明白,丈夫这样做是出于对可汗的恨意,还是出于对可汗的恐惧。①

　　古尔珊刚一走近萝西娅·阿依姆的宫室,两个侍女就打开了宫室前厅的门,她们走进庭院,恭敬地低垂着头站在两边。紧接着门里走出一名优雅的美妇人,她匀称的身材宛如一棵柏树,面孔像浸透了牛奶般白皙,栗色的眼睛深邃得只有无月的黑夜能相提并论,乌黑的头发垂到足际,全身被绸缎和金饰包裹着。她头上编着数不清的发辫,系着带花边的轻纱头巾;她身着黑白相间的丝绸裙子,领口和下摆都绣有流苏;身上还披着布哈拉丝绒披肩,其上饰有金色刺绣,并用红宝石纽扣牢牢扣紧。这就是备受可汗宠爱的萝西娅·阿依姆。萝西娅身边站着一个年龄大约八九岁的黑人男孩,他全身上下只有牙齿和眼白是白色的。这个小奴仆是为萝西娅跑腿的,随时要满足自己女主人任何微小的愿望。② 古尔珊向萝西娅·阿依姆深深鞠了一躬。萝西娅·阿依姆向她微微点头,低声说:"近来如何?"然后没等古尔珊回答,就径直走向可汗寝宫。

　　古尔珊来到可汗的第三个妻子古勒班·阿依姆的宫室,询问侍女她的身体如何。接着就是要介绍的第四个宫室,它位于庭院西

---

　　① 有关胡德亚尔后宫的很多信息我是从萝西娅口中得知的,目前这位九十多岁的老太太有着惊人的记忆力,很多有价值的信息是她告诉我的,令我感到惊讶的是直至目前她还保留着可汗妻子的特征。在此向萝西娅表达我的感激之情,也向为此事给我提供帮助的浩罕朋友巴西特·卡迪洛夫表达谢意。——作者注

　　② 胡德亚尔宫殿内的奴仆大多是塔吉克人或者是黑人,他们7岁到12岁时可以住在可汗妻子的宫室内,但超过12岁就无法留在宫室。据萝西娅所说,男性奴仆一旦年满12岁,就会被立刻赶出后宫,在宫殿中被随便安排个别的活计。阉人奴仆只有在胡德亚尔的妈妈哈基姆(1285年去世)时期才存在,这种奴仆只有两个——收费官埃什马特和收费官塔什马特,他们两个都是黑人,但在可汗不在场的情况下他们也没有权利进入可汗妻子的宫室。每天可汗去向母亲问安时,这两个奴仆都会陪同,也向哈基姆·阿依姆行礼,并与可汗一同离开。据说这两个奴仆曾是舍拉利可汗赏赐哈基姆·阿依姆的亲信。根据萝西娅的讲述,这两个老奴仆是宫殿里仅有的两个阉人奴仆。因此一些俄罗斯作家认为宫室中有一些阉人奴仆的说法并不正确。萝西娅曾说:"当胡德亚尔第一次退位时,他带了一些奴仆去吉扎克,他让这些奴仆接受了教育,后来还授予他们各种职位。他们有:总公告员绍古罗姆,司库员贾米尔、法伊祖拉和穆拉恰,宫殿司仪达夫利亚特,收费员达夫拉特和指挥官绍普萨义特。但他们都不是阉人奴仆,也不被允许进入后宫。"——作者注

侧，这里住着绍德蒙·阿依姆——到此就将住在主庭院的可汗妻子们介绍完毕了。①

---

① 据萝西娅·阿依姆所说，胡德亚尔三次在位期间与以下这些女人结过婚：（1）科佐克图拉，吉尔吉斯人，萝西娅·阿依姆不清楚她的父亲是哪位，而我们推测她可能是穆苏儿曼库尔的女儿，她有四个侍女；（2）安芭尔奇克·图拉，乌拉秋宾斯克显贵胡德亚尔别克的女儿；（3）卡塔·波绍·阿依姆，浩罕汗国人霍吉卡隆的女儿，纳斯列金别克的母亲，她有七个侍女和四个奴仆；（4）库孔莉克·阿依姆，来自浩罕汗国的萨尔马扎尔斯克地区（萝西娅·阿依姆不知道她的父亲是哪位），当可汗第一次被赶下王位时库孔莉克另嫁他人；（5）库尔班·阿依姆，是乌尔曼别克的司库员，她有三个侍女、两个奴仆；（6）女贵族希琳，出自巴依家庭，她有三个侍女、两个奴仆，她的女儿图拉·阿依姆嫁给了浩罕汗国的别克卡拉马特汗；（7）女贵族古莉佐达，她有四个侍女，她的女儿沙赫佐达莎于1919年在奥什去世；（8）伊斯法拉莉克·阿依姆，是伊斯法拉的依禅哈比卜的女儿，她的女儿莫赫佐达洪嫁给了浩罕汗国萨菲奥汗的儿子——伊萨汗（据说莫赫佐达洪至今仍活着），在第二次即位时胡德亚尔控诉伊斯法拉莉克不检点，并将她驱逐出皇宫。

胡德亚尔第二次在位期间与这些女人结婚：（9）穆妮斯洪·绍波，浩罕汗国加济汗的女儿，她有八个侍女和四个奴仆，她的儿子赛义德·乌玛尔别克现在生活在拉希丹区的图拉村；（10）波绍·波努·阿依姆，是在浩罕汗国赫赫有名的巴霍季尔汗的妹妹，她的孩子是穆哈梅特·阿明利克和乔索拉洪·波绍，她有九个侍女和两个奴仆；（11）乌苏达洪（阿卡恰·阿依姆），是伊巴伊杜雷·霍吉的女儿，她的孩子是凡苏鲁拉别克；（12）基什比比（克兹·阿依姆），是胡德亚尔伯父加多伊巴伊·多德霍的女儿，她曾是绍穆拉德汗的妻子，在绍穆拉德去世后，哈基姆·阿依姆让自己的儿子胡德亚尔在布哈拉城娶了基什比比，她有五个侍女和三个奴仆；（13）小莎赫·阿依姆，是舒干斯克地方长官的女儿，她的孩子是乌尔曼别克，她在孩子未满四十天的时候就去世了；（14）杜赫塔·波绍（钦多武莉克·阿依姆），来自纳曼干州的钦多武尔村，是霍吉的女儿，她有四个侍女和三个奴仆；（15）大莎赫·阿依姆，是达尔瓦兹地方长官的女儿，她的儿子赛义德·凡萨鲁拉十五岁的时候在马尔吉兰，她有七个侍女；（16）古兰多姆；（17）莫赫别吉姆，来自巴依家庭，她的孩子是别尼亚明别克，她有三个侍女和三个奴仆；（18）克雷克兹·别卡奇；（19）阿萨莉·别卡奇，十三岁时去世，生有一女，胡德亚尔在第三次在位期间与这些女人结婚：（20）来自卡拉捷金的阿依姆，是卡拉捷金地方长官的女儿，她有七个侍女；（21）比比·波绍·阿依姆，来自纳曼干附近的埃科瓦特村，是有名的依禅胡贾姆·波绍的女儿，她有三个侍女和两个奴仆；（22）萝西娅·阿依姆，就是她为我们提供了这些信息，萝西娅的儿子乌玛尔别克早逝；（23）小卡姆巴尔·波绍，是霍加·图拉别克的女儿，大卡姆巴尔·波绍去世后，胡德亚尔迎娶了自己的妻妹（也就是这位小卡姆巴尔·波绍），她有三个侍女；（24）奥伊妮萨·萨洪·波绍，是上层哥萨克图尔苏的女儿；（25）图赫法妮萨·阿依姆，是阿尔特里克卡兹的女儿，与她的婚礼过去37天之后胡德亚尔去了塔什干奉俄国人；（26）哈姆萝克·比比·阿依姆，浩罕汗国努尔马特巴依的女儿；（27）桑达妮萨（奇缅莉克·阿依姆），其父亲是吉尔吉斯人；（28）绍德蒙·阿依姆，据说曾备受可汗宠爱，她有三个侍女和三个奴仆；（29）女贵族古莉·博努，她的女儿奥佐达洪嫁给了浩罕汗国的别克巴哈季尔汗的儿子；（30）鲁赫·阿弗伊别卡奇；（31）萨伊卡尔·别卡奇；（32）萨诺芭尔·别卡奇；（33）阿尔古沃妮·别卡奇；（34）妮戈尔·别卡奇；（35）鲁兹翁·别卡奇。据说最后六位同样出自巴依家庭。

我们认为，这份胡德亚尔的女人名单并不完整，萝西娅·阿依姆可能并未记住所有女人的名字。

我们与萝西娅·阿依姆交谈时，我的朋友巴西特开玩笑似地问她："可汗到底结了多少次婚啊，老妈妈？"萝西娅·阿依姆不好意思地回答道："啊，他是一个失败的可汗，他的女人不计其数，我的孩子！"

她就是这样说的，而且我认为她说得非常正确。——作者注古尔珊走过主庭院的最后一个厅室,走出主庭院后不知不觉走到我们之前提到的长廊。

刚从别的庭院打水回来的侍女看到了古尔珊,立刻将盛满水的铜制水桶放在地上,跑到她跟前。

"恭喜您获赏。最近您怎么样?您身体还好吗?"

古尔珊轻轻用指尖碰了碰侍女的肩膀。

"你最近怎么样啊?身心都无恙吧?穆妮洪·波绍·阿依姆怎么样?波绍·阿依姆比比的身体好些了吗?"

"平安无事,平安无事……请来我们这里!"

"我一定前去拜访,"说完,古尔珊脱下新赏赐的长衫,"只是不要告诉她们我在这里,我过会儿再去。"

这时,走廊尽头的门"轰"的一声打开了,两个赤着脚的侍女互相追逐着跑进来。看到正在脱长衫的古尔珊,姑娘们跑到她的跟前。

"古尔珊江!古尔珊江!您身体还好吗?一切顺利吧?恭喜您新获赏!"顽皮的姑娘们从两边向古尔珊走来,争先恐后地向她询问,快要把她的耳朵震聋了。

"够了!够了!活泼的小马驹们!夫人们要是听到你们这样叽叽喳喳的,你们非完蛋不可。"古尔珊说道。

姑娘们无视她的抗议,拉着她就往门外跑。

"古尔珊江!我们饱食的小母马!饱食的小母马!"

古尔珊既生她们的气,又忍不住笑了起来。

"啊,你们非完蛋不可!难怪我不喜欢去找你们!"

其中一个女孩没有听古尔珊说话,顽皮地将蒙萨克拽向自己。

"你从哪儿得到的这件衣服呀?送给我吧!"

"拿吧!拿吧!"古尔珊说。"它会成为你的裹尸衣!"

"当然喽,在坟墓中我就穿这件!"

她们走到走廊尽头的门前,然后三个人一起挤了进去。

31

四十少女宫

古尔珊和女孩们进了名为"四十少女宫"的庭院。这里住着供可汗享乐的歌女、舞女和乐女。她们的人数是四十,这就是庭院名字的由来。

在可汗的宫室有一百五十五名奴仆。其中十四名奴仆照看阿克萨拉依宫殿,八名在可汗寝宫侍奉,另外八名照看可汗的儿子乌尔曼别克,接生婆手下有十名奴仆,二十五名奴仆在"四十少女宫"庭院差使,剩余的奴仆负责可汗妻子们的衣食起居。

几个女孩停止玩球,赶忙去迎接古尔珊。

"您近来怎么样?"

"您像一阵风那样东飘西荡,不累吗!"

"您的丈夫还没去世呢?"

"城里的年轻人们最近怎么样?"

论顽皮,这些女孩丝毫不亚于古尔珊之前遇到的那些。突然古尔珊自己也开始调笑起来,向女孩们抛出几个问题:

"怎么样?你们不寂寞吗?没有人生下孩子吗?没有人和情夫厮混被逮到吗?"

"四十少女宫"庭院由一个大厅、四个小房间、一个厨房和其他几间练艺房组成,这些房间专供这四十名少女使用。

姑娘们身着红色毛纺裙,戴着相似的绣着黄花的头巾,身披阿德拉丝绸或者锦缎制成的坎肩。玩球的姑娘们赤着脚,而准备饭菜的姑娘们和在庭院里做工的姑娘们脚穿的是用两种颜色丝线缝制的皮制光面套鞋。

这些姑娘大部分超过了二十岁,但是也有个别只有十六七岁。这些精挑细选的美人都是附近地区的别克们献给可汗的礼物。可汗只会恩赏她们两天左右的时光,然后就送她们去一些名人那里学习歌唱、舞蹈和乐器,比如努斯拉特·哈菲兹①、巴特勒巴希·霍拉、季利亚·哈菲兹、塔吉·哈菲兹、米斯科尔·哈菲兹、洪·阿卡恰、米索克·阿卡恰、乌卢格·奥伊奇②、沙赫·巴恰③、拉贾布汗塔什·哈菲兹,甚至还会送到来自马尔吉兰的泽比汗本人那里去学习。她们精通舞蹈、歌唱和器乐。

每周五"四十少女宫"庭院的大厅都会举办宴会。姑娘们穿着华服,画着精致的妆容,珠光宝气地出现在众人面前,简直是惊艳四座。

周五在清真寺做完祷告之后,可汗常常会来这里。萝西娅·哈努姆和奥卡洽·阿依姆会陪他一同前来。在前厅的墙壁旁为可汗准备了尊贵席位,从那里他可以欣赏到四十位少女的技艺。

女孩们把古尔珊拽到庭院中央,劝说她一起来玩拍球。古尔珊极力反对,但经不住女孩们坚持,最后只得屈服。她退到一旁把鞋脱了下来,摘掉头巾,把丝绸外衣从前面掖到自己的裤子里以防弄脏它,将裤子挽到膝盖处,把袖子卷到手肘处。

女孩们将自制的丝绸球递给她。

"您需要连续击球五十次。每击十次之后要转个圈。谁输了,谁就要背着我们每个人绕着庭院走一圈。"

了解游戏规则之后古尔珊寻思起来。

---

① 哈菲兹:歌手。
② 奥伊奇:女舞者。
③ 巴恰:男舞者。

"那要是我赢了会怎么样?"她问。

"我们每个人都背着你绕着庭院转一圈。"

"好,你们退到一边去吧,"古尔珊说完就走到庭院中央,"但是如果你们碰了球或者故意干扰我,那就不算数。"

女孩们同意了,然后退远了一些。古尔珊开始击球,富有弹力的球高高弹起,古尔珊成功完成了前十击。然后她按照规则转了个圈,长长的发辫朝四面八方飞舞,胸脯微微颤动着……

女孩们边笑边叫。球又顺利地弹起十次,古尔珊在姑娘们的笑声中又转了一个圈。然后就开始进行第三轮十次击球,在第八次击球时,球弹到了一旁。不管古尔珊怎么努力让它跳起来,都没有成功,球滚到了地面上。姑娘们围住古尔珊,叫着,笑着,不停拍手。古尔珊本来想试着偷偷溜走,可是办不到。一个女孩悄悄溜到她的身后,跳到了她的背上。

"哞——我的驴子!"

女孩们哈哈大笑。两个女孩揪住古尔珊的辫子,然后硬拉着她围着庭院绕圈。那些原本在房间内和厨房里的姑娘也跑出来观赏这一景象。

第一个女孩下去了,第二个女孩又骑上古尔珊的背,就这样,可怜的古尔珊绕庭院走了将近十圈。她们都快把她的背磨出血来了。

然后新一轮游戏又开始了。

晚餐在昏礼前不久准备好了。女孩们向屋子走去。古尔珊和几个女孩走进一间房里,这个房间的主人就是陪同她的这几个女孩。她们的房间像她们的心情一样凌乱:头巾、皮鞋和其他东西都随地乱放着。

看到这般混乱的场景,古尔珊责骂起来:

"这是什么呀?你们能不能把屋子收拾整齐啊!无论什么时候来找你们,都是一片狼藉……这就像吉卜赛女人的麻袋,什么东西都往里边塞!

"那您就收拾一下吧,古尔珊姐姐!"名叫娜济克的女孩惊叫道。

"我?这关我什么事?"

"那又关我什么事?"

"可是你在这里住呀。在整洁的房间里心里也会变得更敞亮。"

"我心里已经很敞亮了,"娜济克辩驳道,然后看向站在她旁边的图赫法,笑了起来,"图赫法,你心里敞亮吗?"

图赫法张大嘴巴,向古尔珊走去。

"快看,姐姐。我心里像点着四十盏油灯那般明亮。"

"好的,我看到了,我看到了!"古尔珊边说边转过脸去,"但是只有亮度对你来说是不够的,你的心灵还需要别的东西……"

"它还需要什么?丈夫吗?"名为库姆丽的女孩回应道,"哎,姐姐,既然你能猜到心灵需要什么,你也看看我的心灵。"

"你的心里也在渴望一个丈夫。"古尔珊调笑道,"又在纠缠不休了!只要跟你们说一句话,就纠缠不清,逃也逃不掉!抓饭送来了……娜济克,把桌布铺上!"

娜济克立刻照做。她在餐桌摆上两道中国式的菜肴及抓饭。古尔珊在七个女孩的陪伴下开始用餐。

昏礼过后,所有人没有耽搁半分,纷纷集聚在大厅。她们准备了两个铃鼓,将其放在火上烤暖,调好了杜塔尔琴、坦布尔琴、齐拨琴和吉贾克琴①,打算借音乐自娱自乐。她们每晚都这样消遣。确实,这些身处男权社会中闭门不出又被剥夺家庭幸福的不幸女人还能做些什么呢?她们白天唯一的消遣方式是玩球,晚上在音乐的陪伴中度过时光,而深夜则做着各种美梦。

美妙的音乐响起。铃鼓是乐队的主奏乐器,它发出低沉的锵锵声,鼓框上的小钹叮当作响。

---

① 杜塔尔琴:二弦乐器。坦布尔琴:三弦乐器。齐拨琴:类似于扬琴的铜拨琴。吉贾克琴:四弦乐器。

由四十支蜡烛组成的大吊灯照亮了听众的脸庞。在大家围成的圆圈中心，一个女孩翩翩起舞，她的胸脯随着舞步有节奏地颤动着。

大厅里的人越来越多；这些来自各地的女孩们每天晚上都会来听音乐会。

舞者鞠了一躬，走出圆圈。娜济克取而代之。她刚一走进圆圈，音乐就陡然一变："邦——邦邦，邦——邦邦……"铃鼓开始演奏新节奏，悠扬欢快的旋律响起。

娜济克微微摇摆着身体，舞姿优美。几个女孩和着音乐的节拍，用温柔的声音唱起歌来：

> 郁金香盛开之时，孩童即刻采摘。
> 是不是，
> 那个与我们擦肩而过的女子最美丽？
> 明眸亮过星辰。她的目光从我身上移开。
> 毒药渗透我的胸膛，悲伤烧毁我的灵魂。
> 我的灵魂已被烧为灰烬。

娜济克用身体的力量巧妙地表达了歌曲的含义

> 悲伤比烈火还要灼人，我的朋友离我而去！
> 他离我而去，让我的内心怒火中烧。
> 他让我愤怒了吗？
> 比玫瑰更美的是她的嘴唇……宛如百合花般纯洁。
> 但也许，美丽是一层胭脂加一层粉黛？
> 也许，这只是一层粉黛？

> 令人陶醉的眼眸闪耀着光芒。可怕的盛宴正在进行。
> 身陷深渊者，终将灭亡。

这里充满暴力和压迫。

哦，不要折磨我，请饶恕我！不要触痛我的伤口！
我被囚禁于宫室之中……这里欢乐的盛宴正在进行，
君主的盛宴正在进行。

在这里，宫室的门后，悲伤鞭打着灵魂，
在这沉重的门后女孩娜兹米苦闷不已，
可怜的娜兹米在哭泣。

歌曲的最后几句饱含悲痛，歌词表达了一个不幸的女孩多年来饱受折磨、悲痛欲绝的绝望心情。音乐的旋律也从起初的轻松愉快变得越来越忧郁阴沉，舞者的舞姿也向周围的人传达出那种绝望。

在这里，宫室的门后，悲伤鞭打着灵魂，
在这沉重的门后，女孩娜兹米苦闷不已。

在场所有人都知道歌中所唱的那个不幸女孩的故事。尽管她不在这里，现在听到的仍是她痛楚的呻吟。她因悲伤和泪水而疲惫不堪，已经长眠于地下。女孩儿们不仅了解她的遭遇，许多人至今还在为她哀悼。因为正是她，一位才华横溢的女诗人，为她们留下了歌声。她创造了音乐，让那些被剥夺了自由的不幸者的痛苦在音乐中回荡。她们怎能忘掉她？谁的灵魂不会被与爱人分离的痛苦和少女贞洁被践踏的苦痛所触动呢？谁的心灵能不被这些泪水触动？

是的……一年前，她们的朋友娜兹米离世了。这首歌曲是她本人创作的。娜兹米是个美丽的姑娘，原来住在浩罕汗国的某个村子里，她和一位少年情投意合。婚期将至，但女孩的父亲是一位贫苦的农民，已经好几年没有向胡德亚尔汗纳税了。收税官来到村里对这个穷人进行了惨无人道的迫害。因为农民除了娜兹米一无所有，所以他们就抓走娜兹米，将她献给了可汗。

可汗很喜欢这位美丽的姑娘。他吩咐后宫的侍女们服侍娜兹米。她们带娜兹米去沐浴，为她穿戴整齐，然后好几个晚上在可汗寝宫侍寝。之后，她就被送到了"四十少女宫"庭院。她在那里生活了将近两年时间，这期间她一边伤心哭泣，一边写曲子。丧失自由的她自编了许多曲子。但悲伤压垮了娜兹米，她患上了肺痨，最后去世了。

音乐会以娜兹米的歌曲结束，曲终人散。

娜济克

古尔珊决定在这个住着七个女孩的房间里过夜。娜济克和图赫法在铺床,库姆丽兴高采烈地和古尔珊闲谈。

"您太傻了,古尔珊姐姐,"库姆丽说道,"您把丈夫一个人留在家。我们这些单身女人对你有什么用处啊?"

"别乱说,真不知道羞耻!"古尔珊回答道,"你们当然对我没有用处。你们只想着一件事……"

"那您都想什么了?"

"我在想该怎么过活,而你们总是吃饱了撑的瞎取闹。我曾经也是这里的侍女,但我从没像你们这样……"

姑娘们聚精会神地听古尔珊讲话。

图赫法边铺床边问道:"难道您曾经没有想过这种事吗?"

古尔珊笑了笑,沉默了一会儿,回答道:"可能我也想过吧,但我不会在众人面前乱说!撒旦才会干这种事。如果你能经常祈祷,这种事就不会出现在你脑海中了。你看,像扎里法她就不会说这种不知羞耻的话。"

"哇!哈哈哈哈!"库姆丽笑起来,"告诉她吧,扎里法,你昨天晚上梦到了什么。"

"你滚开!"扎里法转过脸去,嘟囔道,"你梦到的还少吗,你还说我!"

女孩们躺下。床铺都紧紧挨着,古尔珊选了边上的床铺。

"脱掉衣服!"库姆丽发号施令,她站着扯下了自己的衣服,"裤子也脱了!"

女孩们模仿娜济克,开始互相拍打对方裸露的身体。房间内充满大笑和嘻嘻窃笑的声音。

"哎呀!"古尔珊大叫一声,把头蒙进被子里,"你们真是罪大恶极……你们知不知道,在你们这个年纪,都可以做两三个孩子的母亲了。"

"确实,亲爱的古尔珊,"库姆丽说完便将蜡烛拿近自己的身体以便能更为清楚地看到它,"看看我。我也许已经可以生五个孩子了!"

姑娘们都笑了。古尔珊稍稍把头探出被子,看到眼前的景象也哈哈大笑起来。

"把蜡烛熄灭吧!"

库姆丽把架子上的蜡烛熄灭。房间陷入一片黑暗。但女孩们还在胡闹,互相拉扯被子。不时能听到"挪一下""躺近一点"……

"你们到底让不让人睡觉了?"古尔珊生气地喊道。

"你们安静点儿!"库姆丽发出嘘声,"古尔珊来我们这要睡足觉呢。"

"真可怜,"有人响应道,"在家里丈夫都不让她睡觉!"

"这就是我不结婚的原因,"库姆丽接着说,"他要是心急如焚,是不会让我睡觉的!"

"睡吧,可怜的女人,睡吧,"图赫法附和道,"你就不要担心我们这些姑娘了。"

女孩们又一次放声大笑。古尔珊也没忍住,跟所有人一起笑了起来。

"不要说些没意义的话,"最后她说,"就说点有意义的。这些'嘻嘻嘻'和'哈哈哈'毫无用处……不如把时间用来睡觉!"

"那什么是意义啊,古尔珊姐姐?"图赫法问道。

"别问什么意义不意义的,"库姆丽打断她的话,"不如让她说说把我们关在'四十少女宫'庭院的意义是什么。"

"得了吧,"某人回应道,"那么古尔珊姐姐把丈夫留在家,过来和我们这些无所事事的姑娘们睡觉又有什么意义呢?"

"啊,真希望你们都变成哑巴!"

"有,有意义!"几个声音同时响起,"她来这儿是为了给我们带来新同伴。"

"那么她带来姑娘的意义又是什么?"

"意义就是我们这些疯姑娘会变得更多。"

"你们都别再纠缠啦!我谁也不会再带来了!好好睡觉!"

"太好了,"娜济克感叹道,"现在您总算开始说正事了。"

"你说的不对,娜济克,古尔珊姐姐很久以前就变成聪明人了。"

"从什么时候?"

"很久以前……古尔珊姐姐您结婚多久了?"

姑娘们又开始笑起来。

"真想对你们说脏话,快睡觉吧!"

"不要,古尔珊姐姐,等一下,"娜济克说道,"我要说一件'正经事',您想听听吗?"

"谁要听你的故事啊?去他的!"

"是非常有趣的故事。您要是不听,我们无论如何都不让您睡觉!"

"说吧,不要磨磨蹭蹭的!"古尔珊发了几句牢骚,翻过身去。

"我会很快讲完的。姑娘们,你们也请安静地躺着。"

女孩们正笑着,闹着,互相胳肢,没有在意娜济克的劝告。

"图赫法,库姆丽,别吵了!不然我就掐死你们!你们想这样是吗?"娜济克大叫。

但没有人听她的威胁。

娜济克气得跳了起来，然后所有人都躲进了被子。

"娜乌鲁兹，我要扇你嘴巴！"

这里那里还会溢出几声窃笑，但是已经不再吵闹了。

"您没睡吧，古尔珊姐姐？"

"没有，说吧！"

娜济克又呵斥了女孩们一声，然后坐在床上。

"某个清晨我们从浴室出来，"她开始讲述，"旁边并排走着一位年轻人。"

"老故事了！"某人插话，女孩们再一次嘻嘻笑起来。

"那又怎么了？你们不想听就别听，我是讲给古尔珊的。你们去睡觉，不要打扰我。"

"不，不，你讲吧，我们要听，"图赫法回应，"娜乌鲁兹，库姆丽，哈姆萝赫，有完没完！"

"总之，古尔珊姐姐，我们旁边并排走着一位年轻人。您问他样貌如何，他的面颊像苹果一样绯红饱满，眼睛如小鹿的眼睛一般清澈，胡子似嫩草一样蓬勃，眉毛比萝西娅·阿依姆的更为美观精细……他身着传统的乌兹别克长袍，衬得脸上神采奕奕。我们看着他不由自主地入了迷，是不是，图赫法？"

图赫法给予了肯定，娜济克在确认了古尔珊还没睡着后，继续讲道："那个年轻人看起来很腼腆。当他注意到有将近二十个姑娘都在看他后，他有些难为情，垂下了眼睛。当时娜西芭姑姑与接生婆哈妮法和我们在一起，她们看出我们对这个年轻人很感兴趣，就开始不断催促我们快走。我们不得不加快脚步，但仍然不停回头张望。他也没有被落在后面，一直走在我们的旁边。当我们已经快走到宫殿大门时，我转身回头看。他离我们大约十步远。那时好像有撒旦在我耳边低语——一个想法突然冲入我的脑海。我落到姑娘们的后面，摘下头巾，先把它藏在帕兰吉下，然后抛向地面。我们走到了大门前，守门人将大门打开让我们进去，并退到一旁。我还不知道我的头巾有没有落地，但我希望它落在大门外，我担心情况不是希望的这样。已经进了大门，走了将近十步，我决定再回头看一下。我的头巾躺在地上。而那个年轻人弯腰捡起了它。我继续向前走。

'姐姐，你的头巾掉了！'

我的心扑通扑通直跳，我停了下来。他走近，微笑着把头巾递给我。

'这是你的吗？'

'是我的！'我回答后就接过头巾，却忘了向他道谢。

对话到此就结束了。年轻人进了主殿的大门。我不知怎的，愣住了，艰难地迈开步伐跟上姑娘们往宫室走去……这个年轻人与我只相隔一步之遥，我听到了他的声音，他的手似乎还碰到了我的手……您睡着了吗，古尔珊？"

"没有，醒着呢！后来怎么样了？"

"我正要讲呢。进了庭院，我心潮澎湃……耳边不断回响起那些话：'姐姐，你的头巾掉了……这是你的吗？'眼前还浮现着他的身影，我的心猛烈地跳动着。我脑子里胡思乱想，却又什么都想不起来。我的心一直被爱火炙烤着，吞噬着。我好像沉醉于这火海中，脑袋感觉天旋地转，眼前遮上了一层迷雾，我简直忘乎所以了。为什么我看到了这个人，又为什么不断回头望他？为何我丢下头巾，而他捡了起来？他又怎么能走进宫殿呢？他是一个精灵——一个想要使我丧失理智的恶灵……啊！真想再见到他，哪怕只有一次！我问了所有和我同路的姑娘：'你们看到那个年轻人了吗？'她们说：'看到了。'我又问每个人：'你还想见他吗？你的心没有为他燃起爱火吗？''没有。'她们回答说。唉，从这之后我彻底相信他是精灵了。一个戏耍我、迷惑我的精灵。我又问：'你们宫里有这样的年轻人吗？'她们说：'没有。''那你们看到他跟着我们进庭院了吗？'回答仍然是：'没有。'也就是说我是唯一被精灵迷惑的人。图赫法还笑我：'你爱上魔法师了。'我也这样认为。是的，我爱上了魔法师。并且他也爱上了我……于是我开始等他。我认为，如果真是这样，他会带我去他的国度。我日日夜夜等待，期待着与他相见，但他始终没有出现。两周过去了，又到了去沐浴的时候了。我喜悦万分：也许今天我就要去神奇的国度了。我简直迫不及待。我们去了浴室。在回程途中，当走近与那位年轻人曾经相遇的地方，我的心怦怦直跳。如果他出现并召唤我，我一定会不假思索地跟他走。但是当我们到达那里时，魔法少年还是没有出现。我四周打量，还往小胡同里瞧——一个人也没有！我本来考虑了许久，如果他出现了我该如何表现……我紧张地出了一身冷汗，我记不清自己是如何落在了姑娘们的后面。突然我听到了娜西芭姑姑叫我。我慌忙追上大家。在走进宫殿的门之前，我还在频频回望。"

娜济克叹了一口气，然后沉默了一会儿。

"这就是我迷恋上魔法少年的经过，"她补充道，"已经迷恋三个月了，古尔珊姐姐！"

"你爱上了魔法少年？哈哈哈哈！"

"为什么您要笑，古尔珊姐姐？难道您不相信吗？"图赫法问道。

"我不是笑这个，"古尔珊一边说，一边继续笑，"只是你说的那个少年根本不是什么魔法师。"

娜济克急忙起身。

"他是谁啊？"

"一个人。"

"一个人？你见过他吗？"

"是的……在我们宫殿见过。你知道现在的文书长是谁吗？"

"知道。文书长叫安瓦尔。"

"他就是那个你迷恋上的'魔法少年'。"

图赫法哈哈大笑起来，吓得几个睡梦中的女孩打了个哆嗦。

"娜济克，原来你爱上的是米尔扎·安瓦尔？"

娜济克惊呆了。

"怎么会这样？如此年轻的人就当了文书长？"

"是的，他就是。"

"确实，他配得上这个职位，"她说，"他娶妻了吗？"

"我怎么知道？不过，就算他没结婚，也不会娶你的。"

"是的，不会娶我的，"娜济克沉默了一会儿说道，语气中流露出一种不同寻常的悲伤，"我已经被畜生可汗玷污了，我……"

古尔珊默不作声。

安静的房间中只有睡梦中的人在断断续续地小声打鼾，只是这鼾声中不时会夹杂几声压抑的啜泣。

马赫杜姆的新"行当"

萨利赫·马赫杜姆走出内屋。在等待文书长的人群中他还看到了阿卜杜拉赫曼。

"欢迎,毛拉,欢迎!您好啊!"

打过招呼,马赫杜姆将客人迎进男宾室。

"啊,哈巴……您近来怎么样?"

"挺好的!您的身体怎么样?"

"谢天谢地!挺好的!什么风把您给吹来了?"

"是您的仁慈把我吸引到这里了,"毛拉阿卜杜拉赫曼回答,"如果安瓦尔先生允许,我希望能担任文书员一职……"

"太好了,太好了!"马赫杜姆说,"这事毫无障碍。您受过足够的教育,只是起草文书……安瓦尔会教你的。这不碍事。至于字写得如何,我认为也是没有问题的。"

"啊,我在起草文书方面也不需要特别教导,"毛拉阿卜杜拉赫曼的声音中带着几丝怨气,"就算我比米尔扎·安瓦尔知道得少,不管怎样,也只是少一点点……"

"太好了,太好了!确实,文书处内的人都认为和其他的文书员和穆夫提相比,安瓦尔说话要更为得体。这是学校教育的成果,学习是有益的。是您去向米尔扎·安瓦尔自荐,还是由我来传达呢？"

"不知道……要不还是您来吧。"

"也好，寻求中间人的帮助也不是个坏主意。我会告诉他的。反正要告诉他您都学过什么，并且您是个有才华的人，"沉默少顷，马赫杜姆补充道，"对了，在宫廷文书处就职初期两个月是拿不到薪水的。我们的安瓦尔起初也没有得到薪水。"

"薪水不重要，老爷。清真寺的职务给了我得以谋生的钱。"

"哈巴，也就是说，这个方面是可以的了。如果您学会又快又好地起草文书，那您就可以开始领薪水了。除此之外，和当今社会的大人物交往会给您带来不少好处。要知道这才是最重要的，"马赫杜姆压低声音，"清真寺的职务没什么前景。您考虑得很周到！您对我来说就像自己的儿子一般，我们的孩子离宫廷越近，对我们越有好处。您放心吧，毛拉阿卜杜拉赫曼，我会转达您的请求并为您说情的。米尔扎·安瓦尔毫无疑问会给您安排工作的。"

对萨利赫·马赫杜姆表达感谢后，毛拉阿卜杜拉赫曼准备离开。

"什么时候我能来询问答复？"

"好吧！明天吧，晨礼之后……您怎么就要走了？喝点茶吧，还有刚烤的馕……"

"不用了，谢谢您，老爷。"

萨利赫·马赫杜姆将毛拉送到庭院，然后回身去看等待米尔扎·安瓦尔的人们。他向每个人问好，并询问了他们找文书长的事由。他还向衣着相对华丽的来访者详细打听他们的孩子在哪儿上学，如果他们住在附近，马赫杜姆还会对孩子没有被送到自己的学校表示惊讶。

一个身穿打满补丁的长袍、双手布满老茧的农民引起了马赫杜姆的注意。

"看样子，你是从乡村来的，"他对农民说，"喂，请问你有什么'问题'？"

农民恭敬地起身，将手叠放在胸前。

"我有十三塔纳帕①土地，先生。而税款——显然是算错啦——是按三十三塔纳帕计算的！我想递交请愿书。"

"哼！"马赫杜姆惊呼，"你们村庄里没有村长吗？"

"有的……但是他是不会听我们申诉的。"

马赫杜姆又将农民从头到脚打量一番。

"老兄，你要知道，写请愿书是要钱的。没有钱犯不着为此费心劳神……"

农民拍了拍腰带，似乎在表明自己有钱。

"您说什么呢，您说什么呢，先生，我可没那么傻，我可没蠢到不带钱就来这里。"

看到他有钱，马赫杜姆高兴起来，但又不免开始担忧：他知道安瓦尔公正廉洁，从不收穷苦农民的钱。他不止一次告诫过自己的学生安瓦尔，责备他不知道金钱的"滋味"，但这些告诫并没有起什么作用。深知金钱"滋味"的萨利赫·马赫杜姆给自己想了一个有趣的活计：在安瓦尔会见来客的时候，他总是坐在走廊中询问每个刚刚结束会见的人，安瓦尔为他起草了文书还是仅提供了建议，为此是否已经付钱给安瓦尔？如果情况是这个人想付钱，但安瓦尔拒绝收下，萨利赫会说："您给的太少了，要是多给一些，他会收下的。但是没关系，您有多少就给多少吧，我会劝他收下的。"然后萨利赫就收走了这个请愿人的钱。

他甚至想出妙法从那些仅仅是来和安瓦尔聊聊天的人身上捞钱。"没有好处猫咪都不会出去晒太阳，"在这种情况下，他会这么解释，"米尔扎·安瓦尔不好意思跟您讲钱的事，请给我，我会转交钱并会告诉他您之前不知道怎么给钱。哈巴，万一您下次还需要来找他，这样做就派上用场了。"

---

① 塔纳帕：面积单位，1塔纳帕等于0.5公顷。

33. 马赫杜姆的新"行当"

这样一来，虽然安瓦尔免费起草文书和提供建议，马赫杜姆却借此干自己的"新行当"有好几周了。当拜访者们散去，他会走向内屋，口袋中的硬币碰撞着发出叮当的响声，然后开始清点自己的进款，将一戈比硬币、五戈比硬币分开摆放，并特别挑出小银币。"哎，做实事比喊空话重要，只有笨蛋才不懂这个。"马赫杜姆边想边发出愉快的笑声。

当然，自己的"行当"他是瞒着所有人做的，他特别害怕安瓦尔知道……

那天，萨利赫·马赫杜姆正要去做晡礼时，安瓦尔已经从宫殿回来了。做祷告时马赫杜姆心神不宁，以至于他没读完祈祷文就离开了清真寺。然而还是有很多"幸运儿"在马赫杜姆回来之前完成了与安瓦尔的会面。马赫杜姆走向走廊的同时还在为苏菲叫自己去祈祷的时间过晚而气愤不已。他注意到拜访者都还没有全部散去，于是在走廊上停了下来，假装在等什么人。果然，一个看起来像伊玛目的人从男宾室走了出来。马赫杜姆用不友好的目光瞧了他一眼，但是又立刻转换了表情，他大喊道："您好，老爷！您来啦……"

"您好，您近来怎么样，萨利赫·马赫杜姆？我有事找米尔扎·安瓦尔，真主会保佑他长命百岁的。真是个善良又富有同情心的少年。我请他帮我写了一篇不长的请愿书。您身体怎么样啊，马赫杜姆？"

马赫杜姆想尽量表现得亲切一些，没有询问请愿书的事情——这个人是依禅①，要他的钱等同于向乞丐乞讨……而且跟依禅说话的时候他可能会错过下一个拜访者。因此他想尽快结束与依禅的对话。

"好，好，老爷，感谢您，欢迎您下次再光临。"

"我会再来的，一定会来的……要来向米尔扎·安瓦尔表达祝

---

① 依禅：伊斯兰教依禅教派的首领和精神导师。

贺，为他祈祷。至于您，老师，不打算宴请我并接受我的祝福吗。我已经这样告诉米尔扎·安瓦尔：您不要这样敷衍我，一定要宴请我。米尔扎是位慷慨的人，他说：'您来就行了，请客不是问题。'我听说您，马赫杜姆，打算让孩子们成亲。我问了米尔扎，他笑了笑……却什么都没说。这是好事，不要拖延了。婚礼什么时候举行？"

马赫杜姆表现出极度不耐烦的神情：他很可能会因为这冗长且毫无意义的对话错过有利可图的会见。

"我们打算春天举办婚礼。"

"那要等很长时间，那好吧，万物皆有时。是不是要举办一个盛大的宴席？把整个城市的宾客都邀请来？可能可汗的妻子们也会来拜访呢。要知道新郎可不是小人物。差不多得需要一千件长袍赠送给所有客人。不过他们当然也不会空着手来参加婚礼。想必可汗的妻子们也会给您的女儿赠送很多的金币作为礼物，或者还会额外附赠奴仆呢。俗话说，付出多回报就多。"

这时，马赫杜姆听到有人从男宾室走出来，他像一匹快马一样，开始在地上不停踢踏。而依禅仍然在絮絮叨叨说个不停。

"没关系，应付得过去。正如人们所说，天助圣事。您的婚礼宴席一定会胜过迄今为止我们见过的所有婚礼。而且请大大张开双臂拥抱我吧。听从真主的旨意，我本人会来帮助您的。没有点能耐是很难应付那么多客人的。咱们可以一天招待五千人。"

一个女人从男宾室走出，并很快从他们身边走过。老师眼神慌张，目光一会儿看看离去的女人，一会儿看向依禅。

"请让您的妻子女儿别担心。我们家的女人对办婚礼很有经验，如果提早通知，我非常乐意让她们来帮忙……您怎么心不在焉的，马赫杜姆?! 您是不是不舒服啊？"

马赫杜姆的眼神确实惊惶不安，因为男宾室又传来脚步声，马赫杜姆不久前遇到的农民走出了男宾室。

"没有，没有，您说什么呢，我健康得很。"

33. 马赫杜姆的新"行当"

"好吧，我是说，不需要担心招待客人的事，婚礼之前我还会来您家和您见面，并和米尔扎·安瓦尔商量所有事宜的。"

这时，农民经过这两位备受尊敬的人物时鞠了一躬，然后向大门走去。忧心忡忡的马赫杜姆顾不上依禅了，喊住了农民："等一下，老兄！"

农民停住了脚步。而依禅仍然在讲话。

"如果您可以的话，我这周就有时间，米尔扎·安瓦尔也会有空。不需要特别准备什么，一些烤包子和曼蒂，随便什么，只要味道好就行……如果您拿定主意了，就提前派您的一个学生来通知我……"

"遵命，老爷。"

"那就说定了！如果您能亲自来找我就更好了。使用自己的脚是不用花钱的。再见，毛拉萨利赫，再见，真主会保佑您的。"

"再见，老爷，再见！"

马赫杜姆甚至没有将依禅送到大门。他对依禅已经是忍无可忍了。然后马赫杜姆走到农民身边。

"怎么，我的兄弟，"他问农民，"您是想要帮您写请愿书对吗？"

"不，老爷，大人已经撰写了一封文书，就是这个，要把它拿给土地丈量员看。"

"太好了！"马赫杜姆说，"您为此付钱了吗？"

"没有。我要给钱，而大人不收。"

"那就是说，给的太……"

马赫杜姆想说"那就是说，给的太少"，但是立刻把话咽了回去：安瓦尔正从男宾室走出，并向他问好。

"您好……"马赫杜姆忙着回应他的鞠躬，"我刚刚……从清真寺回来！"

然后他向农民点一下头，惊讶地看着他，随后喽嚅道："如果办完事了，就请离开吧！"

34

中庸之道

那位农民到底没有搞明白那句"给的太……"是什么意思，疑惑不解地走出了吊顶走廊。慌张的马赫杜姆则和安瓦尔一起向内屋走去。二人沉默着走了几步，马赫杜姆看向养子，眼神中透出小心翼翼，说道："卡兹依禅来过了。这个人可真无聊！关于什么'请客'的事闲谈了差不多一个小时。简直是在浪费时间！真正是好吃懒做，还贪婪无比。想必他也暗示您请客的事了？"

安瓦尔微笑着点了点头。

"贪婪是一大恶习，"马赫杜姆继续说，"难怪阿拉伯人都说：'谦虚受人尊敬，贪婪遭人唾弃……'顺便说一句，他去世的父亲也是这样。'有其父必有其子'，儿子更糟糕。他们家族一个比一个糟糕。出于善心给你写请愿书，拿走就好啦。不知足，他还要求请客！"

安瓦尔笑呵呵地跟在马赫杜姆后面，而后者一直在埋怨："他说，不需要特别准备。曼蒂、烤包子……只要味道好就行。要是给你端来烤肉串，依禅您还会拒绝不成？他宣称自己要来主持结婚典礼，好像他很会招待客人一样。我还没疯到让这样的人张罗婚礼！很显然，他打算两手空空来，衣袋满满归。守财奴！"

说着这些话，马赫杜姆走进了内屋。拉诺抱着弟弟站在庭院里。跟在马赫杜姆身后的安瓦尔走到她身边,抱起弟弟。拉诺注意到父亲正因某事恼怒不已,她充满疑惑地看向安瓦尔,安瓦尔冲她眨了眨眼睛,表示没什么大不了的。

马赫杜姆走到平顶凉台后坐了下来。"主啊,宽恕我吧!"他叹了一口气。从清真寺出来的时候他的心情已经很糟糕了,现在更是糟糕到了极点。这可不是开玩笑的事,就因为这个多嘴多舌的依禅,他今天所有的"收入"全泡汤了。而那个农民不仅逃脱了付钱,还差点让他颜面扫地。这一切都怪这个铁公鸡,坏蛋依禅!马赫杜姆在心里对他无所顾忌地大骂着。

安瓦尔一边做鬼脸哄弟弟玩,一边与拉诺闲谈。尼戈尔·阿依姆在准备晚饭,马赫杜姆询问了晚饭什么时候做好后,把安瓦尔招呼到自己身边。

"到这里来,也可以在这里吃晚饭……至于你,拉诺,你去照看弟弟们……曼苏尔好像还在外面。顺便用锁链把门锁上,我的女儿!"

拉诺走向男宾区。安瓦尔抱着弟弟,坐在平顶凉台的边上。孩子挣开了他的手,咿咿呀呀地说着什么。

这把马赫杜姆逗乐了。

"'妈——妈,妈——妈,妈……'哎哟,你这个小坏蛋!"他说着,把手伸向小儿子,"真是个淘气鬼!"

小孩子也伸手去抓马赫杜姆,紧紧握住他的手掌又松开。

"喂,来我这里,年轻人,来吧。他还是个什么都不知道的小孩呢!就怕他得麻疹……只会嘟嘟嘟,也说不出来。"

拉诺带着弟弟们回来了。马赫杜姆不再逗小儿子了,开始对其他儿子们一通数落。

"真是蠢货!要是不去叫你们,你们永远想不到要回家。看看他们的衣服吧!怎么,你在泥里打滚了吗?蠢驴!把灰尘抖一抖!把衣服脱掉都抖一抖!这么漂亮的衣服!弄这么脏该怎么办?"

安瓦尔看着惊恐的孩子们,微笑着说:"他们会懂事的。"

"下辈子吗？嘿，我现在非得狠狠教训他们一顿！拉诺，给你的哥哥铺上丝绒褥垫，把弟弟从他身边抱走，然后问问你妈妈抓饭做好了没有。要是已经蒸软了，就端上来吧。"

拉诺给平顶凉台铺上丝绒褥垫，带着弟弟去看抓饭的情况。

"安瓦尔，请坐到丝绒褥垫这里！而你们，蠢驴们，去洗手！"

孩子们跑去沟渠洗手。安瓦尔跟着他们一同去了。沟渠中的水浑浊不堪，安瓦尔将孩子们带回来，将罐子里干净的水浇在他们手上，然后自己也开始洗手。

"拉诺，帮你哥哥浇水洗手！"马赫杜姆的声音从平顶凉台传来。

但安瓦尔没有等到她，因为当她走近的时候，他已经洗完了。

"你手脚真慢，"马赫杜姆生气地说，"要是有人被燕麦粉噎了，真主保佑可别让你去拿水。等水送到，那个人也噎死了！"

安瓦尔和拉诺被逗笑了，马赫杜姆也笑了起来，显然他很满意自己的这个笑话。

"安瓦尔，可能这就是人们常说的，宁做一个麻利乞丐，也不做一个磨蹭工匠。"

年轻人又都笑起来，马赫杜姆也高兴无比。

安瓦尔坐到丝绒褥垫上，拉诺在他面前铺开了桌布。尼戈尔·阿依姆用一个陶盘端来了抓饭。所有人开始用餐。抓饭味道很不错。

马赫杜姆尝了尝抓饭的味道，开始称赞妻子。

"今天抓饭味道不错……就是肉放得多了些！"

"这正是抓饭味道不错的原因。"尼戈尔·阿依姆微笑着说，说完看了一眼安瓦尔。

"凡事都要适度。"

"我看，这和抓饭里的肉没什么关系吧。"

拉诺被母亲的话逗笑了，安瓦尔也转过脸去以掩饰脸上的笑意。

"哈迪斯①圣训是所有人都必须遵行的！"马赫杜姆说，"我们活着就必须努力，但是哈迪斯也让我们准备好应对来世的生活……我们要祈祷，但不能用力过劲儿，不然过度祈祷会起反作用，那时人会因失去赚钱的能力，而无法赡养家庭。这会扰乱人的正常生活。人们只要遵守宗教规定的律法就足够了。这意味着什么呢？意味着要遵守中庸之道。圣训被应用到日常生活中那是极好的，也是合乎神意的。例如，你打算把所有的肉都放到抓饭里，是可以的。但是应遵循中庸之道，你把肉分成了两份，只放了一半，这样就会有奇迹发生：第二天你还有肉可以吃。采用折中的办法可以保证你有两天的食物。常常会发生这种情况：一个人已经习惯了锦衣玉食，但是因忽然无法天天饱食美味，而饱受煎熬，为了获取美食，他会走上犯罪的道路。是的，是的，就是这样！请问这是为什么呢？是因为他之前毫无节制的行为。"

马赫杜姆力求借教训尼戈尔·阿依姆来达到一石数鸟的效果。但同时这个石头也可能砸中他自己的脚：要是在场的某人问起今天他在吊顶走廊做的事符不符合中庸之道，他该如何回答呢？更不用说其他日子他的所作所为了。

我们不知道他是否能马上想到该如何回答。不过，马赫杜姆在伊斯兰学校学过科学，就算在这种情境下也不会慌张。他会翻开这本书，找到上面写着讲养家糊口重要性的几页，然后以现在必须承担的一些特殊开支为自己开脱，再找到内容来说明自己贪财是合乎神意的，他还会去奚落那些不知道什么是"养家糊口"的人。

但是没有人与马赫杜姆争论，也没有人反驳他。可能是因为从未有人这样做过，也可能是因为其他原因。年轻人们只是微笑着与坐在自己对面的人意味深长地互相对视一眼。

---

① 哈迪斯：伊斯兰教先知穆罕默德传教、立教的言行记录，也被称为"逊奈"，被奉为伊斯兰教的言行规范。

说完，马赫杜姆又开始全神贯注地吃起抓饭来。他沉默地吃了一大会儿，头都没抬。看来马赫杜姆也忘了折中的说法，每一口抓饭都要配上一大口肉，而与此同时其他人都只吃小小的一口。

吃了将近一半抓饭，他终于抬起头，让安瓦尔多吃点。之后，他训斥孩子们乱扔东西并责备拉诺："你吃得太少了，我的女儿！你就是这样吃抓饭的吗？"

"'胃口'这一门课我得了'不及格'。"拉诺说。

安瓦尔和尼戈尔·阿依姆大笑起来。

"你可真是伶牙俐齿，女儿，"马赫杜姆也笑起来，"但是吃得又少又慢，干活也干不好的。"

"那就是说，要吃抓饭得'优秀'才行？"

"当然啦！只要你的嘴巴没着火就行。"

大家又哈哈大笑起来。

"对了，"马赫杜姆严肃起来，"我想向文书长提一个请求，差点忘了。呃……呃……不久前来了……呃……呃……毛拉阿卜杜拉赫曼。我允诺他……他想要……和您见一面。据我所知，他想担任文书员一职。我说，我会告诉米尔扎·安瓦尔，他可能会录用您……我认为，他很有文化，这个毛拉是一个心善的人……"

安瓦尔思索起来。

"我怎么都想不起来这个毛拉阿卜杜拉赫曼是谁？"

"是吗，是我们的毛拉阿卜杜拉赫曼！当您获得文书员一职时，他还来恭贺过呢！是个年轻的伊玛目！"

安瓦尔摇了摇头。

"什么都不记得了。"

"好吧，"马赫杜姆说着，稍稍眯起右眼，"我帮您回忆吧。那天还来了您的追随者——织布工。您记得他吗？"

"记得！"

"那就是了，在织布工之后来了一个年轻的伊玛目。现在记起了吗？"

"啊，记起来了！他曾在您的学校中上过学。"

"哈巴！"马赫杜姆高呼道，然后转向尼戈尔·阿依姆，"你也知道他吧。"

"我怎么会知道他。"

"他在布哈拉上过学，还曾几次派遣媒人来向拉诺求亲。"

尼戈尔·阿依姆肯定地点了一下头，然后暗暗地瞟了安瓦尔一眼。

关于说媒的话让拉诺有些厌烦，她不再吃了，抓起毛巾开始擦手。

不知道马赫杜姆是怀着何种企图说起说媒的事，但安瓦尔确实感到一阵醋意袭来。不顾在等他回复的马赫杜姆，安瓦尔向拉诺索要毛巾。

"为什么要擦手了呢，安瓦尔？你一整天都没怎么吃东西……难道这么快就吃饱了？"

安瓦尔先向尼戈尔·阿依姆道谢，然后说自己饱了，之后向孩子们点点头："就是这样……"

"安瓦尔和拉诺真是一模一样，"马赫杜姆边吃抓饭（显然他还没有做到"中庸"）边继续说，"两个人吃得一样少。"

马赫杜姆想用这个玩笑多少缓解一下说阿卜杜拉赫曼求亲产生的尴尬。两位年轻人相视一笑，尼戈尔·阿依姆也感到如释重负。

"那您怎么想，安瓦尔？会接受阿卜杜拉赫曼到您那儿工作吗？"马赫杜姆问道。

"现在我们那不需要文书员。"

"我还是觉得这样的人您不可错过。只要跟您多学一点，学学您的经验，这样的人工作起来是不会马虎的。而且他是您的人，当然会比其他人更忠心。安瓦尔，这就是我的意见。"

"我会考虑的！"

"考虑当然不是一件坏事，我很早开始就在琢磨这件事并且已经得出结论：你身边有像米尔扎·苏丹纳利那样的人越多越好。"

"也许，您是对的……"

安瓦尔紧紧盯着桌布，而拉诺也关心地看着安瓦尔，她明白安瓦尔不愿做出许诺自有他的道理。

尼戈尔·阿依姆一边喂曼苏尔抓饭，一边留心听他们谈话。

"我的判断是正确的，安瓦尔。请放心，"他从桌布上拈起几粒米，把它们扔进嘴里，"让毛拉阿卜杜拉赫曼去您那儿工作吧。他甚至愿意无偿工作一段时间。喂，您同意吗？"

"这与工资无关……"

"那与什么有关？"

"如果我带去一个新文书员，我们那儿工作的其他人不会抱怨吗？这就是我为难的地方。"

"既然他会无偿工作，那对他们来说一切不都是一样吗？他们会损失什么啊？"

"但一个月后他们就将面对一个竞争者。我特别要考虑我们的穆夫提·沙霍达特……您也知道他的个性。"

"是的，你们的穆夫提·沙霍达特真是条狗！"马赫杜姆喊叫道，"我认为，您需要自己人来保护您免于这些小人的暗算。您还年轻，我的儿子！难道您需要某种许可才能任命新的文书员吗？"

"不需要。"

"您看！'卡尔那号①手吹一下自己的铜管会费什么劲呢？'明天我就让他去找您。"

"先别着急……我要先找人商量一下。"

"好的，要给足他们面子，表面上商量一下。但是无论如何要让他担任那个职位。"

马赫杜姆做完祷告后，就前往清真寺——昏礼的时间到了。走到街上，他回想起卡兹依禅所说的关于婚礼的愚蠢言论，关于参

---

① 卡尔那号：很大的铜管乐器。

加婚礼的宾客，关于大汗的妻子们，而最重要的是关于她们带来的数不清的礼物……要把它们安放在哪里呢？在清真寺里，当苏菲读祷文时，马赫杜姆又想到了可汗妻子们可能要给拉诺赠送侍女。最好还是别送了，不然家里又多了一张嘴。

35

可汗要寻欢作乐

时值卡弗斯月①，天气不冷不热。在某个星期五，刚刚浇过水的宫廷花园被打扫得干干净净，花园中央有一个很大的苏帕，上面放着织有郁金香花朵的红色毛毯。毛毯上放着丝绒褥垫，丝绒褥垫上又叠着一张狮皮。

这个苏帕现在还是空的：可汗和他的亲信都还没来。但所有对面的小型苏帕上都挤满了人。在上面端坐着首席大臣、军事长官、最高法官、谢赫·乌里·伊斯兰②、法官、高级神职人员、城市神职人员、学者依禅、内侍官，还有一些低级官员：库尔巴什③和一些地区的长官。神职人员都身穿瓦拉纳西丝绸材质的长袍，头上包着白色正式头巾；首席大臣和军事长官长袍和头巾的材质都是丝绒和丝绸，而其余人戴的是卡拉库里羔皮材质的头巾。

今天可汗打算在周五的祷告之前消遣一下。因此上述所有人聚集于此地。每个人都将目光聚焦在装饰精美的宫殿内门上，期待着可汗的到来。

可汗的苏帕不远处有一个窝棚，有几个人坐在里面聊天。

---

① 卡弗斯月，即11月22日至12月21日。
② 谢赫·乌里·伊斯兰：伊斯兰教神职界领袖人物的尊称。
③ 库尔巴什（也称"柯尔巴什"）：相当于片区警察所所长。

最终一个宫廷司仪从宫殿大门后走出，他先示意所有人起立，然后走到大门旁，在侧面站定，保持行礼的姿态。

就这样，一个锦缎长袍紧紧贴着大肚皮，白色丝绸头巾低垂到额头的人出现了——胡德亚尔汗来了。所有人都向他鞠躬行礼。跟在可汗后面穿着红色丝绒衣服的是他的小儿子乌尔曼别克。这位年轻的继承人身后跟随的是一群身穿红色呢绒装的俊朗青年，他们是精挑细选出来的可汗的贴身侍卫。这些十六七岁的英俊青年以四行十列的队形走着。

可汗走到苏帕旁。

就在此刻，从下面某处响起了音乐声。乐师演奏起了歌曲《萨尔布查》激昂动听的旋律。在重复奏至副歌部分时，所有侍从们都开始唱起来：

> 祝愿你万事如意，沙赫之王①！
> 你的荣耀会将你的敌人化为灰烬！
> 让整个敌军阵营都来战场吧，——
> 我们强大的可汗会驱散所有异教徒！
> 所有亵渎神圣古兰经的人，
> 都会成为祭品，伟大的沙赫马尔丹②！
> 祝愿你万事如意，沙赫之王！
> 你的荣耀会将你的敌人化为灰烬！

可汗登上铺上苏帕的阶梯。乌尔曼别克紧随其后。年轻的侍卫们在可汗身后照常围着苏帕排列，这样是为了保护可汗的安全。

可汗坐在狮皮之上，示意乌尔曼别克坐在自己右边的位置上。在场的人还处于弯腰行礼的状态。侍卫们从三面将可汗围了起来。

---

① 沙赫之王：意为"王中之王"，是古伊朗国王的称号，被用来表达对浩罕汗国可汗的颂扬。

② 沙赫马尔丹：用来形容哈里发·阿里的称号，意思为"勇士的君主"。

可汗向恭敬行礼的人们示意，允许他们抬起头。所有人站直身子，然后将两手交叉在胸前。此时音乐停止了。

宫殿司仪登上苏帕，然后举起手。所有人都跟着做起这个动作。

"愿我们的敌人、背叛者、卖国贼灭亡！愿上天保佑我们的可汗和王国繁荣昌盛，国泰民安！"

祈祷过后，所有人用双手轻抚脸颊。可汗向宫殿司仪示意，后者大喊："明格巴什、库什别吉、奥塔利克①、谢赫·乌里·伊斯兰及其他的先生们，尊敬的可汗邀请你们与他同坐。"

被宫殿司仪叫到的达官贵人接连登上苏帕。恭敬地行礼之后，他们围绕可汗而立。可汗又向宫殿司仪授意。

"大汗赐坐！"

除了贴身侍卫，其他人都开始纷纷入座。偶尔能听到一阵咳嗽声。

此时宫殿司仪又请示可汗："真主保佑陛下和国家……您的一位奴隶有求于您，请问您是否召见？"

可汗允许召见请愿者。所有人都朝芦苇窝棚的方向望去。从那里走出一个高个子男人，他蓄着黑色的胡须，身着淡褐色的长袍，头戴粗平布头巾，边缘垂下了四分之一嘎兹。他步履从容，神情严肃，走到苏帕台阶脚下就止步了。以可汗为首的人们都笑起来，而那个男人理了理头巾，捋了捋胡子，抖了抖长袍，用长袍更紧实地裹住自己，然后向可汗俯首听命。

可汗和其他贵人都哈哈大笑起来，他们认出了这是受可汗喜爱的侍从丑角扎基尔，绰号为"蠢牛"。

蠢牛扎基尔抬起头，然后像为某人的灵魂安息祈祷似地向两边行礼。所有人又都大笑起来。

---

① 明格巴什：字面意思为千夫长，小说中指当时大汗宫殿里的首脑，相当于总理；库什别吉：对城市及州府统治者的尊称，指当时城市及州府的首领或军队统领；奥塔利克：是为汗国训练新兵的长官的最高职务。

站在台阶另一边的宫殿司仪提示侍从丑角："不要忘记你是在谁的面前！"

扎基尔双手叠放在胸前，直挺地站着，只瞥了一眼宫殿司仪。

"我知道，我不傻！"

"接下来你要干什么？"

"我想请我的可汗①帮个忙。"

花园里又一次充满欢笑。

"如果你是来请愿的，"宫殿司仪说，"就大胆说吧！你面前的可是伟大的可汗。"

"我在考虑呢。怎么，考虑一下都不行吗？难道你要让我也像疯子贾巴尔一样说错话，然后把我绞死吗？"

"你来请愿的这段时间都够把一锅抓饭煮好了。"

"我也是在我的头脑里烹煮我的请求呢。要知道吃半熟的抓饭肚子会发胀的，难道不是这样吗？

"为什么你在来这里的路上不仔细考虑清楚？"

"什么，我疯了吗？"扎基尔大叫，"我没有其他事要操心了吗，要我在路上考虑这个？"

"那你在考虑什么？"

"我来见可汗，意味着小命不保。我要考虑一下即将要成为孤儿的孩子们和他们那马上就要改嫁的母亲。"

"你在乱说什么啊！大汗和其他尊贵的先生们都等着呢……"

"哈哈哈！"扎基尔大笑起来，"您每天都让成千上万的人在宫廷里等着，他们就不能等我一会儿吗？！嘻嘻嘻！尊敬的大汗，我有一个请求！"

可汗点了点头，这个动作的含义是"说吧！"

"大汗，我的第一个请求是——把这只丑陋的癞蛤蟆脸赶走！

---

① 在乌兹别克语中"请我的可汗"发音与"请女士"相同，此处为一个文字游戏。

它的呱呱叫声比您令人生畏的话语更可怕。"

笑声传来。

胡德亚尔汗示意宫殿司仪登上苏帕。扎基尔高高举起双手。

"上天保佑大汗永不悲伤、永不痛苦、永不匮乏！愿大汗的营垒万年不倒！愿大汗的敌人折戟沉沙！愿年轻的继承者恒存幸福且他将统治的帝国繁荣昌盛！愿大汗的仆人们，不论他们是带着白色、蓝色头巾还是穿着褐色长袍，都心情敞亮，就像他们的白色胡须般，泛着白光！阿敏，阿敏！我还要恳求上天宽恕我们这些失去理智而迷途的流浪者，宽恕我们这种忧伤彷徨的迷失者……众人皆知，我们的当权者如同伊斯坎德尔[①]二世一般为国家积累所有的财富，是智慧和粮食的源泉。他仁慈无比，但惹怒他比一切死亡都可怕……他是孤独者、朝圣者和漂泊者的挚友和保护神。对我们这些穷人来说天上不会掉馅饼——我们经常要考虑去哪儿能费力讨到一口饭食。我们贪婪地为自己寻求食物，而在您的庇护下却得到了展示自己技艺和勤奋的机会。也许，您认为可以为此支付哪怕一文小铜钱？"

"好吧，"可汗在众人的笑声中说道，"请展示你们的技艺吧。"

[①] 伊斯坎德尔：亚历山大·马其顿。

侍从丑角们

扎基尔向可汗行了一礼,转向窝棚,扯开嗓子大喊:"巴赫拉姆大哥,哎,巴赫拉姆大哥!"

从窝棚走出来一个人,只见他没有戴头巾,穿着脏兮兮的敞开的衬衣,衬衣里可以看到裸露的身体,一只脚穿鞋,另一只脚赤着,一只手抓着裤带,同时另一只手不时搔几下肩膀。

"怎么回事,是有驴子在嚎叫吗?"巴赫拉姆环顾四周,"啊,他不得好死,他的妹妹会被丈夫抛弃,真想我身上所有讨厌的虱子都被赶走。"他一边埋怨,一边研究自己衬衫的接缝。

所有人都大笑起来。

"巴赫拉姆,是我在叫你。"

"啊,扎基尔大哥,是你啊?出什么事了?"

"我说服了可汗。"

"说服了?我不是说过吗,可汗是窝囊废。"

众人又笑。

"他们在哪儿呢?"扎基尔问道。

"就在那里,窝棚里面,"巴赫拉姆哥哥回答道,对着窝棚点点头。

"他们在干什么?"

"随他们去吧,他们在嚼我的一只套鞋。"

笑声更响了。

"你到底什么时候能变得聪明些?"扎基尔生气地喊叫,"你现在穿着一只套鞋怎么去见可汗?!"

巴赫拉姆挠了挠后脑勺,思索起来。

"那我现在就去拿来我的套鞋,然后去见。你想嘛,可汗跟我一样也是人嘛!"

又爆发了一阵笑声。

"那好吧,你迟早要完蛋,把他们都带到这里!动作快点!"

巴赫拉姆又挠了挠肩膀,然后踩着一只套鞋,朝窝棚走去,时不时发出啪啪的撞击地面的声音。不久他就回来了,身后还跟着两个人。其中一个人又矮又胖,他大南瓜似的头被顶在肥胖的像豪华马车车轴一样的身躯上。在他的喉咙下方隆起一个甜瓜大小的肿块。他的眼睛不像是眼睛,而像被戳进去的杏干;嘴巴不是嘴巴,而像是一只套鞋;鼻子像一只巨大奇怪的蛤蟆;竖起的耳朵像两只木盆。而胡子!眉毛!这些东西可更别提了,只是一些杂乱的绒毛罢了。他的麻脸上还布满了雀斑。如果还要补充,就是他穿着又脏又破的粗平布短长袍,腰上绕了几圈的也是粗平布腰带,头上戴着一顶破烂的绣花小圆帽,帽子已经从底部向顶部剥落,对他的形象描写就此告一段落。这个奇怪的人是可汗的侍从丑角,名为巴赫季亚尔。

另一个是个中年人,和巴赫季亚尔相反,他又高又瘦。他的窄脸活像一只被舔干净的勺子。他的长袍拖在地上,头上是托钵僧戴的尖顶高帽,脚上什么也没穿。

这个侍从丑角叫达夫利亚特。

"唉,你们这些弱智,"扎基尔和他们见面之后连连摆手,大喊道,"别再那么贪婪了!要是你们能少吃点,你们的妻子还会和你们离婚吗?他的套鞋在哪儿?"

巴赫拉姆站着,忧郁地将头低向一边。

达夫利亚特和巴赫季亚尔对视了一下，擦了擦嘴。

"说吧！"巴赫季亚尔对达夫利亚特喊道。

"不，你说！"

"我说什么？"

"说我们没吃他的鞋……"

巴赫季亚尔双手插在腰带上，伸直腰，仰起头。

"你要知道，兄弟，那都是胡说的！我们什么都没吃。"

扎基尔一言不发地走近他，抓住了他的肿块。

"那这是什么？套鞋的鞋后跟就在这里。"他的话伴随着众人的哈哈大笑。

"现在我们要去见可汗了，"扎基尔用另一种腔调说，"请你们在他面前控制好自己，要尽可能谦恭。一到他面前就立刻要鞠躬行礼，做祷告。听到了没？喂，跟我走吧！"

三个人排成一排跟在扎基尔的后面。扎基尔在台阶附近停住脚步，而剩下的这三个人先是碰作一团，笨拙地原地踏步，然后也停下了。但他们太随意了，有一个人甚至背朝可汗。

扎基尔并没有察觉到这些，他激动地高呼："您的仆人们来向您行礼了！"

笑声传来。

扎基尔这才察觉到侍从丑角们的站姿，连忙让他们面朝着可汗。

"哎哟，你们这些糊涂虫，哎哟，真是没有教养……快鞠躬，马上向坐在你们面前的人鞠躬。"

他们鞠躬，但这引发了新一轮的哄堂大笑，因为侍从丑角们胡乱给人鞠躬，可就是没向可汗鞠躬。

扎基尔先向可汗请求原谅，然后又一次大喊："你们给谁鞠躬呢？！"

"给坐在我们面前的人。"

"你们迟早得完蛋，一个个饭桶！快点儿祈祷！祈祷吧！"

三个人都举起了手，但一句话也说不出。然后他们开始互相用手肘轻撞对方，同时说："喂，祈祷啊！"

就这样事情毫无进展。

周围的人们都在哈哈大笑。而扎基尔看到事情不顺利，自己也举起了手。

"说'阿敏'，蠢驴们！"他说。

侍从丑角们含混不清地说着"阿敏，阿敏"，扎基尔继续说道："真神，我们向您祈祷……这三个真主的仆人——巴赫季亚尔、达夫利亚特和巴赫拉姆不为我们所需要。将他们三人的灵魂交于您，让他们摆脱这种罪恶，阿敏！"

巴赫拉姆、巴赫季亚尔和达夫利亚特跟着他一起祈祷。

"向可汗请愿吧！"扎基尔又转向侍从丑角们，"怎么，你们要这样瞪着眼一直站着吗？"

三个人又开始轻推对方，窃窃私语。达夫利亚特作势要和坐在苏帕上的人说些什么，而巴赫拉姆大声说起："我们看到那些头巾、刺刀、军刀时都非常害怕……达夫利亚特说他们都是食人魔。（众人笑。）恳请您将我们平安释放……（众人笑。）我们真是心都提到了嗓子眼。（众人笑。）看在真主的份上，请您宽宏大量。（众人笑。）"

"见鬼，你们祈祷的什么呀！"扎基尔大叫，猛拍自己的膝盖，"快逃吧，否则你们会被吃掉的！"

三人大叫着"救命"向不同方向窜逃。巴赫季亚尔被达夫利亚特的腿绊倒了，这引发了观众响亮的笑声。巴赫拉姆和达夫利亚特逃向窝棚……扎基尔抓住了巴赫季亚尔。

"哎哟，老兄，放了我吧，别杀我，我还有孩子呢！"巴赫季亚尔哭诉起来。

"不会吃掉你的！"

"会吃的，老兄，他们一定会吃掉我。看看那个别克的眼睛。哎哟，哎哟，哎哟，多贪婪的眼睛啊！……放开我！"

笑声没有停止。

"我只不过是胡说呢，你们真该死！"

"不，你一定是对我怀恨在心，老兄！就是那个达姆拉，那个真正的吃人魔！他会连衣服都不扒就把你吃掉！如果你想知道真相的话，那就是我连可汗本人都不相信。"

笑声不断。

巴赫季亚尔挣开扎基尔的手，连滚带爬地逃向窝棚，然后躲在了里面。

过了一会儿，达夫利亚特从窝棚走出来，他已经穿戴整齐，头戴头巾，脚踏皮质套鞋，手拿祈祷用的小毯子。他向可汗行一礼，然后说道："请让谢赫·乌里·伊斯兰瓦利汉·图拉来此处。"

可汗看向坐在达拉姆·尼亚兹旁边的瓦利汉·图拉。

谢赫·乌里·伊斯兰[①]困惑不解，向达夫利亚特投以怀疑的目光，好像在问："你们打算做什么？"而达夫利亚特站在祈祷毡毯的旁边，用手势示意无事发生，然后回到窝棚。

这时众人明白：即将有人要模仿瓦利汉·图拉。观众们十分期待，开始低声交谈，互使眼色，所有人的目光都聚集在窝棚上。这时，一个身着瓦拉纳西丝绸材质长袍，右手挂着拐杖的人从窝棚走出，他左手拿着一本卷起的书，简直是谢赫·乌里·伊斯兰瓦利汉·图拉本人（其实是扎基尔）。他像真正的瓦利汉·图拉一样驼着背，还以他的步态走路。所有人都不断地将目光从真假瓦利汉之间来回移动。而坐在可汗身边的真瓦利汉·图拉脸涨得通红，不断重复："真主保佑！"

与此同时新出现的谢赫·乌里·伊斯兰停住脚步，用拐杖的底端比画着什么，然后又继续走路。

所有人都哈哈大笑起来，连瓦利汉·图拉本人都被逗笑了，然

---

① 谢赫·乌里·伊斯兰（瓦里汉·图拉）：楚斯特人，是伊斯兰经学院里德高望重的老师。——作者注

后他又感叹："真主保佑！"扎基尔跟他简直一模一样。走到祈祷毡毯，他把自己的拐杖放在瓦利汉·图拉的拐杖旁边，然后脱掉套鞋，走上毡毯。接着，他坐下，把书放在膝盖上，抚摸着自己的脸颊低声说着什么，然后环顾四周，大喊道："米尔扎·哈姆达姆，嘿，米尔扎·哈姆达姆！"

围在谢赫·乌里·伊斯兰周围的毛拉们顿时笑得格外响亮。

"嘿，米尔扎·哈姆达姆！"

身穿毛拉服装的巴赫拉姆从窝棚里走出。

"您有什么盼咐？"他问完，走近谢赫·乌里·伊斯兰向他鞠了一躬。那位"瓦利汉·图拉"看向祈祷毡毯旁的套鞋。

"把我的套鞋擦干净吧，米尔扎·哈姆达姆。"

"毛拉"从衣袋中掏出手帕，开始尽心地完成这项命令。

与此同时从窝棚中走出巴赫季亚尔，他也穿着毛拉的服装。他走近谢赫·乌里·伊斯兰，向他鞠了一躬。

"您好，""瓦利汉·图拉"向他表示欢迎，然后将他从头到脚打量了一番，"请坐，年轻人，请坐！"

巴赫季亚尔坐下。

"哎，你想说什么，孩子？"

"我……有一个请求，先生。我们的可汗建了一个伊斯兰学校……我从乡村来，渴望学习科学。请求您，能否给我提供一个住宿的小房间？"

"好的……好的……您从哪里来？"

"我来自阿尔蒂亚里克，先生。"

"非常可惜，"谢赫·乌里·伊斯兰惋惜道，"您来晚了，所有的房间都住满了学生。"

"那我愿意和别人一起住，"巴赫季亚尔讨好地说，"我来自村庄，不怕拥挤的！"

"这样啊，这样啊……现在所有的房间都挤满了，没办法挤一挤，一颗黍粒都无处可落……这是事实，亲爱的……"

真正的谢赫·乌里·伊斯兰明白发生了什么。他甚至已经满头大汗了。请求者巴赫季亚尔闷闷不乐地做完祈祷，退到一旁去了。那个米尔扎·哈姆达姆向套鞋啐了几口唾沫，将它擦得干干净净，然后坐在了先生的对面。这时达夫利亚特从另一边走近了瓦利汉·图拉。

"您好，圣父，"他说完，脱下套鞋，"您近来怎么样，身体健康吗，一切顺遂吧？"

"一切都好，一切都好！"

没等邀请，达夫利亚特就坐在了"圣父"的旁边。

"圣父，我有一个请求……"

"请说吧！"

"实话说，我想向您求一个小房间，圣父！"

"原来如此！您来自哪里？"

"我来自丘斯特，先生，是您的同乡。"

"你是谁的儿子？"

"是工匠穆罕默德的儿子，我父亲是皂制工……"

"好的，好的，""圣父"说完，吩咐"米尔扎·哈姆达姆"："给这个人拨一个房间！"

达夫利亚特做完祈祷后就离开了。巴赫季亚尔扮演来自浩罕汗国的学生角色，又来到了达夫利亚特刚才的位置，像刚才那个来自阿尔蒂亚里克的学生一样遭到了拒绝："哎，天呐，我们这里一颗黍粒都无处可落。"之后他就回家去了。达夫利亚特又扮演来自丘斯特的请愿者出现，米尔扎·哈姆达姆又得到了命令——"给他拨一个房间！"

可汗和达姆拉笑得眼泪都出来了。而瓦利汉·图拉不时擦拭冷汗。

扎基尔向可汗鞠躬行礼，然后走向自己的"学生"。

表演仍在继续。

阴谋者

这是一个严寒的冬天,一月。可汗文书处的两个房间里都放着几个桑达尔炉。每个桑达尔炉前坐着四个文书员,他们在书写和修改文书。

安瓦尔被可汗召唤去了。半个小时过去了,他还没有回来。坐在同一个桑达尔炉边的沙霍达特、毛拉阿卜杜拉赫曼和米尔扎·卡隆沙赫正在小声交谈着某事。但安瓦尔刚一现身,他们就立刻停止了谈话,开始工作。

"下发了什么命令,米尔扎·安瓦尔?"沙霍达特咳嗽了几声清清嗓子,问道。

"没什么大不了的,"安瓦尔边回答,边坐到自己的桑达尔炉旁,"要给奥什和安集延写公文……我的兄弟毛拉阿卜杜拉赫曼,你准备了几份备份?"

毛拉阿卜杜拉赫曼数了数面前的文件。

"三份。"

"再准备一份就够了。但愿您还没填上收税官的名字吧?"

"还没填。"

"太好了,我要自己填。麻烦尽快完成,还有别的工作要交给您。至于您,先生,有这样一件事,"安瓦尔转向穆夫提·沙霍达特,"需要给昨天来过的潘萨德①阿卜杜苏库尔写请愿书。他经常来,老是嘴里嘟囔着什么,但我什么都听不懂。您一定比我更了解他想要什么。"

"别被他骗了,"穆夫提责怪道,"不论他来找我帮忙多少次,在我的印象里,他一次都没有支付过报酬。"

"我担保这次他会付的。"

"得了吧,既然我之前都收不到报酬,这次你就能让他付费吗?"

"如果您收不到的话,我就用自己的钱付给您。最重要的是——别让他缠着我了!"

穆夫提不作声了,安瓦尔埋头于自己的文件中。这时沙霍达特悄悄地轻推了自己的邻座阿卜杜拉赫曼,冲他使了个眼色,微笑道:"事情就是这样。"而配合着眼神,可以从他们的微笑中读出:"就像你看到的这样,离开了我们,文书长甚至写不出请愿书。"毛拉阿卜杜拉赫曼抬起头,也微笑起来。看着他们,米尔扎·卡隆沙赫朝着安瓦尔做着握卡尔奈号的手势,嘲笑着他。这时米尔扎·苏丹纳利走了进来,瞪着眼睛看着卡隆沙赫。

"装腔作势倒是一把好手,祝贺你!"

安瓦尔分了神,看向苏丹纳利。

"发生什么了?"

"没什么,"苏丹纳利微笑着回答,但眼里燃烧着怒火,"我来是为了拿那些公文……"

安瓦尔在文件中翻寻一阵,然后从中抽出一份。

"请按我说过的那样回复。"

"好的。"

苏丹纳利临走时又看了一眼文书员们。现在他们三个都在认真工作。苏丹纳利离开了。过了一会儿,沙霍达特抬起头看向沉浸

---

① 潘萨德:可汗时期的军职,统领五百人。

在工作中的安瓦尔，然后和卡隆沙赫互相交换了眼神，他的眼中流露出责备的神色："情况不妙"。沙霍达特摇了摇头。但卡隆沙赫表示安慰地向他眨眼示意："没什么大不了的……"只有毛拉阿卜杜拉赫曼没有参与这场哑剧表演。只是他本来就苍白的面色，现在愈发变白了，他一心一意写文书去了。

由于萨利赫·马赫杜姆的请托，阿卜杜拉赫曼最终得以在宫廷中任职。他现在已经在这里做了三个月的文书员，从第二个月开始领薪水——每月五个金币。最初，所有人都认为他处在安瓦尔的庇护之下，工作也算认真。但就在这一段时间，他和沙霍达特、卡隆沙赫还有他们的同党们交好起来。说实话，他们之间起初并未建立起友谊，因为他们一直推测阿卜杜拉赫曼是安瓦尔的人，并且担心在他面前会说漏嘴。一个月之后，当阿卜杜拉赫曼领到了薪水，他们就更加确信自己的猜测是正确的。但是阿卜杜拉赫曼的举止又让他们寻思起来。就比如说，在抄写安瓦尔起草的文书时，他发现其中缺失了阿拉伯语和波斯语单词，于是引用阿拉伯俗语嘲笑道："简直是不加盐的食物。"

穆夫提们猜不透，这些对安瓦尔的嘲笑是真心还是假意？觉得自己受委屈时，这些满怀妒忌的人嘴里也会蹦出某句恶毒的谚语，却装作只是说说而已，并没有暗示什么。就这样，沙霍达特有时仿佛疲于工作，叹气说："狮子饿死在林中，狗却被喂尽山珍野味。"卡隆沙赫应和："无赖在褥垫上养尊处优，而智者只得席地而睡。"

不论阿卜杜拉赫曼是否猜到他们在借用谚语嘲笑谁，以防万一，他都狡猾地笑一笑。他们就在毛拉阿卜杜拉赫曼工作的第二个月里用这种方式考验他。阿卜杜拉赫曼也没有白白地浪费时间：他通过暗示、手势和眼神让他们知道自己站在他们这一边。最终两个穆夫提都确信了这一点，并开始公开拉拢这个新来的文书员，即使他是自己讨厌的人引荐来工作的。逐渐，他们对阿卜杜拉赫曼的友好态度确信不疑，把他也发展成为自己的同谋。

像往常一样，来自卡济·汉恩①的文书是最大笑料。只要安瓦尔由于没时间而委托他们其中一人起草建议，穆夫提们就会相视一笑："文书长无法胜任。"

因此，在穆夫提们的影响下，毛拉阿卜杜拉赫曼很快把安瓦尔对他的好忘得一干二净。此外，他自己也不厌其烦地取笑安瓦尔，还会以贬低他为乐。

安瓦尔很清楚穆夫提们乐于说他的坏话，但他没有料到阿卜杜拉赫曼也参与其中。苏丹纳利猜到了一切，有一天他告诉安瓦尔："毛拉阿卜杜拉赫曼于我们毫无好处。本来这里有两只攻击您的疯狗，现在您还自己领来一只！"

安瓦尔通常是最后一个下班的。这天晚上所有人都已回家了，但是这两个穆夫提却留在了文书处。苏丹纳利也在这里，他明白那两个穆夫提是不让自己和文书长两人单独相处。他向大家告辞后离开了。这时候穆夫提们才开始准备离开。

外面十分寒冷。街道的积雪有四指深。浩罕汗国常见的凛冽寒风卷携着雪花刺得人脸颊生疼。人们把毛皮帽子低低地压到额头，用头巾包好自己的额头和耳朵，把长袍领子拉到鼻子处。街上人们跑得飞快，仿佛会错过什么似的。寒冷的积雪让所有的套鞋发出嘎吱嘎吱的响声。无论是巴依和别克们的鞋子，还是穷人或工匠们的鞋子，不管是华丽漂亮的靴子还是普通的皮质套鞋都发出嘎吱嘎吱的声音。甚至是木鞋（有些人还穿着这样的鞋）也发出令人愉快的嘎吱响声。

---

① 卡济·汉恩：伊斯兰教法庭。

穷人的灵魂

安瓦尔没有像其他人一样奔跑,但也在快步行走。河上架起的砖桥旁有一个小房子,房子旁边站着一个裹着皮袄的看守。一看到安瓦尔,他就走近并鞠躬行礼,说道:"尊敬的先生,想必您要冻僵了……我这里生好了火堆。"

安瓦尔从长袍的领口下探出鼻子,朝他微笑一下,向冒出烟雾的大门走去。看守在前面带路,打开了门,安瓦尔跟着他走进了守卫室。整个房间都被烟熏黑了。地板的中央燃烧着火堆,火焰直冲顶棚的缝隙。苏丹纳利坐在火堆旁,用一根棍子翻转木柴来调整火焰。

"您也被冻僵了?"安瓦尔笑问。

"没有什么比火焰和热情小伙的拥抱更炽热了,这是一个女人告诉我的……喂,请坐下吧!"

安瓦尔接受了苏丹纳利和看守的盛情邀请,坐在火堆旁叠成四层的毡子上,把双手伸向火焰。

"您也请坐,为什么站着?"安瓦尔对恭恭敬敬站在他面前的看守说。

听到邀请,看守蹲下身,然后将一个细颈高水罐拿近火堆。

"太冷啊!"安瓦尔感觉暖和一些了,说道,"您一从宫殿出来就碰到火堆了吗？"

"我当时想着走不到家就要被冻死了，"苏丹纳利说，"这时，我看到了泰伊尔大哥这里的烟囱冒着烟，就开门进来了……这里简直是福地！也许，这会惹人厌烦，但是我还是进来了，这应该没关系吧？……看来，您是泰伊尔大哥本人邀请来的吗？看样子他还要请我们喝茶？"

泰伊尔将水罐拿到靠近火堆的地方。

"马上去泡茶，尊敬的老爷，马上。水已经烧开了……我这里有上好的绿茶。"

"嗯，要不你们自己喝吧，"安瓦尔说，"不需要为我泡，我马上就走了。"

"这是要去哪儿？抛下那么暖和的火堆！"

"要回家……万一有谁在等我。"

"这么冷的天，谁会来啊？泰伊尔大哥，请泡茶吧，我们不会放文书长走的！"

"遵命，老爷！让你们喝点穷人的茶，"泰伊尔说完就在角落拢上一抱木片，将它们添到火堆中。然后他从火堆旁拿走已经沸腾的水罐，开始泡茶。

"绝对离不开这样的火堆，"苏丹纳利说，"请喝下一两碗的茶，我们听听泰伊尔大哥说说话。"

安瓦尔笑了一下。泰伊尔从墙上的木钉上取下一个小包，从里面掏出了几个馕、一小把卡塔库尔干葡萄干，然后把它们放到一个小托盘里。

"有些简陋，尊敬的老爷，"他把托盘放在安瓦尔面前，带着歉意说道，"我没有与您相衬的茶点……"

"没关系……我喜欢在这种昏暗的房间里坐在火堆旁喝喝茶。"安瓦尔真诚地说。

"这种地方有其独特的乐趣。"苏丹纳利也应和着。

"是啊，是啊，有某种诗意和禅意，"安瓦尔说，"很小的时候我就成了孤儿，当时我和姐姐就住在这种环境里。她的丈夫是个贫穷的工匠。冬天，他们家里也会像这样点燃火堆，我们会坐在火堆旁喝茶。这一切我都铭记在心，每次回忆起来都满含爱意。"

泰伊尔大哥递给安瓦尔一碗茶。火堆中即将燃尽的木片奋力向上迸发出最后一簇火焰。四处散落的火花照亮了昏暗的守卫室。

"您有家庭和孩子吗，泰伊尔大哥？"

"没有，老爷！我一个人住在这里……我为人们的幸福而祷告。"

"泰伊尔大哥像您一样，"苏丹纳利笑起来，"为什么您要把婚礼推迟到春天？您就要像他一样孤独过冬了。多不好啊！"

"但我喜欢这样的生活。为什么要徒增烦恼呢，对不对，泰伊尔大哥？"

泰伊尔大哥用棍子搅动着炭火。

"如果有钱的话，成家并不是件坏事，老爷。"

"为什么？"

泰伊尔大哥仍在翻动炭火，沉默了一会儿。然后他抖落掉飞到自己胡子上的火星，说道："如果上天恩赐给您孩子，那么到老年他会来帮助您的，"泰尔大哥又调了调火，"您看我无依无靠，但我已经五十多岁了，老爷。现在还有一把力气来照顾自己。但是精疲力竭的时候终究会到来，那时候谁会来照顾我呢？我生病了，谁又会为我端水呢？而且当那个时候来临，死亡降临，上天要收走曾经暂时赐予我的一切……我的双眼即将阖上，我在某个角落死去，谁又会知道呢？没有人！然而如果是有孩子的人，这种情况就不会发生了。"

"您说得很对！"苏丹纳利惊叹，"人不知道未来有什么在等待自己。然而如果有孩子的话，就意味着有了希望。"

安瓦尔不作声，陷入沉思。

"好吧，需要帮您娶妻吗？"他问完，将空茶碗递给泰伊尔。

泰伊尔大哥感激地笑了。

"哎，老爷，"他说，"有点太晚了。"

"为什么这样说？"

"看看我的胡子，它已经散发出腐朽的气息。"

"并不是这样的。您看着比我们还年轻呢。"

"灵魂已经老去，老爷，灵魂，"泰伊尔大哥说完把手贴在心口，"灵魂除了安息以外什么都不需要了……安息什么时候到来，我也不清楚。"

谈话就此中止。安瓦尔斜眼看了看苏丹纳利，只见他理解地点了点头。

泰伊尔大哥从灰烬中挑出木炭，又把它们扔回火堆中。但是火堆失去了热气，火苗无声地摇曳着，青烟冉冉升起。灰烬伴随着烟尘向上飞去，燃尽的干枝化身为木炭。

三人不约而同沉默地看向燃尽的火堆。

"智者啊,请当心!"

"看来,穆夫提们是我离开之后才走的,米尔扎·安瓦尔?"苏丹纳利问。

不知沉思中的安瓦尔是否听清了这些话,但他点了点头。

"我跟你告别之后,走到外面,您的朋友毛拉阿卜杜拉赫曼已经在等他们了。看来,他们打算继续聊。"

安瓦尔从思绪中清醒过来,勉强转向苏丹纳利。

"聊什么?"

"啊,实际上,不是聊,是诽谤。"

安瓦尔笑起来。

"您不喜欢毛拉阿卜杜拉赫曼。"

"这是有充分理由的。他表现得如此不体面:假装是您的朋友,实则是您的敌人。"

"我们并不知道他心里在想什么。"

"无论如何,没想什么好东西。这只蜥蜴不是我们的朋友。"

"那又怎么了?"安瓦尔又笑了。

"请问,穆夫提们是我们的敌人还是朋友?"

"可能是敌人吧。但是我们并不是他们的敌人。"

"很好!"苏丹纳利惊叹,"一个人受到您的恩惠得到了职位,然后转眼就去和您的敌人窃窃私语，亲吻他们的嘴唇和鼻子……我们该如何看待这种人？他要么是敌人，要么是傻瓜。但毛拉阿卜杜拉赫曼不是傻瓜，他是见过世面的老滑头！也就是说，结论只可能是一个——他是敌人。如果我的话不能说服您，那就让我们来看看谢赫·萨迪的智慧吧，他曾说过：'智者啊，请当心与你的敌人来往的朋友！'"

"难道我就认为毛拉阿卜杜拉赫曼是个好人了吗？"

"您可能也不这样认为，但是请您不要再对他那样好，他受之有愧。这让那些滑头有了变得厚颜无耻的借口。"

"您认为，我该怎么做？"安瓦尔从托盘拿了两粒葡萄干，然后问道。

"应该把毛拉阿卜杜拉赫曼赶出宫廷，让他去做原来带领大家祈祷的工作。再给穆夫提们找几个在伊斯兰法庭任职的职位。"

安瓦尔摇头笑了笑。泰伊尔大哥翻动火堆，然后为宵礼铺开毡毯。苏丹纳利站在伊玛目应站的位置上，三个人开始祈祷。

祈祷过后，他们又坐在火堆旁边。

"难道清理他们很困难吗？"苏丹纳利问。

"清理不难，但是做这件事没什么好处！"安瓦尔笑道，"您的话让我想起了一个人。他非常善良诚实……他是毛拉阿卜杜拉赫曼教区的居民，他叫……啊，他叫萨法尔，是个织布工。昨天我从宫廷回来的时候在我家附近碰到了他。'请进来吧，萨法尔大哥。'我这样说。而他很激动地告诉我，好像是他从毛拉阿卜杜拉赫曼的某位友人那里听到毛拉说：'大水很快会冲到米尔扎·安瓦尔脚下。'织布工十分慌乱地问我：'这是什么意思，为什么水会冲到您脚下？'我说：'啊，现在我脚下很干爽……如果水涌过来了，您会教我纺织吗？'他并没有回答，而是一直重复着您刚重复的话：'我们的伊玛目是个爱搬弄是非的卑鄙小人，您应该赶走他！'唉，怎么样，苏丹纳利，这些话合您的心意吗？"

"是的，织布工萨法尔是您真挚的朋友，"苏丹纳利肯定地说，

"我确信，这个卑鄙的毛拉，这只毒蝎对您怀恨在心。"

泰伊尔沉默地拨弄着火堆中的木炭，突然问道："织布工萨法尔，是不是那个身形瘦长、有点驼背的人，老爷？"

"是的，就是他。"

"他是我的朋友。我和他每年夏天都一起做短工。他是个非常好的年轻人！"

"很清楚了，"苏丹纳利一字一顿地说，"一切都很清楚了。阿卜杜拉赫曼对您的仇恨不亚于您的穆夫提们。他忘记了您对他的恩情！"

"难怪有谚语说：'做完好事就把它扔到河里。如果鱼儿不欣赏它，那么真主会肯定它的。'费祖里是怎么说的？'生活就像一个集市，每个人都对自己的商品赞不绝口。'我们也在市场拿出了自己的货物，但是穆夫提们在自己的大箱子里翻寻了半天，发现除了肮脏的流言蜚语外，拿不出更好的东西……"

"就是这样，米尔扎·安瓦尔，但是面对敌人您是不是也需要自卫？"

"什么我的敌人啊！"安瓦尔大笑起来，"如果他们想要我文书长的职位，我可以亲自帮助他们。我理解，他们的无耻行径激怒了您。我也不是天使，我也对他们试图散布关于我的流言蜚语、伤害我的自尊心感到愤怒。我也同意把他们赶出宫廷的想法。可是有一些理由阻止我这样做：第一，我不想和他们一个档次，这有损我的尊严；第二，人们会怎么看？'刚坐上这个位置就把工作了三十年的老人赶走了。'一定会传出这种闲话。如果他们安静平和地离开，那还好，但是万一他们去找可汗或者御前官员，然后他们又恢复原职了？！这时他们的怨怼和仇恨会扩大多少倍啊？！至于毛拉阿卜杜拉赫曼，我起初就不想聘请他来工作。但是，像我跟您说过的那样，有一个我无法拒绝的人插手此事……然后我被迫接受他。毛拉阿卜杜拉赫曼站到了卑鄙者的那一方，倒是很容易赶走他……但是我认为还是不应该这样做。当然，当初就不应该接受他，但既然事情已经这样了……他甚至工作没满三个月，该怎么让他走？非常不合适！他肮脏的过去我们已经不能修复，终究他会自食恶果。"

关于穆夫提们，苏丹纳利没有提出什么异议，但是他坚持要辞退阿卜杜拉赫曼。

"好吧，"他说，"就让穆夫提们再污染我们的空气一段时间吧，但是毛拉一定不能留下！赶走这个人对其他人也是一个很好的警告。"

安瓦尔对他微笑。

"您好像真的很厌恶我的'朋友'呢。"

"是的，"苏丹纳利严肃地说，"如果您不把他赶走，那我就离开。我本来就厌恶穆夫提们的嘴脸，现在还要目睹第三个下流东西，我完全受不了了。"

苏丹纳利不是在开玩笑。安瓦尔明白不能再违拗他了。

"好的，"他说，"如果您认为这是必要的，那我就辞退他。"

"太好了！"苏丹纳利开心起来，"还有一个请求：请您从明天开始把我调派到您身边。这样穆夫提们就再也不能从早到晚地搬弄是非，挤眉弄眼，无所事事了。"

"这个也可以，"安瓦尔又笑了，"可怜的家伙们！他们趁我不在的时候还能出出气，您打算连这都剥夺掉。真是个压迫者！"

苏丹纳利仍然神情严肃。

"如果他们这样做，那我们也能同样给予报复。"

两位友人准备离开。安瓦尔从钱袋掏出一枚金币，递给泰伊尔。泰伊尔接过了硬币，但又马上还了回去。

"我受之有愧。"

"这不是给您的，"安瓦尔说完，将泰伊尔的手推回，"您用这些钱买木柴、葡萄干，如果足够的话，再买一些茶。我和米尔扎·苏丹纳利下次再来您这儿时，您再为我生火……"

"我会准备好您需要的一切。"

安瓦尔没有将钱拿回来。泰伊尔大哥向苏丹纳利投去询问的目光,好像在请教:"怎么办?"后者冲他眨了眨眼睛,仿佛在说:"收下然后道谢吧!"

泰伊尔大哥做完祷告之后,两位友人离开了。

40

小密探

这几天织布工萨法尔一直很开心。"多亏了我,毛拉阿卜杜拉赫曼才被辞退了,"他想着想着,嘴角露出笑意,"这样傲慢自大的人一下子蔫了,就像掉进水里的馕。现在他的日子也就过得捉襟见肘了。"

在街上遇到了大脖子萨玛德,萨法尔对他说:"水可是真的冲到文书长脚下了……你说的对,萨玛德!"

事情是这样的,关于米尔扎·安瓦尔脚下暗流涌动的消息是某次萨玛德告诉萨法尔的。现在萨玛德脸色因为发窘而涨得通红。"当时我误会了,听错了……"他开始这样说,试图把一切归为笑谈。而萨法尔继续道:"人们常说,杀掉领头羊,成百上千的羊也会丧命。请把这句话转告给你的伊玛目。"

萨玛德一言不发。

萨法尔刚一得知毛拉阿卜杜拉赫曼被赶出宫廷,他就决定去拜访米尔扎·安瓦尔,但是无论怎样都无法动身,因为手头活儿很多。终于有一天稍微空闲一些,但是他想:"不行,今天是周三,今天去不划算。到周五吧,到时候我完全不忙了,米尔扎也不用工作,还有两天。那我就后天去找他。"

织布工萨法尔在昏礼开始前不久结束了工作。冒着严寒,他用冰凉的水洗干净脸，将粗平布头巾随便系在头上，然后飞奔向清真寺。穿过吊顶走廊，走进清真寺的庭院，萨法尔看到了沙霍达特、卡隆沙赫和毛拉阿卜杜拉赫曼从同一个房间出来。萨法尔清楚地知道穆夫提们在宫廷做事。难道他们想把毛拉阿卜杜拉赫曼再弄回去？他恭敬地站在门槛旁，双手交叉叠在胸前，让他们先走，然后跟在他们后面。毛拉阿卜杜拉赫曼经过萨法尔的时候看了他一眼，萨法尔对那个眼神的解读是："看来，穆夫提们也像毛拉阿卜杜拉赫曼一样被开除了，因此他们又要聚在一起说米尔扎·安瓦尔的坏话！"

苏菲读完祷文，毛拉阿卜杜拉赫曼站在了祷告人的前面。所有人都恭敬地向他鞠躬。但是当毛拉念起祷文的时候，萨法尔并没有恭敬地低下头，而是看向两个穆夫提，心想："那个有胡子的长得真丑啊，简直像月锄……而这个从脸上就能看出他的慌张无措……毛拉也像刚出生的雏鸟一样不安……想必，他们三个都眼红米尔扎·安瓦尔！也可能正相反，他们是来安慰毛拉或者促使他和米尔扎和解的？那不行，如果毛拉因为小事而积怨太深，那最好米尔扎不要和他和解。"

萨法尔沉浸在这些思绪中，连祷告结束都没有发觉，但他认真地行了礼。

朗读完《法蒂海》，人们开始逐渐离开，但包括萨法尔在内的几个人仍遵守礼节，在所有的神职人员离开清真寺之前，他们一动不动地站着。当苏菲熄灭蜡火，他们才移步离开。萨法尔在院子里看到一个祈祷室还有亮光，从里面走出一个大约十一岁的小男孩，只见他手里捧着一张色彩华丽的桌布。

萨法尔走到吊顶走廊，然后停住脚步。很快男孩就走到与他并排的位置。当男孩走到他前面时，萨法尔跟了上去。男孩沿着街道右侧走，萨法尔的家在街道左侧，但是他还是继续跟着男孩。

"喂，苏菲·舒古尔的儿子！"萨法尔喊住男孩。

男孩停下，萨法尔走近他。

"喂，我们一起走吧！你叫玛玛特库尔，对吗？"

"对的！"

"你知道我的孩子阿斯卡尔吗，玛玛特库尔？"

男孩困惑不解地看向萨法尔。

"阿斯卡尔哥哥是我的朋友，难道您不知道？"

"知道，知道！我认为你是个很好的小伙子……你在清真寺做些什么？"

"我在伊玛目的房间为他倒茶。尊贵的毛拉们常来拜访他。"

"好，好！那你现在要去哪儿？"

"我要去伊玛目家，从那儿给客人们端抓饭。"

"你真是个好帮手啊！那你取完抓饭之后，是不是还去倒茶？"

"是的。只要客人没离开，我就要去侍候。"

"太好了！那尊贵的毛拉们是什么时候来的？"

"当我父亲召集大家来祈祷的时候，他们就来了。现在他们在喝茶，我负责端茶。"

萨法尔沉默地走了将近十步。

"你是个好孩子，玛玛特库尔……那这些尊敬的叔叔们说了什么？"

"他们还没开始谈事。"

"玛玛特库尔，谁聆听并记住了他们的谈话，谁就能直接上天堂。你会认真听他们说了些什么吗？"

"会的……我父亲也说了这是合乎神意的事。"

"太棒了，玛玛特库尔！一定要听！如果你用心倾听，然后来找我，告诉我他们讲了什么，我就会给你十个铜币。"

玛玛特库尔惊讶地看着织布工。

"真的吗，萨法尔叔叔？"

"当然是真的，玛玛特库尔，"萨法尔说完，把粗平布长袍口袋里的铜币碰得叮当响，"你听到了吧，这是硬币碰撞的响声。如果你听完客人们谈话，然后将内容转述给我，就能得到十个铜币。"

"我不敢晚上去找您。"

"你害怕什么呀,玛玛特库尔?你的朋友阿斯卡尔连深夜出门都不怕。"

"我怕狗。"

"小傻瓜!我们街上没有狗。况且你可以等到早晨再来,既然你这么害怕……如果伊玛目让你走出房间,你就照他说的做,但是要神不知鬼不觉地去小窗旁偷听!"

玛玛特库尔好像想到了什么,笑了起来,然后肯定地点了点头。

"希望你勇敢一些,他们一走你就立刻来找我,我会在作坊织布。然后你就能得到十铜币,玛玛特库尔。你会做到的,对吧?你反正没有什么损失。"

"好的。"说完,男孩拐到一条窄巷子里去了。

萨法尔站在原地目送男孩离开,然后转回身去。他打算第二天就到安瓦尔那儿去,把最新消息带给他。或许,那些文书长的敌人——穆夫提们也要被赶出宫去了。他一心想着这些,终于回到了家。刚好碰到图赫塔比比在报怨,因为等他等得太久了,锅里的面条煮了太长时间,都变成一锅糊糊了。

41

"您的铜币没有磨损吧?"

萨法尔通常在清真寺做晨礼和昏礼。由于时间问题,晌礼、晡礼和宵祷都在家做。但是今天由于有特殊原因,他在昏礼时也没有去清真寺。玛玛特库尔急于拿到自己的十个铜币,如果他在清真寺看到自己,很可能会当着旁人的面说出偷听的事。

晚饭之后,萨法尔去了自己的作坊。他先点燃机床旁的小油灯,绑好断裂的纱线,拆开并梳理纠缠在一起的纱线,用嘴喷洒淀粉,再次梳理纱线,然后开始给纱线扇风,使其尽快干透。最后他将纱线装入缝纫机里,从一顶旧的绣花小圆帽里拿出绕着线的线轴,爬上机器,推回簧片,塞上梭心。

小油灯泛着微弱的光照着织布工。驼背凹胸的萨法尔好像和缝纫机合为一体了。每踩一下踏板,缝纫机都会发出吱吱呀呀的声音。伴随着这个曲调,梭心左右摆动,纬纱拉动着经纱,每隔一段时间缝纫机都能生产出四艾里①粗平布。

萨法尔在一天只会装一次线,这决定了他晚上的工作时间不会太长;小油灯也只能亮几个小时;晚上倒满灯油,正好够用到工作结束。

---

① 艾里:旧乌兹别克语中计算布料的单位,1艾里相当于18—20毫米。

萨法尔将织好的布匹绕到圆轴上,并看看纱线是否妥当,然后往舌头下面放了一片纳斯威,留心听街上有没有人。他还在期望玛玛特库尔的到来,但什么都没听到,他往缝纫机上放了一个新线筒,然后又开始工作。图赫塔比比正坐在内屋用纺锤将线缠在线筒上。缠了很多线筒之后,她把线筒塞进宽大的衣袖,带着线筒来到作坊,默默地把线筒装进绣花圆帽中,并把空线筒收拾到一起。

"我的脚好冷,"萨法尔说,"要是能暖一暖就好了……"

"我去生火?"

"那太谢谢啦!烧一些小木片就够了!"

图赫塔比比离开了,而萨法尔好像很生气似地把踏板踩得飞快。梭心不停地在来回编织着纱线。

连续干了将近十分钟的活,缝纫机猛然停下了,萨法尔侧耳倾听,庭院的外门发出吱吱的响声,可以听到有轻微的脚步声。萨法尔手里拿着梭心微笑起来。又听到走了两三步,然后作坊的门被打开了。

"好样的,玛玛特库尔,真行,好样的!把门关上吧,嘿!"

玛玛特库尔掩上身后的门,然后把冻僵的手凑到嘴旁,开始哈气让手变得暖和一些。

"冻坏了吧,玛玛特库尔?马上会生火的……我还留着你的十个铜币呢,想着玛玛特库尔要来了,我要把铜币交给他……"

这时门被打开了一点,然后又被关上了。

"进来,图赫塔,进来,是玛玛特库尔在这儿。"

图赫塔抱着一些木柴走进来,然后望向男孩。

"是你呀,玛玛特库尔!"她激动地叫道,"怎么这么晚过来呀?你妈妈身体怎么样?你们家里一切都好吧?"

玛玛特库尔冲她点了点头,然后看向萨法尔。

"他有事找我,"萨法尔说,"你快点把火生起来吧,你看,他都冻坏了。"

图赫塔比比将木柴扔到火坑凹陷处，然后将细木条用小油灯点燃后扔进火坑。

"好样的，玛玛特库尔！"织布工萨法尔说，"就是说，孩子，你送走了他们，然后就来找我了？好样的！还有别人去找过他吗？"

"没有……"

"原来如此……所以毛拉没有让你'出去！'吧。"

"我又煮了两次茶。要是我不在，谁来做这些事情呢？我一边为他端茶倒水，一边在听他们讲些什么。"

"好样的，好样的！"萨法尔笑着不断重复，"年轻人就该这样，我们的阿斯卡尔也是这样的年轻人。来吧，玛玛特库尔，坐到火堆旁，烤烤火，我们聊聊。"

他们坐在火堆旁。萨法尔脱下套鞋，想让脚更暖和一点。

"婶婶，阿斯卡尔哥哥已经睡了吗？"玛玛特库尔问。

"睡了，"图赫塔一边收走空的线轴一边回答道，然后询问丈夫，"我缠的这些线轴今晚够用的吧？"

"你再缠一些吧，一会儿再看。"

图赫塔走出工坊。萨法尔微笑着看向男孩。玛玛特库尔回以微笑，但是不知道为什么他突然看着萨法尔装钱的衣袋叹了一口气。

"喂，机灵鬼玛玛特库尔，说吧！"

玛玛特库尔若有所思，犹犹豫豫地抬眼说道："他们说的话都很难懂……尊敬的毛拉读了《古兰经》，而我……"

萨法尔猜出了男孩犹豫不决的原因，笑着说："你听不懂？挺遗憾！好吧，那至少告诉我你听懂了什么。"

玛玛特库尔如释重负地舒一口气，不由自主地又看向萨法尔的衣袋。

"如果我说不出来那些难懂的话，您还会把钱给我吗？"

萨法尔笑着从衣袋中掏出钱，然后摊开手掌。

"当然会给你。你看吧，这里面的十铜币是你的！"

"伊玛目叔叔……"玛玛特库尔开始讲述,但他的眼睛还是紧盯着硬币,"伊玛目叔叔原来是宫廷里重要的文书员。然后一个人,他不是毛拉,而是某个不识字的文盲,占了叔叔的位置……他说伊玛目叔叔写东西写得不好,然后就把伊玛目叔叔赶走了……好像还有一个人叫阿利亚。就是他说伊玛目叔叔的坏话……"

萨法尔打断玛玛特库尔:"他说谁说了毛拉的坏话?"

"就是那个不识字的文盲……在这之后他们还赶走了伊玛目。现在他还想赶走其他人。他们说,这个文盲是个大坏蛋……所以毛拉们就来找伊玛目叔叔商量该怎么办。"

玛玛特库尔说话的时候不断瞥向萨法尔手中的钱币。

"您的钱没有磨损吧,萨法尔大哥?"男孩终于问出来。

萨法尔笑起来,拿出五铜币递给玛玛特库尔。

"喏,你自己看吧。"

玛玛特库尔接过硬币,仔仔细细地上下打量。

"好像没有磨损……萨法尔大哥,是不是一个铜钱能买十派沙①酥糖?"

"能买!喂,你先把钱放到口袋里。你讲完就能得到剩下的钱了。这就是说,尊敬的毛拉们是来商量……"

"是的!那如果我把钱系在腰带里,它们会不会丢?"

"先别急着系……你还能拿到五个铜钱呢,可以之后一起藏起来。"

玛玛特库尔将手掌中的钱向上抛,硬币发出清脆的响声,他微微蜷缩着身体,发出哀怨的声音:"我的脚麻了。"

"别蹲着了。"

玛玛特库尔把双腿蜷到身下,好好地坐下,但是又接着叫苦:"像针扎一样……"

"别管你的腿了,忍一下,接着说。很快会没事的。"

---

① 派沙:是很小的重量单位,一派沙等于50克。

"真的吗?"玛玛特库尔轻轻抚摸自己的双腿,"你也经常这样吗,萨法尔大哥?所以,尊敬的毛拉握住胡子,然后开始威吓,他说:'给他设个圈套。'伊玛目叔叔若有所思地坐了一会儿,然后……哎哟,我的腿刺痛,萨法尔大哥!"

"马上就没事了。接着说,接着说……"

"然后?啊,我想起来了!伊玛目叔叔说他这个春天要结婚。"

织布工萨法尔打断玛玛特库尔:"这个他是谁?"

"就是那个文盲……他们老是骂的那个……伊玛目叔叔讲,据传言,新娘很漂亮。他就说要想法儿让可汗知道她的美貌。然后其他毛拉们说:'好主意!太好了!'"玛玛特库尔沉默了一下,显然是回忆起了什么,又补充道,"他们还说古尔钦会安排好一切。"

"所以,他们说古尔钦会安排好一切?"

玛玛特库尔犹豫起来:"我没听特别清楚。古尔钦,也可能是古尔奇?也不是?"

"好吧,还说了什么嘛?"

"这是全部了。"

"这就是全部?"

"是的,全部了。就是我去院子灌茶的时候,没有听到他们在说什么。"

"那好吧。之后他们就离开了吗?"

"离开了。伊玛目叔叔就让我回家去了……您要是把钱给我,我可以和您一起把线轴缠好。"

萨法尔笑着把剩下的五铜币递给他。

"不要告诉任何人我给过你钱,好吗?也别把伊玛目那里的谈话说出去,真主是不会喜欢那样的谈话的……你一个人走回家害不害怕?"

玛玛特库尔什么都没回答,他想了一下,然后把硬币系到腰带里,紧紧地抓着这个小鼓包,跑出去了。

狡猾的人

当萨法尔走进大门时，从内屋走出一个衣着华丽的女人。这是他第一次看到穿着如此光鲜亮丽、长相如此美丽动人的女人。在她遮住面庞时，萨法尔一直盯着她看，无法移开视线。在走进男宾室时萨法尔还沉浸在这种美妙的印象中。安瓦尔不在，有个陌生人坐在这里。他就是苏丹纳利。萨法尔向他鞠了一躬，苏丹纳利回礼并邀请萨法尔就座。萨法尔坐下，沉默了一会儿，然后询问米尔扎·安瓦尔在哪里。苏丹纳利说他去一位别克家了，很快就会回来，然后询问萨法尔来此有何贵干。

"我来没什么特别的事，我只是来为大人的平安顺遂真诚祈祷……只是想来看看米尔扎。"

苏丹纳利知道安瓦尔心地善良，帮助过很多人，就认为萨法尔只是无数求助者之一。但他是依然亲切地同萨法尔交谈，织布工萨法尔看到苏丹纳利对自己态度温和，也对苏丹纳利生出好感。

沉默少顷，萨法尔又开口道："愿真主保佑，成功永远与米尔扎同在！热心肠的人，好人！他对待我们这些穷人同对待你们一样友好。他对所有人都一视同仁。"

苏丹纳利大为惊奇。不知怎的，萨法尔说的这些与安瓦尔之间友情的话，跟他之前朴实的话语并不一致。

"确实是这样！米尔扎·安瓦尔对所有人都很好！您是做什么的？"苏丹纳利问。

"我是织布工，老爷。但是米尔扎不会躲避我，尽管我只是个织布工。他也喜欢与我交往，老爷。而像我们街区的长官，他们从来都不会和我们交谈。这是真话，老爷。"

这些话引得苏丹纳利哈哈大笑。

"你说得对。你叫什么名字？"

"我是个微不足道的人，是那种住在犄角旮旯里，不会出人头地的人……我的名字也像我这个人一样。我不像商人阿利姆·卡沃克①那么有名，他只要说出自己的名字，所有人都知道。"

苏丹纳利又笑起来。他非常喜欢织布工的诚实，他感到对织布工有一种亲切感。

"我现在认出你是谁了，如果你自称是……"苏丹纳利若有所思地说，"你说，你是织布工？你是不是上周跟米尔扎·安瓦尔说了某些事？"

"可能是吧。我本来就一有时间就来找安瓦尔。"

"你是不是毛拉阿卜杜拉赫曼教区的居民？"

"没错，没错，没错！正是这样，先生。"

"如果我没弄错的话，你叫萨法尔？"

织布工也高兴地大笑起来。

"怎么？这就是说，米尔扎说起过我？"

苏丹纳利也笑着说："你还装出一副可怜相，说什么我不是有名的阿利姆·卡沃克，没有人认识我……原来连宫廷的文书长都认识你，然后我才弄明白，库尔巴什②和达赫巴什③也认识你。"

"罪过，罪过，原来是我不知道自己几斤几两！"

就这样，在虐笑打趣中，他们彼此越来越有好感。一会儿工

---

① 阿利姆·卡沃克：当时有名的商人，曾为胡德亚尔汗将货物运送到国外。
② 库尔巴什：城市警察局的长官。
③ 达赫巴什：统领十人的长官。

夫，他们已经觉得对方是认识多年的老朋友了。苏丹纳利对织布工也是直呼其名了，并询问他毛拉阿卜杜拉赫曼最近情况怎么样。而萨法尔表达了对于毛拉被赶走的喜悦之情，并说当时毛拉气得脸都绿了。

"既然已经无法挽回了，我觉得他犯得着像被绑在尾巴上的空茶壶一样叮当作响吵吵闹闹吗。歪木桩配歪斧子。米尔扎那样做是正确的。"

"是的，"苏丹纳利笑着说，"他现在跟大家说什么了？您听说过吗？"

萨法尔揉了揉右眼，然后开始端详自己弯曲的指甲。

"这我没听说过……但是我知道他是个坏人。"

"那他哪里坏？"

"哪里？"萨法尔继续盯着自己的指甲，"怎么说呢，他想要害米尔扎。以前他们只是不是朋友，而现在是冤家对头。"

倾吐着自己的秘密，萨法尔诚实忠厚的心灵开始逐渐敞开。"冤家对头"一词引起了苏丹纳利的警觉。

"我和米尔扎·安瓦尔一起工作，萨法尔大哥，我们之间无话不谈。你知道吗，即使我对您的了解只是道听途说，但我立刻就说出了你曾与米尔扎·安瓦尔谈话的事……"

"我明白，先生。"

"既然你明白，那你为什么不敢与我开诚布公地交谈？"苏丹纳利责备道。

"不是，不是这样的，你是我的好兄弟，我对天发誓……"

"那为什么你不坦白告诉我你所知道的有关毛拉阿卜杜拉赫曼的一切？"

"我说了，他是个坏人。"

"这个你不说我也知道。但是，看来，你觉得我也是个坏人。哼，哼，好吧，我们等米尔扎·安瓦尔来。你把一切都告诉他，然后那时你就会对我感到惭愧不已。"

织布工萨法尔哈哈大笑起来，开玩笑地做出恐吓的手势，说道："那我就坦白告诉你：您真是个狡猾的人……"

他幼稚的评价逗笑了苏丹纳利。

"那你比我更狡猾！"苏丹纳利回答。

"我想把知道的一切告诉米尔扎本人。"

"你告诉他吧，但是我知道的话也不是件坏事。到底冤家对头打算采取什么行动？"

"冤家对头！"萨法尔笑起来，然后想了一下，回答道，"您也在宫里工作，您可能知道那里有两个狂妄自大的穆夫提。"

"哦，是的，我知道他们两个……他们是那种人，只要给他们一铜币，他们就会以真主的名义来证明一头死驴还鲜活、可食用。是的，他们是那种人……他们怎么了？"

"您说得真好啊！然而这两个穆夫提前天去毛拉阿卜杜拉赫曼那里做客……"

萨法尔讲述了我们已经知道的事情经过。苏丹纳利被他朴直的叙述吸引了，认真倾听萨法尔如何打探到穆夫提们和毛拉阿卜杜拉赫曼之间的谈话。

"老爷，那个男孩说得颠三倒四。看来是米尔扎·安瓦尔打算迎娶某个姑娘。她是位美人，然后奸诈之徒们打算把她偷偷塞进可汗的宫室。怀恨在心的人会做出任何龌龊之事。"

苏丹纳利脸色大变，皱纹愈发分明，双眼大睁。

"真是闻所未闻！唉，请继续说。"

"这就是我从男孩那儿知道的全部了。对了，还有什么，"萨法尔说完，思考了一会儿，"作出决定后，他们又说：'古尔钦会去做这件事。'我现在都没搞明白这个"古尔钦"是谁。可能是男孩搞错了，或者毛拉们跟我们说话的口音不同？我没什么文化，其中各种各样的复杂难解的东西我都不懂……"

不知萨法尔话中的哪一句让苏丹纳利感到惊讶不已，他突然沉思起来。这使萨法尔越发不安起来，他时不时挠几下额头，还眯缝着眼睛试图通过观察苏丹纳利的面部表情来弄明白为何他突然变成这个样子了。

"这是什么时候发生的事？"苏丹纳利终于开口问道。

"前天，先生。"

"那就是说，只过去了一天，是周四吗？"

"是的，是的。"

苏丹纳利痛心地摇摇头，然后告诉萨法尔：安瓦尔打算春天迎娶这栋房子主人的女儿，看来，敌人们想要侮辱并加害于他。

"感谢您，萨法尔大哥，"苏丹纳利说，"因为您说出了米尔扎·安瓦尔的敌人制定的阴谋诡计。我是他的朋友，真是多谢您。但是请您现在不要告诉米尔扎本人这些事。请让这个秘密只保留在我俩的内心，要知道，如果他得知这件事，该多么伤心痛苦啊。我请求您！当务之急是要粉碎这些卑鄙之徒的阴谋，然后再告诉他事情的真相。而且我们必须得迅速行动，趁他们还没给安瓦尔带来伤害之前……之后，大概可以将一切告诉他了。而现在我要趁米尔扎·安瓦尔回来之前，出去一趟处理这件事……不过，我甚至可以告诉你我要去哪儿，关键在于男孩听错的名字'古尔钦'，他们是说：'古尔珊会去做这件事。'而古尔珊是一个女人的名字，她是可汗宫室的皮条客……她专门为可汗物色美人。他们想请她帮忙，从而更加狠毒地报复安瓦尔。没时间了，我必须马上去找这个女人。现在你明白情况如何了吗，萨法尔大哥？"

"明白了，苏丹纳利大哥，明白了！"

"那么，说定了，我们搞定这一切之前，一个字都不要透露给安瓦尔，"苏丹纳利从座位上站起，坚决地重复道，"唉，我要走了，趁安瓦尔还没回来，不然他会耽误我的时间。如果他问你我在哪里，你就说有人来找我，好吗？"

"好的。那最好我也离开吧？"

"不，你请留在这里！向他解释为什么我走了。就像我们刚刚商量好的那样说。然后下星期五一定再来这里。我会告诉你我做了什么，然后我们和米尔扎一起商量。好吗?"

"好!"

苏丹纳利与萨法尔辞别之后，快步离开了男宾室。

43

无腿的鸟

马赫杜姆站在平顶凉台上正在缠头巾,突然看到某个女人出现在吊顶走廊上,然后他对坐在桑达尔炉旁绣花的拉诺说:"有个女人进了走廊,去问问她,我的孩子,她需要什么。"

拉诺走到侧身立着的女人身旁。

"您好……"

女人也对拉诺报以问候,然后退到稍远处的走廊尽头,招呼女孩过来。拉诺的注意力集中在了女人华贵的毛皮大衣上。她走向女人,又鞠了一躬。

"请问,可爱的姑娘,这是纳西比别克的家吗?"

"不是,"拉诺微笑道,"我们是他的邻居。"

女人从头到脚打量了一番拉诺。

"啊呀,糟糕!"女人惊叫,然后举起双手轻轻一拍,"我搞错了,还平白无故地打扰了您。但是既然事情已经这样了,我还是很高兴能与您认识。这是谁的家?"

"马赫杜姆的家。"

"哎哟,真是不好意思啊!我竟然搞错了!也就是说,我来到了尊敬的马赫杜姆家里?那您是他什么人呢?"

"我……是他的女儿。"

"真主会保佑您。那您叫什么名字？"

"拉诺……如果您想进我们家，就请进吧。"

"谢谢您，拉诺妹妹……纳西比别克家在您家的右边还是左边？他家的大门在哪里？"

"左边第一家。"

"谢谢，拉诺妹妹！"

女人一直站在那里，眼睛直勾勾盯着女孩。拉诺不好意思地垂下眼睛。女人终于告了别，脸上泛出一丝不易察觉的笑意，然后起步离开。出门时她碰到了织布工萨法尔。

和女人告别之后，拉诺返回到内屋，而此时身着锦缎长袍的马赫杜姆刚从平顶凉台下来。他先询问女儿来者何人，然后吩咐她去做家务活，因为尼戈尔·阿依姆一早就去亲戚家做客了，现在家里只有拉诺。

"妈妈很晚才回来，早点做午饭！好吧！只准备你和安瓦尔的饭。我可是要去参加婚礼，在那里能吃饱喝足，你妈妈应该也不会饿着回来。"

往外走着他又停住脚步。

"问一下安瓦尔哥哥要为他准备什么饭……这样会更好一些，我的女儿！"

拉诺点了点头。马赫杜姆离开后，她返回平顶凉台，又开始绣花。但很快就把这活儿搁到一边，从书架取下一本书来。但是书中的内容也无法吸引她的注意力。看了一会儿，拉诺往男宾区走去。走到通往花园的那道门时，拉诺听到了安瓦尔的声音，他正在和什么人告别。拉诺站在门口等着。很快，她听到安瓦尔好像往内屋走来，拉诺微笑着躲到门后。他还没走两步，就听到耳边传来："您好啊！"

听到这温柔的声音，安瓦尔装作受惊的样子，开始往四周吐口水①。

"简直要把我的魂吓出来了……这是做什么呢，姑娘？"

"意思是我把您吓到了！"

"啊，原来如此！你在这儿干什么呢？"

"我想来问问要为您准备什么午饭？"

"你问父亲吧。"

拉诺解释道，父亲去参加婚礼了，让她来照顾家里。

"全家只剩我们俩可真好，"安瓦尔笑着说，"我去把门关上。"

"怎么啦！要把门关上？！"

"你生气了，美丽的姑娘！你不认为如果我去内屋，那么男宾室就无人照看了吗！"

拉诺装作不情愿的样子。

"我来不是为了叫你去内屋，而是想问问你要吃什么！"

"我明白……但是我不想让你无聊。"

"我才不会无聊！要给你准备什么饭？"

"是啊，该点些什么好呢？"安瓦尔做出思考状，"你面条削得挺差的，抓饭煮得太烂了，烤包子又不会炸，拉格曼②煮得过火倒不如直接吃面粥，曼蒂就更不必说了吧……那你还敢问'你要吃什么？'真是有趣！"

"好吧，如果我做饭如此难吃，那你就自己做吧。"

"我也不怎么会做饭，因此我选择保持沉默。但是如果我们一起做，说不定我们能做点什么好吃的。好姑娘，你去生火，我去切胡萝卜和洋葱，好吗？"

拉诺好像还在生气，一言不发地走向内屋，安瓦尔笑着往男宾区走去。

然后只见拉诺生起了火，在清洗煮抓饭的锅。安瓦尔坐在炉灶

---

① 根据古代传统，受惊吓的人通常要吐口水来驱赶厄运。
② 拉格曼：没有汤的碎肉面条。

旁的小台子上切着胡萝卜。女孩还在假装生气，不回答他的问题，但当他说一些可笑的事时，她都转过脸去不想让他看到自己的笑容。

"人们说的对，和女人打交道时，不要动她的炉灶和纺车……当然，你还不是女人，但是你仍然是女性……怎么切胡萝卜，小块还是大块？不是这样吗，不是吗？很久很久以前有一个女孩……不知怎得烟迷了她的眼睛，她痛苦地哭起来。人们都问她为什么哭啊，因为木柴是湿的……嗬，女孩气乎乎的！别把脸转过去，别转过去！我看到你笑了。哎哟，给我块布，我割破手了。"

拉诺匆忙看了一眼他的手，看到他是在开玩笑，然后继续做自己的事。

"瞧瞧这是什么女孩啊：你切破手了她都不信。小心，拉诺，头发要烧着了。"

拉诺把发辫甩到背后，走到炉灶跟前，把油倒进锅里，然后把肉和洋葱摆在安瓦尔面前。

安瓦尔一边切肉一边继续逗她。

"喂，姑娘，请问你的婚礼什么时候举办？你不喜欢平淡的词语，我就用诗歌问你：

　　伴着甜美的歌声，
　　春暖花开的日子，
　　愉悦，幸福，
　　将如期而至？

拉诺微笑着斜睨了安瓦尔一眼，然后紧盯着某处，发起呆来。

"嘿，你不屑于回答我平淡的问话，那诗歌呢？我是不是很好笑。"安瓦尔说。

拉诺没理会安瓦尔的玩笑，继续沉默地坐着。然后她转过身来面对着他说道：

> 我还要听多久的暗示,
> 它们使我面颊绯红;
> 强求与指责,
> 即将完结,米尔扎?

说完,拉诺又补充道:

> 从熟悉的家门
> 走向通往远方之路,
> 米尔扎是否会与我渐行渐远?

她又接着道:

> 手轻揉额头
> 悦耳的声音
> 美妙的诗行
> 米尔扎马上要给我惊喜?

安瓦尔被这一连串诗句弄得措手不及。
"是啊,看这个女孩!真正的吉卜赛女孩!"他惊叹道。
拉诺搅动着炉灶里的木炭,仰头望着安瓦尔,微笑起来。
"回诗!"
安瓦尔想了片刻说道:

> 不明白,她是害羞
> 还是与我调情
> 那颗璀璨夺目的星?

安瓦尔突然停住了——最后一行诗无论如何都押不上韵脚。所有他能想到的词与拉诺刚刚说出的词汇相比都显得平淡无奇。无论怎样绞尽脑汁他都想不出来,于是他和拉诺笑成了一团。

"把您的诗句比作鸟的话,那它只有头和两个翅膀,但是没有腿。"她说。

"这就足够啦!有头和两个翅膀,鸟就可以飞了,其余的也不需要了。"

"哦,不是这样!鸟是需要腿的!它飞到空中,飞一阵就累了……想要在树上歇息,但没有腿就站不住。然后它就会掉在地上,被猫吃了。"

拉诺发出响亮的笑声,甚至笑出了晶莹的泪花,长长的睫毛合在了一起。由于欢笑与热气的缘故,她面色通红,看上去像一个绯红的苹果;小巧的鼻子上挂满了小珍珠似的汗滴。

安瓦尔丝毫没有为自己的失败感到难过。只要能看到拉诺那张因欢笑与欣喜而变得更加美丽动人的面庞,哪怕输一百次他也愿意。

44

"您的袋子丢了？"

苏丹纳利来到了库什别吉街区，走进了其中一间住宅的大门。穿过昏暗的走廊，他敲了几下房门。听到有人喊"马上"，他往后退了一些。很快从内屋走出一个将近四十岁的男人，他肩上胡乱披着别卡萨姆布料长袍，上身仅穿着一件衬衫，光脚穿着套鞋。他远远地给苏丹纳利鞠了一躬，将手伸进袖笼，把身体紧裹在长袍中，走近问好。

"请进，尊敬的老爷。"他说。

这个人叫霍尔波依，是古尔珊那个善于牟利的女人的丈夫。这段婚姻给他带来了吃喝不愁的安稳生活。他整天闲躺着，无所事事。妻子会把一切用品送到家里，他只需要做做午饭，打扫打扫庭院。在其他家庭，一般都是妻子做家务，丈夫挣钱，而在霍尔波依家，情况恰好相反。

古尔珊不在家，她去宫里了。知道这个消息，苏丹纳利万分沮丧，他站在那里，苦苦思索着什么。

"您确定她是去宫里了吗？"他问。

"她好像要先去其他地方，如果那里事情顺利的话，她就从那儿直接去宫里，如果不顺利就回家。既然她现在都没回家，我想她应该是进宫了。"

"您知道她当时是打算去哪儿吗?"

"我不清楚,老爷。"

苏丹纳利感到疲惫不堪,好像奔跑了很久似的。他后退几步,坐在凳子上,用手抚摸着额头。

"昨天有人来找过她吗?"

"有人来过,但我当时不在家。"

苏丹纳利脸色都变了,他神色慌张地一会儿看看吊顶,一会儿目光沿着走廊看向街道。

"她回来的时候,请告诉她我来过,而且还会再来。请她待在家里,不要出门。我有重要的事情找她。您听到了吗?"

得到霍尔波依的承诺后,苏丹纳利离开了。快速走过来时弯弯绕绕的街道和小巷,他将所有碰到的女人都仔仔细细地打量一遍。走到集市的时候,他听到号召人们做祷告的呼声。当一群戴着头巾的人涌向清真寺时,只有他在拼命奔跑,他忘记了星期五的祷告……走过萨利赫·马赫杜姆居住的街区时,他突然停下来,想了一下,然后又返回来。萨利赫·马赫杜姆家的大门虚掩着。男宾室被锁上了,这就意味着家里男宾区没有人。苏丹纳利在通往花园的小门旁停住脚步,透过缝隙往里窥探。确认花园中没有女人之后,他往那里走去,悄悄地走到了内屋。

"米尔扎·安瓦尔,哎,米尔扎·安瓦尔!"他叫喊道。

他又叫了几声安瓦尔,这时候才听到有人走近小门。他又唤起安瓦尔,然后一个女人的声音回答道:"他不在。"

"那他在哪儿?"

"他去清真寺做星期五的祈祷了。"

苏丹纳利轻松地舒了口气,然后看向地面,问道:"我等不了他了,能不能向您打听些事,妹妹?有女人来过这里吗?"

"没有。其实有一个,不过她是走错了。"拉诺回答。

苏丹纳利一下子眼前发黑,愁眉不展。

"她走错了?"

"是的。"

"这是什么时候的事？过去多长时间了？"

"是……早上。"

苏丹纳利心碎地摇摇头，向拉诺道谢后就离开了。他在街上飞奔，像人们常讲的：快到脚下没有了知觉，到宫殿一查基里半的距离他仅用了十五分钟，虽然天气寒冷，他却汗流浃背。他在第一个宫门处停了下来，坐在一个小苏帕上擦拭自己额头的汗珠，然后与守门人交谈起来。

"先生，您是不是丢了袋子，是不是？"一个守门人笑着问他。

"好像是！怎么样，尊敬的可汗去做星期五祷告了吗？"

"他没去。"

苏丹纳利假装在休息，沉默地坐在苏帕上。

"有女人进宫殿了吗？"他终于开口问道。

"不止一个。已经有五个或十个女人进去了。"守门人哈哈大笑着。

苏丹纳利勉强挤出一丝笑容，再次疲惫地瘫坐到苏帕上。他再也无能为力了。"两个小时的奔波白费了，"他痛苦地想着，低下了头，"我拼尽全力只想让阿卜杜拉赫曼和他的同党们的肮脏计谋无法得逞。"他一想到米尔扎·安瓦尔可能会被这些人侮辱诽谤就会感到无比痛苦。想到因为他的缘故安瓦尔才开除阿卜杜拉赫曼，这令他备受折磨。"要不是我当时坚持把他赶出宫，要不是我要求安瓦尔这样做，他们也不会报复他。"他相信安瓦尔一句也不会责备他，但他仍然感觉不好受。现在该如何直视安瓦尔的眼睛？所有这些思绪都让苏丹纳利万分沮丧，他打开大门边上的便门，走了进去。离开笔直的道路，他开始在白雪覆盖的花坛里徘徊起来。

在内宫围墙下，全副武装的卫兵在来来回回巡逻。

走了很久，苏丹纳利终于走到了宫殿的左侧。苏丹纳利走到一个卫兵跟前，同他打招呼之后问长问短，之后苏丹纳利回到宫殿东侧。在这里他和几个看守大门的卫兵相互问候了几句。当被问道:"您周五在这儿做什么?"他回答:"我听说,尊敬的可汗打算今天消遣一下!"

坐了一会儿,苏丹纳利走向宫殿北侧。那里是为可汗的家人和后宫新建的墓室,在上方的小山丘上,乌尔曼别克正在一群黑人男孩奴隶的簇拥下玩弓箭游戏。

苏丹纳利恭恭敬敬地向可汗继承人行了礼,然后坐着在墓室旁边祈祷,做这些动作的同时他一直盯着正在玩耍的孩子们。祈祷完毕后,他坐在了卡里汉纳①旁的平顶凉台上。乌尔曼别克将箭搭到弓上,然后射击。箭往天上飞去,又七零八落地掉在地上。小黑奴们将箭收集起来,再献给乌尔曼别克。一支箭落在了苏丹纳利脚边。他捡起箭,将上面的羽毛捋平整。这时,一个小黑奴跑过来,默默地伸出手去拿箭。但苏丹纳利把箭举高,让他够不到。

"请把箭给我,先生,否则我们大人会生气的。"

苏丹纳利好像跟孩子闹着玩一样,还是高高举着手。

"你认识古尔珊姐姐吗?"

"怎么了?请把箭给我。"

"等一下,淘气鬼!古尔珊姐姐今天来后宫了吗?"

"如果来了又怎么了?"

"等你们玩儿完了,你帮我叫一下古尔珊姐姐!听到了吗?"

"好的!"

苏丹纳利把箭头递给孩子,却不松手,看了看沿着堡垒巡逻的卫兵。

"所以你会叫的,孩子,是吧?"

"我说了,会帮您叫!"

"你认识我吗?"

"您?我认识,您是文书员,大人。"

---

① 卡里汉纳:盲人孩子的孤儿院,同时也是教授《古兰经》的学校,是二者的结合。

苏丹纳利把箭还给他，小奴隶跑回到自己的主人身边。看着卫兵们，苏丹纳利心想，他们可真疏忽大意，要知道自己已经通过这个男孩与后宫取得了联系。如果被人发现，他们所有人都不会有好下场。

乌尔曼别克又玩了一会儿射击的游戏，然后就把弓和箭都往地上一扔，走向后宫大门。小奴隶们都紧跟着他。

苏丹纳利目送孩子们离开，又为逝者做了祈祷，然后才迈着极其缓慢的步伐离开可汗宫殿。

45

《法谛海》——至高无上之作

院子里走来两个显贵的别克,马赫杜姆做了个手势,打断了正在大声诵读的学生们,随即急忙站起身跑向院子。鞠过躬之后马赫杜姆打开了通往男宾室的房门。

"请进,大人,快请进吧。"

无怪乎马赫杜姆惊慌失措:这两位别克都是可汗的亲信。别克们都已在男宾室就座,而马赫杜姆双手交叉,站在客人面前郑重地说道:"欢迎光临寒舍!"

客人们也恭敬地欠了欠身。

"愿真主赐惠于你们,我德高望重的客人们,你们光临寒舍我万分感激!"

别克们谢过了马赫杜姆,其中一位别克是夜间卫队长阿卜杜拉乌弗,他看了一眼坐在旁边的同伴后,开始解释起他们此行的目的。

"我们是奉可汗之命前来,他将赐予您无上的荣耀……"

马赫杜姆欠了欠身,鞠了一躬,他内心十分慌乱,因为他无法想象这个"无上的荣耀"究竟是什么。

这时,另一位别克——典礼官穆罕默德·沙里夫说道:

"不是每个人都能获得此等荣誉……可汗表示,他希望成为您的女婿，并委托我们前来传达这个喜讯。"

马赫杜姆再次欠了欠身，一时哑口无言。

"可汗听说，老爷您有一个女儿，"夜间卫队长阿卜杜拉乌弗说道，"陛下说：'若有人能培养出如米尔扎·安瓦尔这般的学者，那么，他大概也能养育出一个聪慧美好的女儿。'于是命我们前来告知您，您的女儿将如同米尔扎·安瓦尔那般被可汗赐予荣耀。当然，无须多言，您也知道可汗的恩宠是多么珍贵无价……"

"多谢，多谢！愿真主保佑可汗财富广进！"马赫杜姆想了想，回答道："若我不止一个女儿，而是一百个，那么，把她们进献给可汗做奴仆就是我应尽的义务……但我的女儿尚有缺点与不足之处……此外还有一些别的情况，大人！"

"唯有真主纯洁无瑕，"夜间卫队长说道，"而真主的奴仆总是罪孽深重，但他们总能得到宽恕。"

马赫杜姆点了点头陷入沉默，垂下眼。

"请向陛下转达我的恳求，请求他饶恕我，但是首先我不过是陛下的一个微不足道的、软弱贫穷的奴隶，配不上他赐予我的这般荣誉。其次，我那头脑简单、大字不识的女儿能够与陛下同床共枕吗?！女奴这个身份她都不配，更遑论与陛下相提并论。我们无权享用伟大的庇护者赐予我们的恩惠，我们配不上！"

"陛下十分尊重科学人才，单凭这一点，我们也能将您与可汗相提并论，先生。"

别克开始长篇大论地谈论起可汗的恩宠将带来的诸多好处。马赫杜姆保持缄默，只是点了点头。

"是的，当然，是的，当然，"他小声嘟囔着。"我是陛下忠实的奴仆！但还有一事让可怜的我十分尴尬，我已经许诺要将女儿嫁给……米尔扎·安瓦尔了。这就是我最为忧心之事！"

听完这些话，夜间卫队长阿卜杜拉乌弗看了看另一个别克，后者大笑起来摆了摆手：

"小事一桩！米尔扎·安瓦尔是自己人，他对可汗绝对忠诚。

他若是了解此事，只会为此感到高兴。"

"愿真主保佑！"

"我们立刻去禀告陛下，说您正忠心地为陛下祈祷，并且您已经同意此事……毫无疑问，这定会使得陛下喜笑颜开！"典礼官穆罕默德·沙里夫丝毫不给马赫杜姆任何反驳的机会，继续说道，"唔，当然，我们会让可汗自行决定婚礼日期。现在让我们诵读完《法谛海》。《法谛海》——这是至高无上的神圣之作。"

夜间卫队长阿卜杜拉乌弗高举双手，慌张的马赫杜姆也立刻效仿。在诵读过《法谛海》后，两个"媒人"站起身准备离开。事情发展至此令人猝不及防，马赫杜姆感到一阵头晕目眩，他甚至忘记自己想对可汗的使者们说的话，而这恰恰是至关重要之处。他把两位别克送到大门口，一路上都在极力回想，但什么也想不起来。与两位别克道别时，马赫杜姆突然高喊一声"对了"，最重要的是：他希望这两个媒人亲自去向安瓦尔说明可汗提亲之事。他们心甘情愿地允诺下来，并向马赫杜姆担保，一定会采取最为委婉的方式解决此事并且不会提及他的名字。

送别贵客后，马赫杜姆回到男宾室。他感觉到脑袋空空，迷迷糊糊，弄不清现在发生的一切究竟是好是坏。他的心情十分郁闷：一会儿为安瓦尔感到惋惜，一会儿又自觉无颜再面对他。马赫杜姆思绪混乱：一会儿想着要是早些举办婚礼就好了，一会儿又想到自己即将成为可汗的岳父，而这是一个非同小可的荣耀。因此，这一段时间里，他一会儿想着安瓦尔，一会儿想着可汗，无论如何内心无法平静，于是关上了男宾室。一见到马赫杜姆出现在学校门口，孩子们便开始大声温习起功课。但这阵嘈杂声令马赫杜姆很恼怒，此时的他急需安静的环境以便于好好思索那件出乎意料之事。他走进教室，坐在自己的座位上，让学生们安静下来。所有人静下来后，马赫杜姆说："你们可以下课了。"无须重复，孩子们给老师鞠过躬，转眼间便溜走了。

马赫杜姆一动不动地坐着，想啊想……想到安瓦尔时，马赫杜姆内心仍旧沉重，但各种各样的幻想却使他颇为兴奋。成为可汗的岳父完全不是件坏事，还可以得到一大笔聘礼。而如果真主再赐予他一个外孙，那么这个外孙很可能会成为可汗的继承人。真是命运使然，所以安瓦尔和拉诺的婚礼才会被延期。拉诺成为可汗的妻子是命中注定。但所有这些美好的希冀与幻想也难以驱除他心中祸事将近的预感。这非常叫人痛苦。马赫杜姆突然对安瓦尔感到愤怒：是谁叫他把婚礼推迟到春天举行的！他总是一拖再拖！现在可汗前来求婚，谁又有胆拒绝他呢！最终，马赫杜姆稍静下心，想象着金钱罐——彩礼、大家的尊重与敬畏……忽然，他甚至能与国家统治者以及年轻的继任者——自己的外孙并肩而立，马赫杜姆想了想，脸上泛起微笑。

　　他渐渐回过神来，越发为这仿佛从天而降的幸福而欣喜不已。马赫杜姆将过往的一切视为吉兆，于是抛开对安瓦尔的担忧之情。他已经不再担心家里人对可汗提亲一事的看法，于是一脸幸福地将此事告诉了他们。尼戈尔·阿依姆将这个消息视为噩耗，泪如雨下。而此时正在阅读海亚姆四行诗的拉诺，听闻这个消息后便晕倒在地。

　　"可怜的安瓦尔供我们吃穿已经十多年了，我们对此多么感激啊！"尼戈尔·阿依姆泪眼蒙眬，激动地说道，"而我们不幸的拉诺即将成为可汗的第一百零一个妻子，她的身边将有一百个对手！"

　　苏醒之后，拉诺好似陷入深深的绝望之中。只有马赫杜姆心满意足，他责骂妻子和女儿是蠢货。

46

真正的年轻人

要记得,一天前,苏丹纳利派一个小奴仆去叫古尔珊,而后自己走出宫殿,直到傍晚,他一直在宫墙边徘徊,等待着古尔珊。在昏礼结束后不久,几个女人从宫殿里走出来,其中也包括古尔珊。

苏丹纳利向她们一一问好,他认识所有这些经常到宫里来的女人。他把古尔珊领到一边。经过与古尔珊交谈,他发现一切已经完了,并且,敌人暗中做尽肮脏之事:毛拉阿卜杜拉赫曼找到古尔珊,说他是萨利赫·马赫杜姆委派而来,甚至拿钱给她,让她在可汗面前为他的女儿美言几句。

"我已经好几个月没为可汗找女孩了,"古尔珊说道,"于是我决定帮助这个男人。但为了不惹上麻烦,我决定先看看那个女孩。这个女孩我一眼就喜欢上了,所以我去了可汗那儿。这并不是我所希望的……但是,苏丹纳利,我怎么知道她许配给了米尔扎·安瓦尔,一定是有人想报复他!这是梦里才会发生的事!现在一切都晚了,我无法去找可汗,去污蔑一个我昨天才赞美过的女孩。如果米尔扎·安瓦尔想结婚,我认识很多漂亮的女孩……这是我的错,我会尽力给他找个好新娘。"

难道一切都无法挽回了吗?苏丹纳利愤恨地想着毛拉阿卜杜拉

赫曼和他那些狐朋狗友，于是与古尔珊道别后便离开了。他一整天都在城里跑来跑去，但却丝毫不觉劳累，他唯一的感受就是愤怒，因为那些卑劣小人取得了胜利。他不禁痛苦地想到，这会给安瓦尔那脆弱而温柔的灵魂留下多么可怕的印记。他害怕安瓦尔因为这位罔顾民众的可汗的背叛行为愤然辞去宫中的职务。

但正如古尔珊所说，一切已尘埃落定。如今，可汗必然会成为萨利赫·马赫杜姆的女婿，此事已毫无办法！现在，是否将这个消息告知安瓦尔已经无关紧要，他横竖都会知道的。但由谁来告诉他呢？苏丹纳利思考良久，最终得出结论——应该由自己来告诉他。尚有百分之一的机会可以避免悲剧的发生。也许，由他来告知安瓦尔就能找到事情的出路。或许，由谁告诉他这件事对安瓦尔来说意义都不大了，但若这件让他备感屈辱、深受打击的事是从好友口中得知，他心里也会好受些。

早上，苏丹纳利做完晨礼后没有和家人共进早餐，而是径直去了老师的家。

安瓦尔正准备去宫殿。

"您怎么能这样做？您昨天为什么不等我就走了？"当苏丹纳利进入男宾室时，安瓦尔委屈地说道。

"我被叫去……但萨法尔大哥还在。"

安瓦尔仍旧面色委屈地询问苏丹纳利是否吃过早餐。苏丹纳利说他在附近的亲戚家过夜，喝了一杯茶，然后顺路来找安瓦尔。

两人于是一起出门了。沿着街道走了约二十步，安瓦尔微笑着，看着苏丹纳利。

"您昨天第二次来的时候，打听的是谁？"

苏丹纳利挠了挠额头。

"我叫您的时候您在家吗？"

"我在家里。"安瓦尔笑着说，默默地走了几步，"就算我不在，您也会被认出来。当他们告诉我您来了的时候，我很惊讶，从那之后我就一直在想,您要找的这个女人是谁?这是怎么一回事?"

"小事一件……"

"好吧!"

苏丹纳利沉默地走了一会儿。他感到轻快了一些:目前谈话一切顺利。

"这个事情……可能,只是跟您有一点关系,但,大体上,小事一桩……所以我该跟您讲吗?"

"当然,快讲讲吧!您突然来访让我非常不安。"

"您什么话也不能说,"苏丹纳利笑了笑,"你要把针叶当骆驼,稻草当木头。"

"我要这样吗?!好吧,就算洪水滔天,水没过脚踝……您快讲吧!"

苏丹纳利试图用半开玩笑的腔调说话,他从织布工萨法尔告诉他的话开始说起。不幸的阿卜杜拉赫曼和穆夫提们的脑子里只有卑劣的思想,他们只想着报复安瓦尔。

现在安瓦尔明白了为什么他最近心情不好,他的预感是对的。听到萨法尔在男孩的帮助下发现阴谋时,安瓦尔开始嘲笑阿卜杜拉赫曼,这让苏丹纳利的任务变得轻松了些。但当谈到古尔珊时,安瓦尔的脸色微变,他的眼皮微微颤抖。但很快便控制住自己,脸上恢复了平静。

"没什么大不了的,"他说着,摆了摆手,"我从没想过他们会做出这样卑鄙的事,但我知道他们会施加报复……不过如此,苏丹纳利兄弟!"

苏丹纳利似乎没有注意到安瓦尔语气中的特殊含义,于是继续用半开玩笑的语气说话。

"这些裹着头巾的蠢驴在事情还未殃及畜栏时还在四处乱跑。他们想把一个已经许配出去的姑娘献给可汗,这样就可以报复米尔扎·安瓦尔。傻瓜!他们想让米尔扎·安瓦尔找不到妻子!要知道，全国的女孩都在为米尔扎·安瓦尔梳辫子。只要您想，您就能成为卡兹、肖戈乌尔或其他高级官员的女婿！看着那些想用石头杀死狮子的傻瓜只觉得十分可笑。"

"没什么大不了！……"

"好样的，安瓦尔！我时常为您的无动于衷而生气……现在我看出来了，这是您的优点。别误会，安瓦尔！这些穆夫提的卑鄙不值一提。至于姑娘？……姑娘嘛，您总能找到。"

"当然！"

安瓦尔控制着自己的情绪，让人惊讶的是他脸上毫无激动的神情。苏丹纳利尽力安慰他，安瓦尔总是简短地回应，并点点头，好似同意他所说的一切。

他们一起进入了可汗文书室。几个文书官已经投入工作。安瓦尔向他们问好，并若无其事地问候沙霍达特，询问对方的身体是否安康。苏丹纳利嫌恶地看着这些穆夫提。安瓦尔的镇静自若使他万分惊讶：是个真正的年轻人！

事实的确如此：安瓦尔不仅拥有一颗仁爱之心，更有一颗坚毅勇敢之心。

苏丹纳利现在和安瓦尔在同一个房间工作，旁边坐着沙霍达特。安瓦尔整理了今天送来的文件，把请愿书交给了宫殿司仪，其余的信件交给了文书官。每人各司其职，房间一片寂静，只有芦苇羽毛笔吱吱作响，不时还响起翻动纸页的沙沙声。就这样持续了大约一个小时。然后他们开始聊天。沙霍达特坐在桑达尔炉旁，把纸和羽毛放在一边。

"毛拉纳弗鲁兹，原来，是个卑鄙小人，"沙霍达特开口道，"他的所作所为让我十分惊讶，从昨天起我就一直难以平静。"

"是的，卑鄙。"卡隆沙赫加以肯定。

苏丹纳利看了安瓦尔一眼，但安瓦尔正沉浸在工作中。

"对这么多人的请求置之不理，只有卑鄙的人才会这么做！你儿子死了，你儿媳的东西和你还有什么关系呢？！是的，真是没有人性！"

"一个卑鄙的人怎么可能有人性呢？"

苏丹纳利微笑着看着穆夫提们。

"两家的人都来找他，向他解释，但他什么也不想听，于是他们就徒劳无益地待在那里……你至少应该请他们吃点东西，花不了多少钱，这个贪婪的混蛋！真可耻！"

"我从未料想到毛拉纳弗鲁兹是这样的人！"卡隆沙赫回应道，"他践踏了人类的情感。"

苏丹纳利脸色苍白，眼皮颤动起来。

"有趣的对话，先生们。"苏丹纳利突然说道，"这个时代还有人类的情感吗？如果仔细想想，就会得出这样的结论：我们已完全抛弃了它们！抛开别人不管，我们能在自己身上找到一丝人性吗？"

穆夫提们被苏丹纳利冲动的语气所震惊，这种语气打断了他们"愉快"的谈话。安瓦尔看着他的朋友，但并没能与之对视，因为苏丹纳利又一次把目光转到公文纸上。

"您真是个奇怪的人，苏丹纳利，"沙霍达特说，"我们说的是一件事，而您却在为另一件事激动不已。"

"我跟你们一样，说的是人性。一些我们看不到的东西！这就是我所控诉的东西！"

"有趣！您，怎么，是何时见过我们做了没人性的事了吗？您一定是疯了！"

安瓦尔试图捕捉苏丹纳利的目光，但后者转身面向穆夫提们。

"当然，我还没有看到你们所做的事情，"他讽刺地说道，"然而，当我扪心自问时，我意识到，就在这一周内，我也曾数次准备犯罪。我的话可以这样来解释。其他人我才不关心，先生们！"

穆夫提们脸色苍白，不约而同地看着安瓦尔，摇着头，好像在抱怨苏丹纳利。

"苏丹纳利大哥，"安瓦尔以恳求的语气说道，"您的确是疯了,就像这些先生们说的那样。您为什么要说这样的话?看在真主的份儿上,做您该做的,保持冷静。"

然后安瓦尔微笑着看着穆夫提们,仿佛在告诉他们不要理会苏丹纳利说的话。

沙霍达特嘴里咕哝了几句,开始投入工作。苏丹纳利听从了安瓦尔的建议,也微笑着开始写文书了。大家都开始工作,房间再次恢复安静。

傍晚,像往常一样,文书官们互相道别,苏丹纳利先行离开,紧随其后的是其他穆夫提。安瓦尔最晚离开。就在他离开之前,他遇到了夜间卫队长阿卜杜拉乌弗。后者开玩笑似地拉着他的手,领他去了内室,到了最里面的房间。

"有什么能为您效劳的吗?"安瓦尔问。

"是这样的,我们今天冒犯您了。"

"是吗?我能问一下这是怎么回事吗?"

"今天陛下派我们作为媒人去见您的老师。到那里后,我们发现他把女儿许配给了您。但我们希望,您会为我们的恩人可汗做出让步……"

这番话让安瓦尔的内心备受煎熬,但他还是鼓足勇气说道:

"就这事儿吗?"

"是的,就是这事儿,米尔扎·安瓦尔。"

"小事一桩!可以不必来问我。"

"谢谢您,安瓦尔,我将禀报陛下,您对他忠诚无比!"

"不,不!"安瓦尔摇头反对,"无论如何都不要说!无论如何!"

"为什么?要让陛下知道您对他无限忠诚。"

安瓦尔含糊地笑了笑。

"请您别说,"他坚决地重复道,"我不想让您告诉他!"

于是他们一起离开了文书室。

天空阴云密布,令人胆战的浩罕狂风呼啸而来。乌云之下,成群的乌鸦急速掠过，甚至没有来得及扇动翅膀。天上落起了稀疏的雨点。

　　此时，安瓦尔走到桥上，焦急地思索着在哪里能度过这个夜晚……

47

信

  马赫杜姆在昏礼结束后回到家，发现男宾室的门开着。他意识到安瓦尔正待在那里，于是径直向内室走去。与此同时，尼戈尔·阿依姆端着一碗抓饭走进男宾室。她低着头，眼睫毛因为眼泪黏作几簇，可怜的母亲陷入了深深的悲痛之中。安瓦尔将点燃的蜡烛放在烛台上。尼戈尔·阿依姆铺好桌布，将抓饭放在安瓦尔身前，痛哭起来。安瓦尔并不感到讶异，他知道她为何哭泣。

  "别哭！不必悲伤！命运难以违抗！您也不希望发生这样的事，不是吗？"

  尼戈尔·阿依姆沉默着，一边哭泣一边匆匆地离开了男宾室。安瓦尔靠在桑达尔炉旁，吃了些抓饭，擦干净手，拉过一条毯子盖在身上，深深地叹了一口气。

  颤动的烛光，就像不幸的情人的心，勉强照亮了男宾室。颤动的光影打在安瓦尔的脸上，他的脸似乎也跟着颤动起来。四周一片静谧，只有稀疏的雨点敲打着窗户，风时而吹过百叶窗，不时从隔壁屋顶传来的猫叫声在寂静中清晰可闻。

  一阵强风吹过百叶窗的缝隙，几乎吹灭烛光。瞬间，男宾室陷入了黑暗，与此同时，从内室传来了脚步声。安瓦尔猛然一哆嗦，睁开眼睛，伸手去拿放在桑达尔炉上的碗，并留心听着脚步声。

有人经过男宾室。安瓦尔猜测是马赫杜姆去清真寺做昏礼回来。安瓦尔没有起身,把碗放在了身后的壁龛里。很快,又从内屋传来脚步声,脚步声越来越近,越来越近……最后,拉诺出现了,手里提着茶壶。她的脸色惊慌不安,眼圈泛红,眼皮肿胀。

她低下头,把茶壶放在安瓦尔旁边,从壁龛里拿出一个茶碗,再用茶水冲洗,擦干,再冲洗,接着把碗递给安瓦尔,然后突然将头靠在桑达尔炉的小桌上痛哭起来。

"拉诺,拉诺!"安瓦尔激动地说道,"你已经不是小孩子了!到目前还什么事都没有发生。"

拉诺依旧埋着头,抽噎着。安瓦尔安慰着她。

"你哭什么呢?眼泪有什么用呢?你只会把我也弄哭。想想看,应该是我哭,而不是你。但我没有哭。为什么?因为眼泪是最没用的……我不喜欢爱哭鬼……快起来,亲爱的,快起来!"

安瓦尔抚摸了一下她的头,然后用双手捧起她的脸,吻了一下。

"如果你想让我不再爱你,那就哭吧!你已经泪流满面了,拉诺!让我把你的脸擦干净。冷静一下,好好想想,要多点智慧,听我给你说!"

拉诺转过身,用手帕擦干眼泪,深吸了一口气。

"眼泪不能解决痛苦!永远不能!你眼里又噙着泪了!好吧,你哭吧,我不说话了,拉诺!"

女孩又擦干眼泪。

"呐,拉诺,喝点吧。"安瓦尔说着,给她倒了杯茶,

拉诺摇了摇头,但安瓦尔让她拿着茶碗。

"喝一点吧!"

拉诺在安瓦尔的再三坚持下喝了两三口。安瓦尔走到前厅,拿着一个脸盆和一个装满水的罐子回来了。

"洗把脸吧,拉诺。"他向她走近并说道。

他把水倒在拉诺的手上,让她洗了脸。然后安瓦尔从墙上的木

钉上取下毛巾递给拉诺，拉诺用毛巾擦了擦脸。

"很好！现在我们谈谈该怎么办，何必哭呢？"

拉诺缓了一口气，甚至对安瓦尔微笑起来，安瓦尔温柔地看着她。

"好吧，再笑一笑，拉诺！"

但她突然说：

"现在不是笑的时候。"

"如果现在不是笑的时候，那么也不是哭的时候！"

安瓦尔坐下来，继续说：

"你有一个神奇的小匣子，那就是你的心。它装满了奇珍异宝，但是今天，恶意的命运向它抛来一块粗糙的石块，你的内心无法承受重压，于是你大哭起来。我也为这件事而震惊，但如你所见，我没有哭。你问为什么？因为我心中那颗璀璨的珍珠无可取代。你也一样，不是吗？现在让我们来理清目前发生的一切。事情并不完全起源于可汗。没错，可汗是个大混蛋，什么肮脏之事都干得出来。不仅如此，他的周围全是形形色色的败类，他们随时准备干坏事。但是，他们心有余而力不足，于是整日提心吊胆，便刺激可汗，煽动他做些龌龊勾当……

你还记得那个向你求亲的毛拉阿卜杜拉赫曼吗？他就是其中之一，就如诗人所说：

与我分离，找不到理由
坚守自己的心意，轻轻祈祷

如你所知，在你父亲的坚持下，我聘用了阿卜杜拉赫曼。但他却与我的敌人合谋，开始针对我。我把他从宫殿里赶出去，他就施阴谋诡计。难道他还能将我们分开吗？绝不可能！肉体的分离比起灵魂的亲密无间算得了什么！这是不可摧毁的！还值得为之哭泣吗，拉诺？人们相信，真爱的最高境界，是爱人的结合。但事实并非如此：真爱将在分离中经受考验。爱人的结合扑灭了爱火，而分离却使爱火熊熊燃烧，使感情臻于完美。你会怎么选，拉诺？"

拉诺垂下眼眸，捻着桌布边沿的流苏。安瓦尔重复了一遍他的问题。

"我选第二种……但我绝不会躺在可汗肮脏的床榻之上！"

安瓦尔沉默地坐着，拉诺的回答使他为之震撼。

"这也非我所愿！……但是那些混蛋切断了所有的退路。拉诺……现在还有时间思考……如果你能找到出路，我一定俯首听命。我绝不允许你流泪……你只是这头野兽的祭品！别哭，聪明点，行动起来，我……"

安瓦尔说到一半戛然而止，马赫杜姆出现在男宾室门边。

"拉诺，快去内屋！这么晚在这里做什么？"

安瓦尔打了个哆嗦，给拉诺做了一个手势——"去吧"，但拉诺纹丝不动。

于是马赫杜姆沉默着离开了。安瓦尔内心一阵沉重。老师的举止毫无分寸！难道他不明白这对安瓦尔而言是一种侮辱吗？他颐指气使地大喊大叫，以此来阻止两个年轻人的普通夜会。况且，他显然在回避与安瓦尔碰面，故意不进入男宾室。

拉诺悲伤的脸庞突然显现出愤怒和厌恶的神色。

"他没有良心！"她高声说道。

"别难过，拉诺，别生气，"安瓦尔说，"我想我们已经谈过了……"

拉诺又沉默地坐了片刻，然后离开了。她的眼里再一次闪烁起晶莹的泪花。

早上，当尼戈尔·阿依姆端着茶水来到男宾室时，安瓦尔已经离开了。桑达尔炉桌上有一封展开的信：

亲爱的姨母!

我自幼受您照顾。给马赫杜姆老爷添了不少麻烦。万分恩情,无以为报。因您所知的某些原因,我将无法再得到您的关照。我的所有财产,比如那些暂存在您那儿的金币,都将留给您的家人。这些钱是为您女儿的婚礼存下的,请您把它们用在她的婚礼花费上。

如果有人找我,请您告诉他们我在官里。

希望善良的您,能宽恕我所有的过错。

安瓦尔

48

婚礼前夕

可汗的媒人再一次登门拜访，以便确定婚礼日期。最终商定，婚礼将于下周五在马赫杜姆家举行。婚礼仪式结束后，拉诺必须住进宫里去。

婚礼日期商定后的第二天早上，可汗送来了礼物：三百个金币和新娘的礼服。马赫杜姆还被任命为浩罕所有学校的管事长。

马赫杜姆沉浸在可汗的恩宠之中，一次也没想起过失踪了三天的安瓦尔。他嚷嚷着安瓦尔那些"愚蠢和忘恩负义"的行径，但逐渐平静下来。尼戈尔·阿依姆的伤心之情也平息了不少，虽然有时一想到安瓦尔便心情沉重，但在婚礼的忙乱之中不得已暂忘了他。

拉诺！她才是万分伤心。她觉得悲剧般的结局即将来临，况且已经三天没有安瓦尔的任何消息了！他说，爱人的结合只会扼杀了爱情，而分离却使它臻于完美……难道他完全抛弃她了吗？也许马赫杜姆的行为冒犯了他？无论如何，他也不应该那样做！现在的她比以往任何时刻都更加需要他的安慰和帮助。他向来是她睿智善良的谋士，但是在这样艰难的日子里，他却如此残忍。她因悲伤日渐消瘦，甚至那双美丽的眼睛里眼泪也早已干涸。

就这样，星期二，即周五婚礼的两天之前，拉诺坐在桑达尔炉旁，想着距离那个可怕的星期五，时间已经所剩无几。就剩两天了！她想不出别的了。她仿佛站在悬崖边上惊恐地后退，后退，面对着迫近的周四，也就是周五前夕，而那时……她突然想到了安瓦尔，她的心里满是抱怨：他在这样艰难的日子里离开了她！哦，如果他突然出现，她会责备他："您所有的承诺都是谎言！您只是害怕失去文书长的职位，否则……您在我们家生活了十年，难道还不知道父亲的脾性吗？在这世间，我把您放在第一位，而现在一切都完结了，您还来做什么呢？"

但是，她没有意识到，如果安瓦尔真的出现了，并询问她"那到底是什么完了？你为什么认为我来晚了？"她未必能答上这些问题。她自己也没能想到任何出路，甚至从没考虑过这个问题。她所能指望的就是安瓦尔，他是唯一能拯救她的人。但他的消失给她千疮百孔的心灵增添了一道新伤。

尼戈尔·阿依姆忙前忙后。马苏德厌倦了总躺在婴儿床里，哭个不停。拉诺从沉重的思绪中反应过来，深深地叹了口气，站起来走到弟弟跟前。她生气地摇着摇篮，但男孩哭个不停。拉诺走到院子里，母亲正在平顶凉台上忙活着什么，拉诺生气地对母亲喊道：

"给他喂点吃的！"

然后她走过吊顶走廊。

马赫穆特和曼苏尔正在花园里和邻居家的孩子们玩耍，他们在射箭。花园四周都被融化的冰雪覆盖。葡萄架下，苏帕边缘被雨水浸透，上面布满裂纹。

拉诺停在苏帕旁边，对弟弟喊道：

"马赫穆特，爸爸在哪儿？"

"爸爸在集市上。"

"男宾室有人吗？"

"没有。"

拉诺没有再问，走到了中门。马赫穆特说的是实话：男宾室没人。因为要举办婚礼,学生们放了几天假。

看到男宾室的门关着,不知为何,拉诺走进那间用作教室的房间。她把门上的链条取下,走了进去,瞥了眼破旧的草席,开始在房间里走来走去,并在壁龛里寻找着什么。随后她从壁龛里拿出一个蓝色的墨水瓶,并朝瓶里看了看,发现里面只剩干涸的墨水,随即把墨水瓶扔在地板上走出房间。

"马赫穆特!"

此时,小男孩正好把箭搭在弓上。

"到这儿来!"

马赫穆特不情愿地向她走近。

"怎么了?"

她让马赫穆特跟在她身后,他们又向房间走去。马赫穆特跟着姐姐亦步亦趋,一会儿朝这儿瞄准,一会儿朝那儿瞄准。他们嘴里还说着什么。

拉诺正坐在房间里写着什么,突然听到妈妈在院子里跟人打招呼。她朝窗外望去,只见一个身材矮小、怀着孕的丰满女人向平顶凉台走过来。拉诺停下笔,因为这个女人看见了她,她不得不出来打个招呼。于是拉诺就这样做了。

尼戈尔·阿依姆邀请这个陌生女人坐到桑达尔炉旁。

"到这里,客人,请坐!"

女人没有多礼,径直走来坐在桑达尔炉旁。然后她直勾勾地看了看拉诺,在诵读过《法谛海》后又理了理头巾。

"你们可能在想:这个陌生女人想从我们这里得到什么?"她说着,从口袋里掏出一封信,"米尔扎·安瓦尔在我们那儿已经待了两天了……你们或许知道,我是米尔扎·苏丹纳利的妻子……米尔扎·安瓦尔说他没有书读很是无聊。他说书在他家里……于是给了我一张便条。"

尼戈尔·阿依姆听到这句话有些惊慌,站在远处的拉诺走了过来,醋意大发地从这个女人手里夺过便条,想赶在母亲前面接过它。

"对米尔扎我们感到万分羞愧，"尼戈尔·阿依姆说，"这三天我心中很不安，一直在想：他在何处漂泊？……是的，命运难以违抗。要知道，我们本想与他结亲。"

"是的，亲爱的，这是命运！"女人回应道，"米尔扎是个怎样的人呐！……如果国家只有两个聪明人的话，他就是其中之一。他非常感激您。但在这一切发生之后，他，我想，只是觉得来您这儿不太方便。"

两个女人还在聊天之际，拉诺已经进入了房间。

姨母和拉诺！向你们致以无数的问候。为你们祈祷。请别生我的气，别无他法。请把谢赫·萨迪的诗集转交给送信人，以便我能在空闲时加以阅读。而你，拉诺，我写了诗歌的那本册子你应该不需要了，况且留着它也相当危险。请别生气，把那本册子一并转交给她。请给我写信，说说你们过得怎么样，身体还好吗？

安瓦尔敬上

尽管这封信相当简短，却给拉诺带来巨大的喜悦。拉诺读完这张便条，不知为何把女人出现之前自己正在书写的纸张撕成两半，趁着客人还在凉台和尼戈尔·阿依姆聊天，她开始给安瓦尔写回信。

神秘的暗示

苏丹纳利在安瓦尔到来之前回到家中,他走到妻子跟前,妻子正在畜栏前挤牛奶。

"你去了吗,鲁兹万?"

"是的。"她答道,继续挤着牛奶。牛奶流进容器里,发出清亮的响声。"我去拿了。"

"你在男宾室生好火了吗?"

鲁兹万点了点头。

苏丹纳利走进房子,脱下长袍,摘下头巾,回到妻子身边。

"把那头小牛解开,让它回到母牛身边。"她说。

苏丹纳利解开了绑在柱子上的小牛。小牛紧紧依偎在妈妈的乳房上。

鲁兹万带着一壶牛奶进了房间。苏丹纳利跟在他的妻子身后。

"那么,鲁兹万,你们在那儿说了些什么?"

"我去送了信。"鲁兹万开始往杯子里倒牛奶,"他们煮了茶,我们坐了会儿,聊了会儿天,然后我就拿起书回家了。"

"有谁在那里?"

"老师的妻子和女儿。"

"她气色如何?"

鲁兹万似乎遗憾地摇了摇头，砸了咂舌。

"当听你说文书长情绪十分低落时，我就意识到，那个女孩一定美丽动人。我从未见过如此标致的美人。就像一幅画！怎么会如此完美无瑕！"

"是的，是的！"

"我看，他们一定很相爱……这个残忍的可汗究竟干了什么！那个可怜的女孩伤心欲绝！整日郁郁寡欢！"

"是的，是的……那她母亲呢？"

"同样，是个可怜人，她也不知道该怎么办。她说：'我的孩子们的幸福一去不复返。'"

苏丹纳利悲伤地摇了摇头。

"书在哪儿？"

"在男宾室……哦，顺便说一下，里面有一封信。"

安排好晚餐后，苏丹纳利离开了内屋。

男宾室开着。安瓦尔坐在桑达尔炉旁，翻看着萨迪的书。当他看到苏丹纳利进来时，合上了书，努力微笑着。

"书的事，感谢你。"

"里面有一封信。可能您已经找到它了。"

似乎安瓦尔没有看到那封信。他又打开书，看见书的下面有一张折成四折的纸。

苏丹纳利注意到安瓦尔看到这封信时有些窘迫，便借口有事先离开了。接着安瓦尔打开了这封信。

您好，敬爱的安瓦尔哥哥！我们安然无恙。收到您的来信并得知您同样一切安好，我们为此十分高兴。愿真主保佑您永远健康。您想了解我们的近况。我可以告诉您，感谢真主，一切都好。我把您要的书带给您。妈妈也向您问好。剩下的去谢赫·萨迪的诗里看去吧，信就写到这里。

拉诺

安瓦尔拿着信愣在原地。过了一会儿，他又读了一遍，每一句话都细细斟酌。"……得知您同样一切安好，我们为此十分高兴。"它的意思是：您离开了，释怀了。下一句是："愿真主保佑您永远健康。"在这句话里，他同样察觉出责备之意，这也证实了他的观点。在读到这句"感谢真主，一切都好"时他也有相同的感觉。但最后一句话安瓦尔却不甚理解："剩下的去谢赫·萨迪的诗里看去吧，信就写到这里。"安瓦尔是这样理解的："现在拉诺不在您身旁，您可以在业余时间读萨迪的诗集了。"

安瓦尔把信叠起来，放进书里，叹了口气。这封信使他很难过。这几天他过得十分艰难，但现在情况变得更糟了。拉诺已经绝望了！她在寻求帮助，她在责备他！该怎么办？怎样避免悲剧的结局？只有一种办法，最后的办法：向胡德亚尔坦白对拉诺的爱，跪在他脚下，乞求他……不，安瓦尔不会那样做的。难道还能指望可汗开恩吗？如果安瓦尔这样做了，他可能会被指责厚颜无耻、放肆无礼，并会因此受到责罚。

最后，安瓦尔精疲力竭，他甚至没有试图在进入男宾室的苏丹纳利面前掩饰他的情绪。他的眼睛变得模糊不清，差点晕过去，用双手抱着头，坐到达尔桑炉旁。苏丹纳利意识到这封信对安瓦尔影响很大。为了不让安瓦尔难堪，他开始在壁龛里的架子上寻找东西。

安瓦尔伸直腰，深深地叹了口气，示意请苏丹纳利坐下来。于是苏丹纳利坐了下来。

"您怎么了，安瓦尔？"

安瓦尔努力挤出一丝笑容。

"这封信使我心烦意乱，"他说，然后停顿片刻，"我对您没有秘密可以隐瞒，"安瓦尔继续说，"我和这封信的主人，可以说，早已建立了极为亲近的关系。当发生您所知的那件事时，我离开了，决定和她断绝关系，搬到您这里来。现在她带给我这封信，表达她的委屈，指责我抛弃了她。我能说什么呢，她还太年轻，缺乏理智……您读一读：从头到尾都是责备。我不由得为此难过……"

苏丹纳利感到有些尴尬，他笑了笑，脸红起来。当他读信时，特别注意到了一句话。

"有趣的是，她想通过这句话表达什么：'剩下的去谢赫·萨迪的诗里看去吧，信就写到这里。'"

"这就是在责备我！"安瓦尔高声说，"'现在不要为我担心，在您的空余时间里读萨迪的诗去吧。'我想，这就是这句话的意思。"

"也许……"苏丹纳利用怀疑的语气说道。

他的语气也让安瓦尔陷入思考。

"您认为还有什么？"

"我……我现在打算同意您的观点，原本我理解成其他意思了。"

"怎么说？"

"我想它的意思是：书里还有一封信，其余的去看另一封信……"

"也许，您是对的，"安瓦尔慌张地说，"您是不是要去找点事情做？"

苏丹纳利笑了。

"好。我走了，如果饭做好了，我给您端过来……"

苏丹纳利离开后，安瓦尔开始疯狂地翻起书页。起初他一无所获，但还是继续认真翻找。终于，翻到大约第三十页时，他发现一张写满字的信纸并立刻展开阅读起来。

出于谨慎，我把这封信单独放进这本书里。安瓦尔哥哥，那个在困难时刻真正陪在我身边的人，也是抛弃我的人……不然，您自己决定我该怎么称呼他。许诺容易，实现诺言却很难，请您记住。难以相信像您这般高尚的人会因为一些小事生气,何况是在这样艰难的时刻!您无法解救这个可怜的女孩,我不怪您。但当可怜的拉诺因即将到来的沉重命运而惊慌失措,您这位忠实的朋友非但没有提供帮助,反倒离开了她!这简直难以置信。恐怖故事里也不会这样描写!您忧郁地说,您的心里充满罪恶,安瓦尔哥哥,请不要为此悲伤。如果您想让罪恶得到宽恕,请明天过来吧,周三晚上来见我最后一面。无论是光明正大前来,抑或是秘密前来,请一定要来。因为那里,您曾经感受过幸福的地方,将是拉诺的死亡之所!

安瓦尔目光飞快地扫过这几行字,读完了信,他又把信放回书里,急忙合上了书。苏丹纳利端着饭菜出现在走廊里。

"怎么样,有吗?"他问着,把饭菜放在了桑达尔炉上,"其实,我想,是我猜错了,您是对的。"

安瓦尔点了点头,像证实了这番话似的,放下书洗手去了。

50

情人的俘虏

　　拉诺的第二封信比第一封信更叫安瓦尔心烦意乱。他看不出他们再次见面有什么意义：只会揭开伤疤，让心火烧得更旺。他已经后悔派人去找这本书，暴露了自己住在哪里，他很后悔放任自己的感情而没有考虑后果。须知一切已无能为力。和爱人会面还能有什么呢？她会哭泣，会伤透他的心，而他却毫无办法。然而拉诺仍然深深吸引着他，毕竟他们如此相爱……

　　他彻夜未眠，脑子里一直在想这次会面，但当他微微入睡的那一瞬，他梦到了拉诺。尽管安瓦尔努力保持冷静，但他还是无法拒绝这次会面。虽然这毫无意义，但信中拉诺说"那里，您曾经感受过幸福的地方，将是拉诺的死亡之所"时，他就已然做出决定。对这个请求置之不理不仅可耻，且配不上优秀青年的荣誉。

　　白天工作时，安瓦尔最终决定去拉诺那儿。但首要问题在于：是公开露面还是秘密前往？如果他公开露面，多疑的马赫杜姆可能会带走拉诺或是跟踪他们，这对安瓦尔来说是一种侮辱，只会激怒双方。如果秘密会面……但他们之间已经没有秘密可言，也没有谋划什么，他们为什么要躲藏起来？好吧，假设他们在秘密会面，马赫杜姆看到了……好吧，安瓦尔艰难地做了决定。

　　晚上他和苏丹纳利一起回到家。像往常一样，他们给他端来丰盛的晚餐。昏礼结束后，安瓦尔说他要离开几个小时去看望他的外甥们。

冬季的最后几天，天气寒冷而干燥。初十的月亮，恰似一个黄色托盘，周遭浸着黑色的阴影，挂在城市上空闪闪发光。孩子们在门前跑来跑去，唱着：

巴拉特①到了！
四处都在洗刷盘子。
你们呢？

当安瓦尔来到马赫杜姆家的街区时，天已经黑了，在狭窄的街道上甚至难以看清迎面来人的脸。安瓦尔的心比夜色更加凝重，跳动得愈加猛烈。他像小偷似地一边走一边四处打量。就在一周前，住在这里的他还十分幸福！现在？四周一片黢黑，只有月光稍稍驱散他心中的忧愁。但她，那个带着斑点的月亮，被邪恶的命运推向了宫殿。

安瓦尔走到关闭的大门前，轻轻推了推，但大门紧锁，安瓦尔十分焦躁不安。他在门前站了片刻，又走了二十来步，推了推相邻的大门：他们没有上锁。安瓦尔走到吊顶走廊。他想在这儿等着马赫杜姆去清真寺做宵礼。如果那时第一扇大门仍然紧闭，他则别无选择只能离开。没过多久，清真寺就传来准备祈祷的钟声，不久之后，拉诺的房门嘎吱一声打开了。有人走了出来，脚步声逐渐接近这间屋子，安瓦尔就站在这扇房门背后。他的心猛烈地跳动着，透过门闩上的缝隙往外看。有个人朝清真寺走去，与此同时，安瓦尔所站的走廊里传来脚步声。年轻人更加紧张不安，片刻后，马赫杜姆从旁边经过，安瓦尔从走廊走了出来。他蹑手蹑脚地前行，直走到日思夜想的大门前。听见身后的脚步声愈渐

---

① 巴拉特：斋戒期前的一个月，一般人们会在这个月为斋月做准备工作。

微弱，他平静地走进马赫杜姆的房子。他环顾四周，在男宾室旁边站了一会儿，又走到学生们上早课的房间，打开房门，又回头看了眼大门。

房间里的百叶窗紧闭着，里面漆黑一片，像忌妒者的心。当安瓦尔关上房门时，四周陷入黑暗，活像在坟墓里。在这样的黑暗中，安瓦尔丧失了空间感，他小心翼翼地走了几步，摸到垫子，双手抱住膝盖蹲了下来。苍白的光线透过百叶窗的缝隙射进房间，但在这样的光线里，什么也看不清。

房间里一片死寂，只能听到附近模糊的簌簌声与远处婴儿的啼哭声。就这样过了几分钟……突然，有声音传来，好像有人在敲击地面。安瓦尔凝神细听。有人从内屋去了男宾室，或是去了吊顶走廊。安瓦尔屏气细听着。男宾室的门开了，又关上了。又有人走到院子里。现在，脚步声离安瓦尔所在的房间越来越近，他等得愈加不耐烦。门刚一打开，他就跳起来……

"安瓦尔哥哥！"

"我……"

这是拉诺。走进房间时，她立即停下脚步，端详着安瓦尔，深深地叹了口气，转过身出去了。安瓦尔茫然不解，因此他并未阻止拉诺。过了一会儿，拉诺又出现了，她走到他面前把什么东西放在他身边。

"我给你带来了一床丝绒褥垫，"她低声说，"我的姑姑们来我家做客，我去照顾她们睡觉后再来……"

拉诺关上门离开了。终于知道屋里发生什么事后，安瓦尔松了一口气，摊开丝绒褥垫支着胳膊侧躺下来。虽然他确信拉诺会来，但他不知道具体是何时，也许是在第一阵鸡鸣之前……

过了一会儿，他听到大门的开合声。他坐在丝绒褥垫上紧张地听着。脚步声越来越近，随后又逐渐模糊，最终完全消失。

时间缓慢地流逝着。安瓦尔逐渐感到不适。每一道沙沙声或敲击声都会让他打个哆嗦。第一阵鸡鸣声早已响过，但拉诺还是没来。安瓦尔时而站着,时而坐着,时而又躺着。软底鞋里的双脚早已冻僵,他不知如何能让它们暖和起来。这种煎熬持续了很长时间。是的,他已被所爱之人俘虏,但是究竟还得等多久呢?真叫人难以忍受!

他全身酸痛,为了让脚暖和起来,安瓦尔又站起来,穿上皮制套鞋,开始在房间里来回踱步活动筋骨。然后又坐了下来……月亮快要落下去了,它的光芒无法透过百叶窗的缝隙,房间里一片漆黑。守夜人敲着鼓,在某处轰隆作响,与此同时,第二阵鸡鸣声响起。躺了一会儿后,安瓦尔站了起来,穿上皮制套鞋,走到门口,打开房门,揉了揉眼睛。天空中星星闪烁,残月映照着屋顶。安瓦尔深吸了一口新鲜空气。

"怎么,等得厌倦了吗?"

51

勇敢的女孩

安瓦尔被耳边传来的这句话吓了一跳。拉诺就站在旁边，手里拿着什么东西。

"大家睡觉后我才能离开。我们去房间里吧，安瓦尔哥哥。"

他跟着拉诺，心怦怦直跳。他们并排坐在丝绒褥垫上。

"我担心您想不到去找书里的那封信，"拉诺轻声说，"如果您没想到的话……"

"你料事如神，拉诺，"安瓦尔打断了她，"你信中的怒火从何而来？"

"如果我不那样写的话，您就不会来了，"女孩声音颤抖着，"您，您非常喜欢自己这个文书长的职位吗？"

安瓦尔对这个牛头不对马嘴的问题感到惊讶。

"我不明白你想说什么。"

"我问，您喜欢文书长这个职位吗？"

"我想我很快就会辞职的，拉诺！"

"那您之后打算怎么办？"

"离开浩罕汗国，去旅行。"

"那我……您要带上我吗？"

安瓦尔茫然不解，一直盯着她的脸。

"带着你！这可能吗，拉诺？"

"有可能，"拉诺突然激动地说道，"如果您现在放弃您的职位，那一切都有可能……"

安瓦尔感到一阵窘迫。

"你说什么，拉诺？"

她激动得说不出话来。

"如果您说的是实话，那我就和您一起去……不过当然，如果我对您而言不是一个累赘的话。"

安瓦尔沉默不语。不知如何去回答这句在他的梦中都不曾出现过的话。

"如果我不是个累赘的话。"拉诺重复道。

"勇敢的姑娘。"安瓦尔想。有哪个女人胆敢反抗暴虐的胡德亚尔，反抗他的兽欲？！拉诺是第一个。无论前方面临什么挑战，无论命运带来怎样的荆棘，安瓦尔都必须欣然采纳所爱之人的大胆提议。不仅是爱，也是年轻人的荣誉驱使他这样做。他碰了碰身前的包袱。

"这是什么，拉诺？"

"这些……是您的旧衣服。"

"这是干什么用的？"

"如果您想……"

起初，安瓦尔以为包袱里是女人的长衫，但是现在他却弄不明白了。

"好吧，为了你，我同意……但拿我的旧衣服来做什么？"他低声问。

拉诺不作回答，叹了口气，开始解包袱。

"你为什么不带长衫呢？"

"马上……"她说着，在黑暗里忙活着什么。

"也许，里面有一件长衫。"安瓦尔想着，停止了询问。

此时，拉诺从地板上捡起了一件长外衣，看起来像是外衫，与此同时，有东西"啪嗒"一声掉在地上。

"请捡一下。"她说。

"这是什么？"

"这是您交给妈妈代为保管的东西。"

安瓦尔猜测是金币。他的心中一片暖意。可爱的拉诺在想着他们的未来。

"找到了吗？"

"找到了。"

"好，那我们走吧。"

安瓦尔和拉诺走到院子里，他发现走在他身旁的不是一个穿着长衫的姑娘，而是一个穿着长袍带着毛皮高帽的少年。

"这是做什么，拉诺？"

拉诺默默地走向大门。一走到街上，安瓦尔便意识到，拉诺穿男装是完全正确的做法。在特殊时间段和一个穿着长衫的女人走在街上并不稳妥，这可能会引起守卫和更夫的怀疑。安瓦尔不必再为此担心。因为他看起来就像是和自己的朋友并肩前行。安瓦尔漫不经心地停在十字路口，等待着落后他十来步的同伴。即将落下去的红月照亮了安瓦尔所站的街角，他在等着拉诺。拉诺终于走到他身旁。她看了看他，又看了看路，似乎在问"我们要去哪里？"

拉诺的辫子规整地压在毛皮高帽下，长袍直抵脚踝，看起来比安瓦尔更加英俊。就像个帅气小伙！

安瓦尔往上拽了拽她的长袍，将一缕从毛皮高帽下掉出来的头发收好，然后做了个向右转的手势。

就这样，他们出发了。拉诺走得比安瓦尔快两步。轻便的软底鞋外套着的皮制套鞋在拉诺的小脚上格外引人注目，她的脚步轻快，仿佛在飞舞。安瓦尔快步走着，试图跟上她的步伐。就这样，他们走了很长一段路，突然，他们看见前方五十来步有一堆篝火，篝火旁围坐着几个人。拉诺停下了脚步。

"别停",安瓦尔说,"静静地从旁边走过去,别理他们,如果我和他们寒暄,你就在远一点的地方等着我。"

"好像,在宵禁时米尔沙卜①不允许通行?"

"和我一起过去,他们会允许的。不要害怕,去吧!"

拉诺胆怯地向前走。在离篝火十步远的地方,一个坐着的人喊道:

"停下!"

拉诺紧张地瞥了安瓦尔一眼。后者用手势吩咐她往前走,而自己则快步走到篝火旁。

米尔沙卜和守卫们认出了安瓦尔,纷纷站起来鞠躬。

"请坐,"安瓦尔说着,站到篝火旁取暖,"啊,达赫巴什也在这儿。"

安瓦尔看向一个胖胖的、面容滑稽的人,突然想到这一个戏谑的绰号,而后者实际上只是一个叫科里拜的普通守卫。

"大人这个时间来做什么?还带着一个跳舞的男孩儿?您原来,是个好寻欢作乐的人……"

"啊,所以这个达赫巴什已经注意到了拉诺。"他想着,瞥了一眼站在远处的"男孩"。

"我们刚去参加了宴会,达赫巴什。"

"哈哈,原来如此!但您已经走过了自己家了,您要去哪儿,大人?"

安瓦尔再走近一步,对着篝火伸出双手。

"难道您不知道吗?我在……拉伊斯街买了房子。"

"啊,恭喜恭喜。"

安瓦尔道过谢,同他们道别。为表敬意,米尔沙卜们纷纷起身。

离开篝火走了五十步,拉诺停了下来,问追赶上来的安瓦尔:

---

① 米尔沙卜:警察。

"他说了什么,那个坏家伙?!"

安瓦尔笑了笑,拍拍她的肩膀说:

"走吧,少年,别磨蹭了!那个坏家伙说的是实话。"

"我们要去哪里,我们就快到了吗?"

"现在快了,我们要去昨天来见你的那个女人那儿。"

拉诺往前走着。在一阵沉默后,她转过身问道:

"他们是好人吗?"

"非常好,"安瓦尔说,沉默一阵又补充道,"不要在屋主人面前闭口不言,他就像我的兄弟……好吗,拉诺?"

"好!"

很快,他们拐进了一条狭窄的街道,在到达苏丹纳利家门口之前他们没再说话。

52

友谊的"奇迹"

早上,当可汗即将从后宫出来时,他的几个亲信聚在一起迎接他们的君主。突然,激动的苏丹纳利出现在门口。他朝夜间卫队长阿卜杜拉乌弗做手势招呼他过来,并且向后退去。于是夜间卫队长阿卜杜拉乌弗惊讶地朝苏丹纳利走去,满脸疑惑。苏丹纳利继续向他招手,阿卜杜拉乌弗没穿皮制套鞋,只穿着软底便鞋走到他身旁。

"发生了什么?"

苏丹纳利痛苦地摇了摇头,紧咬着嘴唇。

"我们的文书长原形毕露了。"

"什么?怎么了?"

苏丹纳利凑到阿卜杜拉乌弗的耳边,悄悄说:

"米尔扎·安瓦尔对陛下做了一件可耻之事。"

夜间卫队长阿卜杜拉乌弗低着头,斜眼看着苏丹纳利。

"他做了什么?"

"不久前米尔扎·安瓦尔在我这儿住了一段时日,"苏丹纳利开始四处张望,"看来,他在自己的老师家做了一件不体面的事。那个坏蛋全然不顾老师的担心,对可汗做出卑鄙的行为而毫不知耻,对鄙视可汗的行为毫不在意。他把老师的女儿,那个即将成为可汗妻子的姑娘引入歧途，昨晚他把那姑娘从家里带走，然后带着她来找我。虽然他是我的老朋友和客人，但我对他的鲁莽行径感到非常愤怒。他忘记了陛下对他的情义，忘记了陛下给予的恩赐！我因此怒发冲冠。在他面前我假装称赞他的勇气，但在内心深处我诅咒这个卑鄙无耻之人，于是悄悄地赶来通知陛下！"

阿卜杜拉乌弗的眼睛直直地盯着他的额头，捋着自己的胡子，把胡须尖伸到嘴边，嚼了一两下。

"岂有此理！他现在还在您那儿吗？"

"是的，是的！那个女孩也在我家。我们不知道陛下会如何处置，但我认为，不应该浪费时间！必须现在就抓住他！"

"那当然！"夜间卫队长阿卜杜拉乌弗喊道，耸了耸肩，"我马上前去禀报，感谢您！"

夜间卫队长匆忙地走进陛下寝殿。而苏丹纳利，在揭穿了安瓦尔——那个在他看来，玷污陛下恩情的人之后，平静地去了自己的办公室。这就是安瓦尔最亲近的人所表现出的"友谊的奇迹"。

过了一会儿，夜间卫队长走到文书室的窗前，朝苏丹纳利做了一个"走"的手势，自己则继续往前走。

"怎么样？"苏丹纳利追上夜间卫队长激动地问道。

"可汗下令抓捕！"

"好！当然，是两个吧？"

"那是自然。"

苏丹纳利带着四个侍卫出发了，夜间卫队长解开大门边的一匹马，骑马紧随其后。很快便超越了一行人，侍卫为了跟上他，不得不竭力奔跑，喘得上气不接下气。他们排成一列前行，一旦稍稍落后，夜间卫队长便会催促他们。当抵达拐弯处时，苏丹纳利缓下脚步，挥了挥手，叫住前方的夜间卫队长阿卜杜拉乌弗，告诉他该往右拐进一条窄道。他们在三分钟内迅速到达苏丹纳利家的大门前。苏丹纳利停下了脚步。

52. 友谊的"奇迹"

"这里,大人,就是大门了,但我认为我和您一起进去不太方便。"

夜间卫队长拉住缰绳。

"为什么?"

"毕竟,我也算是他的朋友……我离远一些应该更好。"

"那好吧!就这样吧!"

"多谢……您一进大门就能看到男宾室,他应该在那儿。那姑娘在内屋。"

苏丹纳利藏在临近一栋房屋的大门外。夜间卫队长带着侍卫踏入大门。两扇门都敞开着,里面传来男人和女人的声音。夜间卫队长跳下马,把缰绳扔给其中一个侍卫。

"马牵着待在这儿,谁也不准放出去!不管是男人还是女人。"他说,"你们,年轻人们,跟我来。一旦看到安瓦尔,立刻抓住他,捆住他的双手。"

侍卫们准备就绪。夜间卫队长向内屋走去,他在走廊的入口处侧耳细听。那里传来一男一女的声音。

"我被侮辱,被诽谤了!"

"诽谤?这还不够。"夜间卫队长低声说。

"哦,我真倒霉!"女人的声音响起。

"当然,蠢女人,你要遭殃了!"夜间卫队长大声说道。

他给侍卫们打了个手势示意他们跟着他,接着跑进了院子。院子中央站着马赫杜姆,手里还拿着一张纸。他旁边站着两个男人,还站着三个穿着长衫的女人。在听到夜间卫队长带领侍卫们的脚步声后,他们浑身发颤。马赫杜姆拍了拍手,呻吟着:

"我被侮辱,被诽谤了!"

夜间卫队长仔细观察后向他走去。

"怎么了?"

马赫杜姆拍了一掌自己的脑门,痛哭起来。

"我已无力辩解,我对陛下深感内疚,必须接受惩罚。早上我们醒来，发现我那个大逆不道的女儿不见了。当我们四处寻找的时候，苏丹纳利带来消息，说我的女儿在他那儿。我们马上就带着女人们来了……"

"然后呢？"

"那个混蛋安瓦尔已经把她带离这里了。除了这封信我们一无所获。唉，我真倒霉！"

一个女人放声大哭起来。夜间卫队长从马赫杜姆手里夺过那封信。

> 我的兄弟，尊敬的米尔扎·苏丹纳利！
>
> 在此告知您：考虑到我们的处境，我们认为暂留在您家非常危险。虽然您算是我的好友，但您的一些行为引起了我们的怀疑。尤其是您的妻子对拉诺的态度，犹如对待一个放荡的姑娘。我们不得不找一个借口把您送进宫殿，然后立刻离开您家。事实证明，在这世上真正的朋友很难找。尽管我向您证明了我本不愿背叛可汗，实在是因为我和拉诺情投意合，但您却一再重复，说我年轻气盛，忘记了可汗的恩赐，指责我忘恩负义。您甚至没有考虑过，因为对这个女孩的爱，我放弃了文书长这个职位。我没有埋怨您。只是我对您的友好信任却遭到您粗鲁和残忍的回应，对此我感到非常失望。在内屋，甚至没人给这个可怜的女孩一个垫子做枕头。"谢谢"您和您的妻子如此"人道"地对待我们。
>
> 您忠实的朋友安瓦尔

"他还在谈论人道……这个忘恩负义的混蛋！"夜间卫队长高声说道，他幸灾乐祸地笑了笑，把信揣进口袋，"去内屋把苏丹纳利的妻子叫来！"

一个女人赶忙去执行命令。鲁兹万应该是站在吊顶走廊里，那个女人叫她时，她正走向内门。

夜间卫队长朝鲁兹万走来。

"姐妹，您一直在这儿吗？"

"是的，先生！"

"您能说说这件事吗？"

鲁兹万站在门外，沉默了一阵，接着咳了一声开口说：

"有一个叫安瓦尔的年轻人在我们家的男宾室住了三天……昨晚他带来一个女孩。我十分惊讶，先生，我问我丈夫，这是怎么回事，结果事情原来是那样……我们非常不高兴，但如果把他们赶走却显得有些尴尬，想叫人来把他们送走，但时间不合时宜，先生。我和丈夫商议之后决定让他们住到早上，早上再通知宫里的人……让他们处理这个问题！等到了黎明，米尔扎·安瓦尔对我丈夫说：'我们在这里再待一天，请暂时把我们藏起来。'然后我丈夫赶忙去了宫殿，我如何也无法静下心来，所以我派了邻居家的小男孩去女孩的父母家。女孩和我一起坐在桑达尔炉旁。突然，先生，她离开了房间。我想，可能是去方便，便没有多加注意。但她再也没回来，先生。我很担心，于是去了院子里，她不在那儿。我决定去男宾室看看。刚走进走廊，女孩的父母就来了……我能说的就是这些了，先生。"

夜间卫队长对发生之事气愤不已。他向站在老师身旁的人走去。

"你们在这里做什么？"

"我们……是米尔扎·苏丹纳利的邻居……"

"原来如此，原来如此……你们为什么在这儿？"

夜间卫队长粗鲁的语气让他们手足无措。

"我本来在外面，"其中一个人害怕地说道，"看到老师和几个哭泣的女人走过来，我想'苏丹纳利的家里出事了'……"

"所以你只是在街上闲逛，来看热闹……你呢？"他转向另一个人。

"我也是苏丹纳利的邻居，"这个人的语气更加大胆，"听了这些，我有些惊讶……"

"惊讶什么？"

"如果按邻居的说法，安瓦尔应该是和一个穿着长衫的女人一起离开的……但我看到他走出大门时……没有女人和他一起。"

"他一个人出去的？"

"不是，是和一个英俊的男孩儿。"

夜间卫队长阿卜杜拉乌弗不解地耸耸肩。

"没错，卡里姆大哥，"鲁兹万戴起面纱回应道，"昨晚女孩是穿着男装进来的。"

"噢，该死！"夜间卫队长喊道。

马赫杜姆悲痛欲绝，号啕大哭。

"木已成舟，"夜间卫队长说，"他们，当然会被抓住并受到惩罚！但是陛下的名誉受到了极大的损害。所以，这里的所见所闻你们都应当保密。必须守口如瓶！"

"当然，当然！"在场的人都高声说道。

夜间卫队长走到马赫杜姆身旁。

"这不是你的错，但你没能管教好你的女儿！"

"真主啊，我们是您的奴仆，"马赫杜姆咕哝着，哭了起来，"她简直让我难堪，倒不如让她早早一命呜呼得了！我真是没脸见人了！"

其中一个穿着罩袍的女人哽咽着痛哭起来。那是尼戈尔·阿依姆。

夜间卫队长阿卜杜拉乌弗，正如人们常说的，总爱大声地跺着靴子，带着他的士兵朝门口走去。在其中一个士兵的帮助下，他解开缰绳骑上马，赶到苏丹纳利藏身的大门前，喊了他一声。

"米尔扎·苏丹纳利，快出来吧！那两个可恶的人逃跑了！"

苏丹纳利大为震惊，走到街上。

"什么？真的吗？"

"跑啦!"夜间卫队长重复道,递给他一封信。"看完还给我,我还要呈递给陛下。"

第二天,苏丹纳利就收获了自己忠诚侍奉可汗的成果:他被任命为文书长。

蝎子的盛典

这晚,清真寺的小屋里又挤满了人。蜡烛在壁龛的架子上静静燃烧,木炭在桑达尔炉里噼啪作响,两个愁眉苦脸的穆夫提坐在桑达尔炉旁,双手放在火上取暖。其中一个壁龛里放着几本厚重的书籍。是《毛拉贾米详解》《教义与法典》《智慧之泉》《伊斯兰教法规》《高雅风尚》。在西侧墙壁的壁龛上,挂着一张纸,纸上是用连体字写就的祷文组成的一朵花。在墙壁上五光十色布满花纹的木钉中,有一颗木钉上挂着不知何人的缠头布,大得像儿女成群的寡妇家中的大锅。

穆夫提·沙霍达特用火钩搅了搅火堆,深吸一口气。

"可怕的疾病,无药可医。"

卡隆沙赫点点头。

"如果你我一样爱上那样的姑娘,前方会有什么等待着我们?"沙霍达特借用一句谚语继续说道,"如果可汗无法做到按功行赏的话,那也是没有办法。但在那个混蛋手下工作!还不如离开可汗文书室!"

"忍耐一下,老兄,忍耐一下!真主看重有耐心的人。"

"当然……但与其在苏丹纳利那样的蠢人面前卑躬屈膝。还不如每天挨十棍子!"

昏礼结束后，再次完成净仪的毛拉阿卜杜拉赫曼来到小屋。他小而长的脑袋上戴着一顶高高的有浅色刺绣的白色小圆帽，蓄着长长的黑胡子，看起来像个印度商人。他从木钉上取下缠头布，围在小圆帽上。

"既然你们，大人们，不想用餐的话，我就不吩咐他们做饭了。"

"不用，我们已经在家吃过了。"

毛拉阿卜杜拉赫曼坐到桑达尔炉旁，微微一笑。蹙眉看着沙霍达特。

"那么说，米尔扎·安瓦尔和那个女孩被放走了？"

"放走了，毛拉阿卜杜拉赫曼。不过甫出龙潭，又入虎穴。"

"我知道，听说了。"

"情势每况愈下……这阵子我的心里始终藏着一团怒火……昨天您来拜访，可惜我不在，您离开之后我才来，我很难过。所以我决定今晚和卡隆沙赫一起来，希望能有机会聊一聊……"

"谢谢，穆夫提先生，谢谢！"毛拉阿卜杜拉赫曼恭敬地欠了欠身，说道，"我昨天才从毛拉博伊斯那儿得知安瓦尔和苏丹纳利之间发生的事。我想弄清楚细节，所以前来找您。这究竟是怎么一回事？"

"怎么一回事？您来讲讲吧，卡隆沙赫！"

卡隆沙赫示意沙霍达特来讲述发生了什么，后者则半眯着眼开始讲述这个故事。

"事实上，您是对的，不但如此，我们傲慢的年轻人带着那个姑娘藏了起来……"

毛拉阿卜杜拉赫曼傲慢地笑了笑。穆夫提·沙霍达特继续说道：

"据我所知，米尔扎·安瓦尔认为苏丹纳利是他的朋友，昨晚把一个女孩带到他家。苏丹纳利向他许下一堆空头诺言，第二天早上，当大家都在睡觉时，他跑进宫殿，把一切都告诉了夜间卫队长阿卜杜拉乌弗，后者当然又禀报给可汗。可汗下令逮捕逃犯，但当夜间卫队长和士兵一起到苏丹纳利家时，那对恋人并不在那儿……只留下一封羞辱苏丹纳利的信。显然，苏丹纳利的行为愚不可及，引起了安瓦尔的怀疑……俩人在他们睡觉时就出了门。苏丹纳利虽然失手放走了安瓦尔和那个姑娘，但他的行为赢得了可汗的信任，并得到了文书长的职位。这个故事就是这样。"

听完这个故事后，毛拉阿卜杜拉赫曼沉默不语。理了理桑达尔炉里的火，又笑了笑，意味深长地看了一眼两个穆夫提。

"米尔扎·博伊斯也给出了同样的解释，"他终于开口说道，"也许先生们，你们是对的，但我对此有些怀疑……"

"您怎么认为？"

阿卜杜拉赫曼做了一个不确定的手势，慢慢说：

"我想，"他说，"这些都是安瓦尔和苏丹纳利想的花招。这一点有充分的理由。尊敬的先生们，你们当然知道安瓦尔和苏丹纳利是多么的亲密。就像你们和我一样。乌鸦不啄同类的眼睛！……先生们，你们怎么看？"

沙霍达特看着卡隆沙赫，但卡隆沙赫似乎对阿卜杜拉赫曼所说的不以为然。三人陷入沉默。

"苏丹纳利很可能会为了文书长这个职位抛弃友谊，"沙霍达特最后说道，"不过，您的想法也可能接近真相。"

"苏丹纳利为了不破坏和安瓦尔的友谊，而玩弄这个把戏，"阿卜杜拉赫曼笑着说，"要知道，一旦他说服那个女孩和他私奔，安瓦尔便绝对保不住他的职位。而苏丹纳利，作为罪犯安瓦尔的朋友，也将陷入危机。所以他们首先考虑的是保护苏丹纳利的周全。这就是我们得出这个结论的根据。"

沙霍达特从座位上起身，走到阿卜杜拉赫曼跟前，友好地拍了拍他的后背。

"谢谢，我的孩子，谢谢你，真主将赐福与你。"

阿卜杜拉赫曼笑了笑，垂下眼，而沙霍达特继续热情地称赞他，舌尖下含了块纳斯威后坐回原位。

"毛拉卡隆沙赫，我们甚至从未考虑过这个问题。"

卡隆沙赫不像他的朋友那般欣喜，平静地将双手放在火上取暖。过了一会儿，他说道：

"我也曾想到过，但我那时不敢相信，现在我也不信。"

"为什么？"

"因为如果苏丹纳利没有告发安瓦尔，他就不会有危险。不，他如此积极地告发安瓦尔就是为了讨好可汗。"

卡隆沙赫好争论，无论别人的论据多么具有说服力，他还是不同意。沙霍达特十分了解他的脾性，不满地摇了摇头。

"我认为，我们想错了。"

卡隆沙赫继续坚持他的主张：

"为什么错了？让毛拉阿卜杜拉赫曼也好好想一想。苏丹纳利深思熟虑过，如果他帮助安瓦尔逃跑，他也不会有任何危险……但他却背叛了友谊，以谋取更高的职位。就是这样！"

阿卜杜拉赫曼坐着，陷入沉思。他似乎丝毫不因自己的观点受到质疑而被激怒，笑着抬起头来。

"毛拉，宫里每人都知道苏丹纳利和安瓦尔之间坚不可摧的友谊。苏丹纳利必然会掩盖他参与安瓦尔逃跑一事。不然他该以何种姿态出现在众人面前呢？先生们，你们会怎么看待他呢？所以，依我拙见，我想，这些狡猾之徒试图一石三鸟。苏丹纳利借机向陛下表露他的忠诚，再轻易取得文书长的职位，并且可以瞒天过海。"

"无论如何，无论如何……在我看来，如果他没有反对安瓦尔，任何人都不能指控他有罪！"

"为什么？"

"没有什么'为什么'！"卡隆沙赫激动起来，"根据伊斯兰教法典，若要控告一个人，必须证明你的指控……否则……光凭口头说是没用的。你和被告是朋友！那又怎样？因为当你对对方提出控诉时,你不能说你也参与了他们的勾当。因此你也只能假定对方参与其中。按伊斯兰教法典,这样的声明一文不值,我的兄弟!"

卡隆沙赫非常愤怒。阿卜杜拉赫曼被这番话所冒犯,脸色煞白。

"我的大人,我只是陈述我的假设,而这,根据伊斯兰教法典,并不需要证据。有一件事确凿无疑:苏丹纳利不可信,他只是装作对文书长这个职位感兴趣。"

"您的话也不可信。"

"但我认为!……"

这时,沙霍达特眼看事情正要发生严重的转变,即将变成一场争吵,便迅速介入对话:

"为什么要争辩?你们都说得对,但现在当务之急不是确定你们之中谁说得更对,而是如何尽快让苏丹纳利下台。"

如上所述,沙霍达特十分了解卡隆沙赫的性格,他的一番话影响了这位争论家,卡隆沙赫稍稍冷静下来。

"这是另一回事,"卡隆沙赫说,"阿卜杜拉赫曼的判断正确与否,不知道。我们可以在必要时认可他的假设,但如果视其为事实,那就大错特错了。"

沙霍达特急忙转移话题,他知道,如果阿卜杜拉赫曼再嘲弄地说出哪怕一个字,卡隆沙赫就再难闭上嘴了。

"关于这点,已经够了!"沙霍达特从中打断,"我原本以为,一切会很顺利,但谁能预料到会发生这样的事呢?毛拉阿卜杜拉赫曼的假设能帮助我们快速轻易地摆脱苏丹纳利。"

沙霍达特平静、沉稳的语气影响了卡隆沙赫,后者平静下来,和气地开口询问道:

"那要怎么摆脱呢?"

"很简单,"沙霍达特回答道,"就按毛拉阿卜杜拉赫曼的建议,写信给可汗,告诉他我们的看法,就这样!"

毛拉阿卜杜拉赫曼挑衅地看着卡隆沙赫，挠了挠额头。

但卡隆沙赫并不同意，摇了摇头。

"可汗现在坚信苏丹纳利一片忠心，他不会相信我们。"

"呵，得了吧，可汗只相信自己，"沙霍达特打断道，"不管怎样都要写出我们的想法。也许，那时他将不再信任苏丹纳利，并把他赶出宫殿。即使可汗不信任我们，也无伤大雅。您觉得呢，毛拉阿卜杜拉赫曼？"

阿卜杜拉赫曼点了点头。

"我想，"卡隆沙赫说，"如果我们的信见了效，那么一切都将一帆风顺，如果没有，我们就会被开除。"

"为什么？"沙霍达特惊讶道。

"因为他会知道是谁写的这封信。"

"不，"沙霍达特反驳道，"我们不会署名。"

"没有署名的信件是不予呈递的。"

"唉，被呈递与否无关紧要。重要的是，要让这个说法传到可汗的耳朵里。"

"那谁来写呢？"

"不必为此劳心费神，卡隆沙赫！随机应变！"

卡隆沙赫最终点头同意。他们决定就在毛拉阿卜杜拉赫曼的住处动笔，于是穆夫提着手编写这封告发密文。

截然不同的忠诚

晚间下起了倾盆大雨。在一个仅一臂之宽的小巷中，在黑暗狭窄的角落里，出现一个人影，紧紧伏在一扇小门上躲雨，开始使劲地敲门。

"谁在那里？"

"开门，是我。"

"萨法尔，是你吗？"

"是的，是的！"

里面传来解开锁链的声音。萨法尔浑身湿透，他走进一条狭窄的走廊，顺手用铁链锁上大门。

"一切还好吗？"

"很好，"开门的老妇人回答道，"怎么这么晚才来？"

"你没看见下着大雨吗？"

萨法尔和老妇人边走边聊，走进一间狭窄的小院，院里有一个占地仅四分之一大小的凉台，与四张席子的面积相当。壁龛里的小油灯冒着烟。桑达尔炉的一边坐着一个失明的老人，手里剥着棉花壳。听见有人在院子里交谈，他停下动作，留神细听，手里还拿着一个空的棉花壳和刚从壳里摘出来的一朵棉花。

在桑达尔炉的另一边，坐着一个用头巾蒙着面的女人。附近放置着一个用来剥棉花籽的器具,器具旁有一堆剥好的棉花。

"在这个可爱的女孩面前,我们感到很难为情,萨法尔,"老妇人说,"无论我们怎么劝她,她还是从早到晚和老人坐在这儿剥棉花。"

"小妹妹一定是很无聊,"萨法尔说,接着又转向老人,"您好,伯伯!您感觉怎么样,身体还好吗?"

失明的老人聚精会神地听着,甚至将头抬得更高了些。

"你好……你在絮叨什么呢,萨法尔?想必你全身湿透了吧。快去看看我们那位博学的客人吧。"

萨法尔尽量不看向蒙面的女人,朝正对着凉台的房门走去。

"伯伯,您不要让小妹妹感到无聊,给她讲些古老的故事吧?"

"女孩儿自己就是个讲故事的能手。"老人回答道,"有时我给她讲,有时她给我讲。别担心我们。"

"好样的!真是很棒呀!"

正说着,萨法尔打开门,走进房间。安瓦尔坐在桑达尔炉旁,借着小油灯的光线看书。看见来人,他站起身。

"岂敢,岂敢,亲爱的米尔扎!您请坐!您身体怎么样?不感到烦闷吧?我迟到了三天,您,一定很生气……之前没有任何回信,因为我的妻子身体有些不适。"

"没事,没事!您今天白来一趟了,萨法尔大哥!……您全身都湿透了……"

"小事,只要我脱下长袍,一切如常,亲爱的米尔扎,"萨法尔脱下身上的湿衣说道,"您快请坐,城里风平浪静……大家都在向您问好,您的朋友当上了文书长……感谢真主,我已毫无怨言。您应当受到赞美!"

安瓦尔笑了笑。织布工萨法尔坐到桑达尔炉旁,从小腿处的靴筒里拿出一张纸条,递给安瓦尔。安瓦尔把纸条放在桑达尔炉桌上,然后站起来从木钉上取下袷袢披在萨法尔身上,后者此时只穿着一件贴身衬衣。

"会感冒的,萨法尔大哥,快把袷袢裹在身上!"

"您总是照顾我,亲爱的米尔扎……"

袷袢是丝绸制的,萨法尔检查了里衬,尴尬补充道:

"唉,我穿了件不干净的衬衫,不舍得穿这样的袷袢。"

安瓦尔友好地摆了摆手,打开了信:

我亲爱的兄弟,米尔扎·安瓦尔!

朋友欢喜雀跃,敌人忧郁痛苦,快乐的日子即将到来。命运之轮总是倾斜着旋转,有时会给善良、智慧的人们带来种种烦恼与不幸。但在一千个不愉快的日子里,总有快乐的时光。等待着的,不仅有悲伤,也有欢愉。为了躲避背信弃义之人,先知穆罕默德藏进洞穴得救,自此以后,这就成为每个穆斯林的行为准则。

我,您真正的朋友和忠实的仆人,迫不及待地告诉您,我们的举措如同魔法,对暴怒的可汗和他的爪牙都卓有成效。我先前在信中的推测都一一应验:所有对我的怀疑一扫而空,可汗对我的好感与日俱增。这几日,这些事皆秘而不宣,尽管官里已经有人知晓此事,却不敢堂而皇之地妄加议论。然而,可汗仍秘密嘱咐我要搜捕您。我们派了暗探前去协助所有城门的守卫。请您在搜捕结束前一定多加谨慎。启程前往塔什干的日期应当推迟几周。这封信我也耽搁了一些时日,我小心地将它托付给了萨法尔大哥,因为我知道会有人监视您。萨法尔大哥的性格有些粗心大意,过于自信,可能会威胁到我们的大计。我认为,通过他的妻子保持联系要更好一些!女人,即使白天走在街上,也很少像男人那样引人怀疑。但,我恳请您务必采取一切预防措施!安不忘危,时刻提防邻居,朝警夕惕。

我有一些有趣的消息要告诉您。昨日,当我下班回家时,碰见三个客人在院子里等我。我想他们必是远道而来,因为他们没有身着我们费尔干纳服饰。我猜想他们此行的目的是请我

54. 截然不同的忠诚

替他们写一份请愿书，便邀请他们去男宾室。在那儿我问他们为何来找我，其中一个年轻人确定我是房子的主人后，满怀同情地给我讲述了您的故事。我十分惊讶，想弄清他们是不是暗探。我问道："你们从哪儿听来的这些？你们和米尔扎·安瓦尔是什么关系？""我是米尔扎·安瓦尔的哥哥，"他说，"是我们的姐姐告诉我的。"我竟然不知道您还有个哥哥，我很诧异。于是我告诉了他之前对您姐姐说过的话（记得我上次信中写过），撒了个谎避免他们对我起疑，并没有把真相全盘托出。

您的哥哥深感抱歉，他十年间从未来过浩罕汗国。他告诉我他在布哈拉的一个将军手下当差，他曾去过撒马尔罕看望他的家人，但在那儿没能找到他的弟弟，于是来到浩罕汗国，但在这儿仍然遭遇挫折，无法找到您。他的叙述稍稍打消了我对他的怀疑。我甚至试图安慰他。自称是您的哥哥的这个年轻人（顺便说一下，他名叫科比尔）的同伴也是外地人，他们和他一道前来，目的是看看浩罕汗国。自称您哥哥的人尽管长相与您十分相似，但更高大，像一个勇士，不过他们几个都很强壮，体型匀称。我邀请他们留下吃晚饭，但最终没能成功说服他们。

从您最近的来信中可以看出，您十分担心阿卜杜拉赫曼和其他穆夫提看到我当上文书长后便兴妖作怪。当然，绝不能忽视此类危险。但我对可汗的忠诚之心证明：显而易见，宫里没有更适合这份工作的人选，因此我被任命为文书长。我无法拒绝可汗的"宠爱"，正如我在上一封信中所说。如若我拒绝了，那么我出卖您这个行为本身的真实性就将遭人怀疑。因为这些人对可汗的"忠诚"，仅仅基于对利益的渴望，即是说：背叛朋友是为了取而代之。因此，如果我不占据这个职位，大家便会产生怀疑。这些想法促使我担任了文书长这个职位。不过您不必担心我会遇到什么麻烦。这，不过就是命运，一切已成定局。无论我将经历什么,哪怕失去生命,重中之重是将对朋友的忠诚捍卫到底,绝不能丧失忠诚的能力。代我向拉诺妹妹问好。她的父母一切安好,只是可汗收回了聘礼。切记,当务之急是采取一切预防措施。一定,一定要小心谨慎,做好万全准备。

您的好友苏丹纳利

安瓦尔看完信,当即将信放在小油灯上烧成灰。
"好了,萨法尔大哥,我们得更加小心!"
"我会的,亲爱的米尔扎,我一定会!"
"你是在这儿留宿还是离开?"
"我无论如何不能留在这儿,兄弟。苏丹纳利会打我的。"
安瓦尔大笑起来。
"也就是说,我必须马上回信,"他说着,从壁龛拿出墨水和羽毛笔,"退后一点,暖和暖和身子,萨法尔大哥?"
"好的,好的……我已经完全恢复了,亲爱的米尔扎!"

在第 51 章中,我们只讲到安瓦尔和拉诺来到苏丹纳利家门口。接着转入第 52 章,一些事情没有得到澄清,因此,如若不讲述苏丹纳利的举动,他将继续被尊敬的读者们误解。

总之,看到安瓦尔把拉诺带到他家,苏丹纳利感到意外有些惊慌失措。现在他终于明白,他们的爱是如此忠贞不渝。这个忠实的朋友,已经准备好为安瓦尔献出生命,尽管这对年轻人的幸福面临着很大的危险,但他仍对此大加赞赏,并表达了热忱的祝福。的确,安瓦尔和拉诺的命运还未尘埃落定,他们或许能克敌制胜获得幸福,也可能一败涂地。然而,安瓦尔不仅担心自己的处境,同样担忧可能牵连其中的苏丹纳利的命运。他和毛拉阿卜杜拉赫曼一样清楚地知道,带着拉诺逃跑会使他的朋友处于极其危险的境地。苏丹纳利与马赫杜姆家同样有联系:书是通过苏丹纳利的妻子鲁兹万比比之手转交给安瓦尔的。要知道，毛拉阿卜杜拉赫曼和其他穆夫提正伺机报复……安瓦尔向自己的朋友表达了他的担忧，与他商议该如何应对，但却得到一个不甚合理的回答。苏丹纳利只考虑一件事，那就是不管情况如何凶险、不论将遭受多大的不幸，都将竭力保护自己的朋友，坚定不移。这就是自古以来苏丹纳利严格恪守的友谊法则。

但安瓦尔的想法与之不谋而合，他也不愿让自己的朋友处于危险之中。在考虑了此事的方方面面，预见了不同情况后，他提议按照读者们已知的那样去做。苏丹纳利表示同意。他们决定在第二天一早开始实施整个计划。他们提前告知苏丹纳利的妻子做好准备。午夜时分，他们叫醒邻居卡里姆，后者为了一枚金币同意提供虚假线索，把敌人引向错误的方向，并暂时将安瓦尔和拉诺藏在他家。

众所周知，第二天早上所有人皆出色地完成了表演，一切十分顺利，甚至还为老师洗清了嫌疑。同日，苏丹纳利派泰伊尔去找织布工萨法尔，好似这是他最信任的助手。萨法尔招之即来，在了解了事情原委后很快便为逃亡者想到一个藏身之处：他妹妹在郊区的住所。那天晚上，在告诫好家人、打点完一切后，他带着安瓦尔和拉诺去到妹妹家。其余之事读者们已经知晓：安瓦尔巧妙的计划让可汗的亲信都对苏丹纳利深信不疑，后者还被任命为文书长。

于是，安瓦尔，用手上吱吱作响的羽毛笔写下给苏丹纳利的回信。他提起笔停顿了片刻，用羽毛划了划头发，转向萨法尔说：

"下次您，可能的话，苏丹纳利会派一个人和你一起来，他是我的哥哥。你带他来好吗？"

"好的，我亲爱的米尔扎，当然可以。但您要写信告知您的朋友。"

"我正在写。"

安瓦尔又继续写信，而萨法尔把自己紧紧裹在适才搭在桑达尔炉桌上的毯子里。雨渐渐停了下来，只剩几滴雨滴"乒乒乓乓"打在屋顶上。一阵大风刮过，风钻进百叶窗的缝隙，小油灯的火苗也随之摇摆不定。凉亭里的老妇人正在清理棉花里的种子，奇吉里克①发出的猫叫般的声响传入屋内。

---

① 奇吉里克：一种纯手工木制的给棉花去籽的机器。

55

人　质

　　时辰已是日上三竿。查尔苏①里人头攒动,人声鼎沸,但这并没能对三个在空铺子酣睡的年轻人造成丝毫影响,喧哗与吵闹于他们而言仿佛催眠曲。他们躺在一条薄薄的丝绒褥垫上,头下枕着干瘪、脏污的枕头,盖着长袍,发出巨大的鼾声。他们看起来不像本地人。

　　这时,一个男人在这间关闭的空铺子附近停了下来,大声嚷道:

　　"嘿,纳夫鲁斯古尔,停下来!"

　　其中两个熟睡的人纹丝不动,但第三个身形瘦削、躺得离门最远的男人浑身一震,坐起身睡眼惺忪地看了看四周,打了个哈欠,伸了伸懒腰,推了一下睡在一侧的朋友:

　　"快起来,沙里夫,醒醒,已经中午了……"

　　年轻人睁开眼睛。

　　"唉,得了吧,拉希姆!"

　　"快起来!科比尔大哥也在这儿。"

---

　　① 查尔苏:撒马尔罕的一座六边形圆顶建筑,历史悠久,最初是一个集市,始建于15世纪。

沙里夫转过身，看着第三个熟睡的人。

"他什么时候来的，该死的？"

"谁知道呢……我想知道他有没有见到他弟弟。嘿，叫醒这个坏家伙！"

沙里夫坐在原地，伸出手扯了扯科比尔的胡子。科比尔嘴里嘟囔着醒了过来。

"别烦我，沙里夫！"

"见到你弟弟了吗？"

"见到了……还向你们问好，"科比尔回答道，转过身来，"别烦我，让我再睡会儿。"

"啊啊！"拉希姆叫道，"你别睡了！快讲讲你弟弟。都睡到晌午了，还睡什么睡！你没听见外面的嘈杂声吗？"

"我回来晚了。别闲扯，拉希姆。"

"先填饱肚子再尽情睡觉。我的肚子已经饿得咕咕叫了。我们在哪里吃早餐，沙里夫？"

"茶馆里。"

"那就穿上你的袍子，别闲躺着。怎么回事，他好像又睡着了，该死的？！"

拉希姆和沙里夫开始穿衣服。将长长的腰带缠在腰上时，拉希姆的钱散落一地。

"啊，"他一边收硬币，一边说道，"连真主也想把我们这些钱夺走。浩罕不欢迎我们，没有活干，钱也快花光了，马上就要没东西吃了，沙里夫。"

"该死的浩罕！"沙里夫高声说，"都怪科比尔大哥把我们拉到这儿来！连铁匠都不收我们做学徒。如果他不能给我们找份工作，我们就骑在科比尔这头蠢驴身上。"

科比尔因他们的喋喋不休而彻底清醒过来。

"塔吉克人！像麻雀一样叽叽喳喳。"他说，"如果这里没有工作，我们就去塔什干。"

"你又满口胡诌,可真是!"拉希姆喊道,"说什么废话!上哪儿弄到去塔什干的钱?"

"会有钱的。"

"会有钱的?"拉希姆大笑起来,"沙里夫大哥,你快看呐,这个无亲无故的有钱人。"

"钱会有的,"科比尔重复道,把手伸进衬衫口袋,"嗨,显而易见,你们出身低微:一个是铁匠的儿子,一个是尸夫的儿子!……"

"啊呀,啊呀,"拉希姆哎哟地叫起来,"您欺侮了我,大人!您出身高贵,染色工的儿子!"

科比尔打着哈欠,从口袋里掏出一个东西,扔到同伴们脚边。

"钱在这儿,如果你们需要的话就拿走吧。这些钱够你们这样的黑家伙们用一年了!"

拉希姆和沙里夫看见他们脚边有两枚金币。他们看看金币,又看看科比尔。

"嗬,你把谁杀了?"

"我的家族没有杀人犯!"

"那就是说,这是你弟弟给你的!"沙里夫说,"告诉我,你见过你弟弟了吗?"

"见过了。"

"看来,他一定是个好人。"

"是的,很好!"

"怎么,他要一直藏下去吗?"拉希姆说,"应该想想怎么让他摆脱困境……你没跟他谈过这件事?"

"谈过了……说到时候,我们都去塔什干。"

"太好了!"拉希姆回应道,并朝沙里夫使眼色,"所以这个混蛋说我们要去塔什干不是空穴来风。那好吧,科比尔,一言为定,我们去塔什干见识见识俄国人①。"

---

① 此时塔什干在俄国统治之下。

沙里夫捡起金币，递给科比尔。

"拿着，收回去藏起来！"

科比尔不肯接。

"金币是给你们的，每人一枚！"

"别生气，我们只是开个玩笑。"

科比尔笑起来，开始默默地穿衣服。

"你不接吗，混蛋？"

"当然，我说过了，这是给你们的……我弟弟送的……"

"他不欠我们任何东西。"

"唉，你们这些笨蛋！我弟弟说过，他现在不能邀请你们去他住的地方做客，所以才给你们这些钱。现在明白了吗？"

"你这混蛋，把我们自己的钱扔到我们脸上！"

科比尔大笑起来，他们开始称赞安瓦尔，责骂科比尔。

"你和安瓦尔完全是两类人。如果你和他一样，你就该知道什么是热情好客。米尔扎·安瓦尔对不认识的客人都会给许多金币，而你这个混蛋，把我们关在这个空铺子里。如果不是你弟弟，我们早就把你可爱的浩罕像泥块一样举起来，扔进你的嘴里，让你的脑浆从鼻子里流出来！"

科比尔低声发了几句牢骚。

"别埋怨啦，别埋怨啦，混蛋！钱不是我们的朋友，人才是……而你呢？如果我带你去集市，甚至没人会来掰开你的嘴检查你的牙齿，你就一文不值。"

他们正与科比尔嬉笑对骂，突然，集市传来震耳欲聋的喊叫声，直接盖过了阵阵喧闹与嘈杂。集市上顿时鸦雀无声，四处安静下来，我们的年轻人们也侧耳细听：

哎——

平民百姓、沙赫的仆从们，都听我说！

听着，记住我说的每一个字！

文书长安瓦尔的名字大家早已知晓。
在宫里时他曾是米尔扎，但现在他是逃犯和背信者！
因为在君主面前犯有过错，他东躲西藏。
我们的统治者对米尔扎十分愤怒。
但目前沙赫的仆从们还没能找到米尔扎·安瓦尔，
因此他的朋友苏丹纳利要为安瓦尔的行径负责，
大家都听着！……把我的话记在心里：
米尔扎·安瓦尔的罪孽要用朋友的项上人头加以抵偿。
聚过来，大家！……来听一听！听我说，人们！……
无辜之人即将枉死！……他明天中午即将死去！
罪恶之事即将发生！……我在此呼喊，
就是要叫安瓦尔或他的亲人听见，
就是要让我的话传进安瓦尔的耳朵里：
谁把朋友推入火坑，谁就会死于非命。
为了活命却出卖朋友！
凡帮助无辜者，凡告知安瓦尔者，
罪孽必将消除，真主必赐福予他！……

宣文官言毕。集市上又热闹起来。听着宣文官的话，科比尔一开始不以为意，但逐渐开始认真听起来，并显得紧张起来。现在他陷入了沉思。

"你怎么了，科比尔？怎么不说话？他在喊些什么？"

科比尔默默地摇了摇头。

"快说！"沙里夫说，"他好像在说米尔扎·安瓦尔有罪？"

科比尔仍然保持沉默。

"你的舌头是黏住了吗？他们抓到你弟弟了？"

"没有。"

"那你为什么不说话？"

"他们打算抓他……"

"打算？"拉希姆厌恶地冷笑一声，"他们不过是缘木求鱼。"

"唉，你们不明白，还记得前几日我们去了一个人家里吗？"

"记得！"

"就是这个人，他是安瓦尔的朋友，被抓去做了人质！如果安瓦尔明天不现身，他就会被处决！……"

这些话让这两个年轻人大惊失色，他们的眼里满是愤怒和厌恶。

"这不是可汗，是条坏透的狗！"拉希姆喊道，"这就好比我是罪犯，但沙里夫却代替我被处决了。真主啊，那不是可汗，那就是条狗！"

科比尔咬紧嘴唇，做了个"别说话"的手势。但愤怒的拉希姆不停地扯着嗓子喊：

"那不是可汗，那是一只肮脏的禽兽！啊，真该死，下贱东西！……"

"冷静点，冷静点，"科比尔有些害怕，"疯啦，叫有什么用！"

"啊，他真该死，下贱东西！"

科比尔跑到小铺门边朝外边看。

"这个下贱的畜生把我也杀了吧！啊呀，真该死！……"

拉希姆正怒不可遏。科比尔和沙里夫对此十分清楚。拉希姆素来喜好为人鸣不平，无论听闻是谁遭受不公，他都会立刻暴跳如雷。一阵大吼大叫后，拉希姆的怒火才逐渐平息。

与此同时，科比尔关上小铺的大门，回到朋友们身边。他们三人一阵沉默。

"在这个转瞬即逝的尘世里，至少要做一件善事，科比尔，"拉希姆说着，眼睛又亮了起来，"混蛋可汗的地牢在哪里？"

"你问地牢做什么？"

"我们仨，"沙里夫说，"今晚，要么死，要么救出那个可怜人！"。

科比尔意味深长地看着沙里夫，而后者微笑着朝拉希姆使了个眼色。

"你到底怎么了？"

"没什么!"拉希姆回答道,"我们能从这个世间带走什么?我们死后会留下什么?是财富还是漂亮的妻子?"

"我们一无所有!"沙里夫笑着马上回应道。

"把你们的手给我,"拉希姆说着,将两只手伸向沙里夫和科比尔。

两人微笑着也向他伸出手。

"一言为定?"拉希姆说。

"一言为定!绝无戏言,勇敢的拉希姆!"

"当真!"

"那当然!"

"那就说定了!"拉希姆说完,放开他们的手。"就这么办!"

朋友们沉默不言。集市上如往常一样传来阵阵喧闹声。流浪的信徒在某处歌唱,在年轻人们坐着的小铺旁,店员正在叫卖油脂丰富的哈西普①。

科比尔沉默地坐在垫子上,摆弄着一枝细树枝。终于,他抬起头说:

"我得去个地方。"

"比如,哪里?"

"一个领着我去找我弟弟的织布工那儿。"

"为什么?"

"首先我们得弄清楚苏丹纳利是否真的被拘捕了。如果这是真的,我们就得和我弟弟商量如何行动,以免白忙活一场。"

沙里夫赞同科比尔的决定,他点了点头表示同意。

"好,去吧!"拉希姆说,"我们还得磨磨我们的匕首。别耽搁太久啦,混蛋!"

沙里夫和科比尔咧开嘴笑了;拉希姆说这话时非常认真。

科比尔离开了小铺。

---

① 哈西普:填充着肉末和大米的羊肠。

56

"再见,拉诺!"

世上有许多意志坚强、勇敢无畏的女人。其中不乏有人比男人更加勇敢。然而,不管她们的意志如何坚毅,却仍被感情所束缚。至少我们的女主人公拉诺就是如此。她勇于反抗可汗暴政,也让不知所措的安瓦尔加入这场斗争。拉诺甚至可以作为当代女性的榜样。

然而,这个意志坚定的女孩却陷入感情用事之中。事情是这样:昨晚安瓦尔与他的哥哥商议后,决定在最近几日从浩罕逃往塔什干。离开浩罕,拉诺原本不觉遗憾,但当一切商定后,她忽然感到一阵害怕。与此同时,她萌生了一个危险的念头:在老妇人——房屋女主人的陪同下去自家所在的街区,藏在别人家大门后把母亲叫过来与她道别。整晚她都在构思这个计划,并在第二天一早告诉了安瓦尔,这让安瓦尔相当不快和为难。他们就这样坐在桑达尔炉旁边互生闷气。

"你实在是过于感情用事。要知道我们每走一步都面临风险。说句私心话,你的母亲同样无法信赖。"

"首先,"拉诺反驳道,"穿着袷袢不会有人认出我!绝无可能!其次,为什么不能相信妈妈?"

"你私自逃出家……让你的妈妈为此蒙羞。"

56. "再见，拉诺！"

"没有的事！我很了解母亲，她完全不是你想的那样！"

"好吧，假如说，路上没人认出你，老妇人能悄悄领你妈妈过去，妈妈也值得信任，尽管如此，难道你就不能为了我放弃这个打算吗，拉诺！我的灵魂，我向你保证，我们一到达塔什干就立刻给你妈妈写信，将事情和盘托出并请求谅解。"

拉诺以哭泣作为答复，一直抽抽噎噎……

"或许，今后我再也见不到妈妈了！"

"唉，拉诺，拉诺！"安瓦尔尽力安慰她，"你想想，胡德亚尔难道能活一百岁，我们还能死在塔什干不成？他至多再活五年……如果他一直像现在这般狂暴凶残，甚至活不过五年……事实已经证明：越是残暴，死得越快。如果你没有耐心等到他去世，那我们就想想其他办法：把妈妈接来塔什干或者等风头过去，我们再返回浩罕。"

拉诺依旧默默地哭泣着。精疲力竭的安瓦尔也一言不发。

"好了，别哭了！距离启程还有两天时间。今晚我哥哥会来，他会买好我们路上所需的物品。还不知道后天晚上能不能出发。所以不必着急。或许我们还能想出其他办法。但你的计划实在是太危险……"

拉诺舒了口气，用手帕擦干脸上的泪珠，但依旧保持沉默。安瓦尔笑了笑，虽然仍是一脸委屈，但还是开玩笑似地恐吓拉诺。这时，有人敲了敲面朝街道的那堵墙。拉诺和安瓦尔紧张地听着，满脸疑惑地看着对方。

"是我们自己人，"安瓦尔等了一会儿说道，"我和萨法尔大哥说好，白天来时要敲墙壁……快去告诉老妇人，让她开门。"

拉诺走出房间，几分钟后，院子里传来脚步声。安瓦尔心跳加速：萨法尔怎么在这个时间段出现了？……房门打开，进来的是萨法尔和科比尔。安瓦尔盯着他们，满脸不解。萨法尔的眼神惊慌不安，焦急万分，先前笼罩在安瓦尔心头的疑云又一次向他袭来。

"你们，这个时间来是不是出什么事儿了？"他小声询问，"他们发现我们了？"

萨法尔忧心忡忡地看着自己的同伴，把双手伸进衣袖里。

"不是……"

"苏丹纳利被抓了？"安瓦尔依旧小声地问道，又补充说，"看来是被抓了！"

萨法尔和科比尔彼此看对方一眼。

"是的，亲爱的安瓦尔，就是这样！我们完全不知所措。"

安瓦尔脸色苍白，眼皮微微颤动。

"没关系，我们救他出来！这是什么时候的事？"

"昨晚。我从苏丹纳利的妻子那儿听说的……今早她跑来找我……这时您的哥哥也来了……"

"您呢，科比尔哥哥，这是何时发生的事？"

科比尔告诉他宣文官通知民众的事，还说到他和他的朋友们为此所做的打算。

安瓦尔认真地听完哥哥的话，随后陷入长久的沉默。

终于，他开口说道："谢谢您和您朋友的关心，通过那种途径解救苏丹纳利十分困难。大概，完全不可能！"

"为什么？只要我们知道他在哪个地牢……完全有可能，安瓦尔！我的朋友都是英勇之士，这点您不必担心！"

"感谢！当然，只有英勇之士才敢做这样的事。但我不认为这样能够救出苏丹纳利。因为像他这类囚犯，都被关在宫殿的监狱里。"

"要进去很难吗？"

安瓦尔点点头。

"基本不可能！五十名守卫整晚都在城堡下巡逻。"

科比尔忧愁地看着萨法尔，后者正愤怒地紧咬胡须。

"如果他人在地牢，还是能够救他的，安瓦尔？"萨法尔问。

"也许吧……但他们未必会把他关在地牢里，萨法尔大哥！"

大家都沉默不言。科比尔时不时把小圆帽摘下来挠挠头。安瓦尔搓动着手指，似乎试着把盖在桑达尔炉上的毛毯里的一根线扯出来。

"安瓦尔，去打听打听他是不是被关在地牢里也行！"

"可以……"

听到这句话，科比尔转向萨法尔：

"我们派人去苏丹纳利家，告诉他妻子让她去地牢转交东西。您觉得怎么样，萨法尔大哥？"

"好，兄弟，就这么办！"

"您觉得呢，安瓦尔？"

安瓦尔点头同意。

"现在还有件事我们必须告诉您，"科比尔继续说道，"在来的路上我们讨论过……实话说，您最好现在就离开这栋房子。毕竟，苏丹纳利只是个凡人。如果他认为自己的生命更可贵，可能就会出卖您……"

安瓦尔笑了笑，摇了摇头。

"苏丹纳利不是这样的人，请放心。"他坚定地说完又继续陷入沉思。

"那他妻子呢？她更危险。一个女人为了救自己的丈夫很可能干出那种事！……"

萨法尔说，苏丹纳利的妻子从他那儿听说了科比尔和他朋友有解救她丈夫的打算后，已经冷静下来。

"做得很对，感谢。让您派去的人再给她解释一遍，让她安心，告诉她，她的丈夫明天中午就一定会被释放。如有必要，也可骗她说：如果明早苏丹纳利仍被关押，安瓦尔就会亲自去救他。让她相信，如果她过于急切，只会坏了大事，她的丈夫也可能送命。"

"好，亲爱的米尔扎，好的！"

"还有一件事，萨法尔大哥，"安瓦尔说，"想请您帮个忙。"

萨法尔仔细地听着。"请您带走拉诺……她不能留在这儿……"

"好的，好的！"

安瓦尔站起身，说他马上回来，然后离开了房间。

那个眼盲的老人依旧在剥棉花壳，老妇人在转动剥壳器。

拉诺坐在桑达尔炉旁，出神地盯着一个地方。

安瓦尔走到院子里，向她招手示意，接着他们走到一边。

"你听到了吗，拉诺？"

"什么？"

"他们说的那些。"

"没有！"

"我们有危险：我们的位置随时可能暴露。苏丹纳利被捕了……他们担心他会出卖……"

拉诺睁大双眼。

"啊！"

"别担心。萨法尔现在就带你离开这里。我也要离开。启程去塔什干之前，我们必须分开走。快去穿衣服。"

"您说的是真的吗？"

"是的！别担心，这只是有备无患。现在我们很安全，除了苏丹纳利被捕了。"

"我的外衣在房间里……"

"他们出去时，你就进去穿衣服。"

年轻人们一同回到凉台。安瓦尔走进房间。

"她马上就穿好衣服，"他进来时说道，"你们一起走不太方便，你们俩走在前面，拉诺跟着你们。"

"好！"

"在此之后，科比尔哥哥，您去打听打听牢里的情况，今晚再来找我。"

科比尔点了点头，和萨法尔一同出去了。拉诺走进房间，开始快速地穿衣服。安瓦尔心烦意乱，十分难过，他目不转睛地盯着拉诺那可爱的小脸。

"您要去哪里？"拉诺问。

"我……我就在附近……去熟人那儿！"

"那我……不能和您一起吗？"

"不行，这很危险！"

拉诺叹了口气。离别是多么痛苦！她已经穿戴整齐，长衫也拿在手上。安瓦尔退到房间的角落里，把拉诺叫到跟前，紧紧地拥抱她，并吻了吻她。

"我的哥哥会来看你，告诉你我的近况，必要时，他会帮助你。"

"我们走吧，我们快去塔什干……就是三天我也难以忍受……"

"好，拉诺！让我再吻你一次！"

拉诺笑起来，把脸颊贴向他。安瓦尔目不转睛地盯着她的脸。

"好啦，他们还在等我！"

他放开了她。

"把钱拿上，拉诺！我很粗心，怕弄丢它们。"

拉诺从房间角落里的羊毛毡下取出装着金币的钱袋。

"给您留两枚金币，也许，您会用得着？"

安瓦尔摇了摇头，说他什么也不需要。拉诺拿出两枚金币。

"这些钱我想给大婶和老人，每人一枚。"

"给吧，当然要给……好了，再见，拉诺！"

她点了点头，走出房间。

听到她和两位老人在凉台里告别，安瓦尔的眼里噙满泪水。他因为激动控制不住地战栗着，身体感觉异常沉重，虚弱地倚在墙上。

孤注一掷的勇气

科比尔听了安瓦尔的话后,简直无法相信自己的耳朵,于是走到安瓦尔身旁。

"您说什么,安瓦尔,我不明白!"

安瓦尔重复了一遍自己的话,科比尔从他身旁跳开,吓得目瞪口呆。

"我的兄弟,难道您真的要这么做吗?您自己去?不,这简直难以想象!也许,可汗只是吓唬我们,以为这样就能达成目的?想都别想,我的兄弟!"

安瓦尔坐着,目不转睛,表情坚决。他拿过一张放在桑达尔炉桌上的信纸递给科比尔,说:

"如果不是恐吓呢?可汗并非那类人,向来不开玩笑……所以,明天请您把这封信带给拉诺,并尽您所能帮助她!"

"放弃吧,兄弟,这十分不明智!"

"不,我已经下定决心,"安瓦尔坚定地说道,"我不会改变主意的!我只想知道一件事:您会为她赴汤蹈火,在所不辞!"

科比尔拿着信叹了口气,沉默不语。然后他突然站了起来。

"您要去哪里?"

"我要走了。"

"再见！请您原谅！"

科比尔没有回答。

中午，在处决苏丹纳利前的一小时。宫里一片祥和宁静，生活仍按部就班地进行着。不断有穿着锦缎或丝绒袷祥的别克走进宫殿办事。宫廷办公室里一派新气象：多亏尊敬的穆夫提们举荐，一位受人尊敬的年轻学者在这里工作了，他风度翩翩的外表在一众文书官中显得出类拔萃。

两个穆夫提脸上满是胜利的喜悦，他们你来我往地开着玩笑，这期间，年轻的米尔扎眼神温柔，嘴角掠过含蓄的微笑。

"他只有一个选择，"沙霍达特说，"只能供出安瓦尔，否则死路一条！"

"对，没错，"毛拉阿卜杜拉赫曼说，"不过，即使他供出安瓦尔的藏身之处，仍然要遭受惩罚……别忘记这一点。"

"那为什么还要而受罚呢？"卡隆沙赫惊讶道。

"因为这就意味着，他知道安瓦尔藏身何处，并且人是他自己放走的。"

卡隆沙赫并不认同这个看似全面的回答。

"所以，如果他说不出安瓦尔在何处，那他就无罪。毕竟，说真的，如果他不知道安瓦尔在哪儿，那他要怎么找到他？这样一来，他将被无辜处决。他的血为谁而洒呢？谁为他的死承担道义之责呢？这正是我所困惑的地方。"

另外两人无可争辩，缄口无言。热闹的对话就此中断。毛拉卡隆沙赫自觉是胜利者，独自得意扬扬地整理着文书。

此时，处决苏丹纳利的时刻来临了。宫里，大家皆深信不疑的是：可汗亲自定罪之人绝不会得到宽恕。即便他认罪，同样会遭到处决。大家都没想到，安瓦尔会是一个忠心的朋友与真正的勇士，他会出现在可汗面前解救苏丹纳利。

是的，就在处决前夕，宣文官在城里到处呼喊，希望安瓦尔发发善心，别让无辜之人流血牺牲。但是，宫里的丧尽天良之辈怎么会想到安瓦尔会做出这样的"疯狂之举"？

但他做到了。正是这天，正午之前，他们生平第一次见识到这样一个极具良知的人，他有一颗狮子般勇敢的心。他微笑着走向死亡。他们目瞪口呆，被他的勇气折服。是的，即便是暴君的走狗帮凶也难以漠然置之。办公室里的人纷纷抛下工作，走到门口；院里的人纷纷驻足，看着这位一边走一边平静地向他们问好的勇士。

当他经过可汗文书室时，他朝那些或从窗户或从门边朝自己张望的文书官们鞠躬致意，随即坚定地走上楼梯，走进可汗的寝殿。他跨过禁区的门槛，从侍卫身旁经过，然后停下脚步：没有可汗的允许，任何人不得擅自入内。宫殿司仪吉尔维什双手交叉恭敬地站在门口。安瓦尔的出现让他十分震惊，于是立即前去禀报可汗。胡德亚尔坐在王座上，身子倚着靠背。他的正前方站着两名刽子手。在场还有几位朝臣，其中包括首席大臣和御前重臣图尔松。可汗正与他们交谈。

"可汗，"宫殿司仪来到可汗面前，"一名罪犯自愿前来向您认罪。"

"什么罪犯？"

"米尔扎·安瓦尔！"

可汗惊讶地颤抖了一下，所有人皆大为震惊。

"带进来！"

宫殿司仪低下头，退出大殿。

引得众人惊讶不已的安瓦尔来到大殿，胡德亚尔正端坐在殿上。安瓦尔迈过门槛站到两个刽子手中间，向可汗鞠躬。

胡德亚尔看着这个大胆的对手，眼皮发颤，胡子也跟着颤抖。他一时不知该说什么，只是嘴巴一张一合。

"你背叛了我们，你这狗娘养的！"他终于出声。

安瓦尔点了点头。

"我承认!"

"全然忘记了我的恩典!"

"是的,没错!"

"你承认了,不狡辩一番?干得好!"可汗幸灾乐祸地笑起来,继续说道,"怎么?准备好去死了?"

"是的,我不是来请求您的宽恕,"安瓦尔平静地说,"我来送死是为了解救无辜之人。"

在场的人都十分惊讶。

胡德亚尔刻薄地大笑起来。

"想表现得像个虔诚的穆斯林吗?"

"正是如此!有一些人,忘记了自己穆斯林的身份,因他人之罪拘捕了另一个无辜之人,而我,宁愿像一个虔诚的穆斯林一样死去!"

听到这些话,胡德亚尔脸色涨得通红,脸上渗出汗珠。他怒火中烧。

"你以为,伊斯兰教法典鼓励你这样的行为吗,混蛋!"

"难道,大汗,伊斯兰教法典中说过,既然已经拥有一百个妻子,还能用暴力夺走一个可怜人的新娘吗?"

"刽子手,把他带下去!"

在"我们的匕首渴望鲜血"的高呼声中,刽子手们冲向安瓦尔。但后者摇了摇头,冷笑了一下。

"不,大汗,除非我亲眼看见无辜者被释放,否则不能把我带下去,"安瓦尔说完,用力推开已经把他拖到门口的刽子手们,"您的正义何在,大汗?"

安瓦尔铿锵有力的呼喊使胡德亚尔清醒过来。他命令刽子手们停下来,吩咐宫殿司仪去把苏丹纳利带来。安瓦尔双眼充血,垂着双臂,站在胡德亚尔面前。

大殿里一片静默。就连习惯在这种场合用污言秽语怒骂的胡德亚尔,此刻也默不作声。他知道,自己每一句咒骂的话,安瓦尔都会予以致命的回击。萨迪说得对，没有什么人，比失去希望的将死之人，说起话来更无所顾忌。的确，一个人往往会为了利益或是在生死存亡之际做出卑劣之事。但一个无欲无求、一心向死之人既不忌惮可汗，也不畏惧地狱。

过了一阵，宫殿司仪走了进来，身后跟着苏丹纳利。当看到安瓦尔站在可汗面前时，苏丹纳利战栗起来。他站在安瓦尔旁边，浑身颤抖着向可汗鞠躬。

"您被释放了，"可汗对他说，"去文书室工作吧。"

苏丹纳利再次向可汗鞠躬。

安瓦尔斜眼看着朋友，好似在讥笑他。

"您出卖了我，并以此证明您对可汗忠心耿耿，尽管如此，您却还是被抓进了大牢……而我，就像您说的，背信弃义之徒，现在却在救您！别把这忘了，苏丹纳利大哥！"安瓦尔说完，又对着可汗说，"我准备好了，把我绑起来，拉出去处决吧！"

苏丹纳利走出大殿，眼里滚下热泪。刽子手开始把安瓦尔的手绑在背后。这时学者穆罕默德·尼亚兹站了起来，向可汗鞠躬后说道：

"请求您看在我的薄面上饶恕这个罪人。"

可汗背过身不看穆罕默德·尼亚兹，吩咐刽子手：

"押他去广场！"

似乎是想表达对可汗及其亲信的嘲讽，安瓦尔同他们鞠躬告别。刽子手走在前方，两名武装侍卫紧紧跟在安瓦尔后面。他赴死的骄傲姿态就同他走进宫殿时一样。当路上遇见认识的人时，安瓦尔的目光仿佛在向他们说：永别了。看向苏丹纳利时，安瓦尔的眼神尤其意味深长。此时的苏丹纳利站在大门边，几近陷入晕厥。苏丹纳利知道安瓦尔想对说他说的话，他脸色苍白，目光长久地追随着安瓦尔的背影，直至背影从视线中消失，他的心也痛苦地流淌着眼泪。

新建的刑场上人声鼎沸。看到刽子手腰上别着刀，手里握着长柄斧，身后跟着囚犯安瓦尔时，人们纷纷涌向广场，而有些人却脸色厌恶地转过身去。这个刑场位于新商铺和御花园之间。花园旁边有一个绞刑架，下面还挖有一个排血坑。

人们把这里围得水泄不通。警卫上前驱散了人群，但这并不能阻止人们一次又一次向前靠近。

安瓦尔被带到绞刑架下，他们给他松了绑，倒了些水做净仪。这是死刑犯的权利。在侍卫和刽子手的监督下，他做完净仪，将脱下的长袍放在地上。侍卫们稍稍扩展了一片空地，以便安瓦尔做祈祷，随后他站起身，伸出双手让他们捆上，并紧张地环顾四周。

人们筑起一道密实的人墙，毛拉阿卜杜拉赫曼挤到了前面。安瓦尔捕捉到他那幸灾乐祸、得意扬扬的眼神，浑身战栗了一下。毛拉阿卜杜拉赫曼一脸冷笑。

"您可以笑了，毛拉，您大仇已报了！"安瓦尔大声说道。

大家纷纷把目光投向阿卜杜拉赫曼。

"……这件事可是要归功于您的卑鄙无耻，而我得到的是真理之果。您取得胜利多亏了您那颗肮脏的心，我失败全因我问心无愧。什么东西把我推上了断头台，毛拉？难道不是良心吗？什么东西让您，毛拉，变成我死刑的看客？难道不是您的卑鄙龌龊吗？"

现场一片死寂，人们义愤填膺地看着这位"圣徒"毛拉。

安瓦尔被带向绞刑架下的深坑。他自己坐在坑旁，当刽子手从刀鞘中拔出匕首朝他走来时，他示意刽子手稍等。然后，他微笑着对阿卜杜拉赫曼说：

"看着我，毛拉，我的双手被绑着，头上的匕首锋芒逼人，而我却笑了……为什么？因为我的良心平静，灵魂纯洁，我的心中充满了爱！是的，我就要死了，人们会将我埋葬，我的坟墓上会盛开一朵郁金香，里面的黑色花蕊正如你和像你这样的卑劣小人给我造成的伤害！……"

人群躁动起来。

安瓦尔仰躺在地面，伸直身子。刽子手在袖子上擦净匕首，对着安瓦尔弯下腰……

就在这一瞬间，有人从背后狠狠地推了刽子手一把，刽子手一头栽进坑里。在他几步开外，几只有力的臂膀抓住了几个武装侍卫，让他们动弹不得。只听见一记响亮的耳光——毛拉阿卜杜拉赫曼头巾散开着倒在地上……

人群顿时乱作一团。这时，科比尔趁乱割断了安瓦尔手上的绳子，随后两人混入人群不见踪影。最后，被卸下武装、张皇失措的侍卫开始见人就抓。而浑身沾满不知是谁的血的刽子手，正挣扎着从坑里爬出来。

事情发生两天后，午夜时分，在贝沙里克大门和霍金特大门之间，有四个人影出现在城墙边。此时，二十二日的月亮正值初升，但高耸的围墙挡住了第一缕月光。他们开始爬上围墙。其中一人已经伏在锯齿状的城墙顶端，他一边匍匐前进，一边四处观察，月光照映在他身上，这时能够看出他是织布工萨法尔。在他的眼前——城堡的另一侧是一座光秃秃的山丘……月亮隐匿在雾霭中，远处能看见树木漆黑光裸的树枝。

萨法尔将自己的同伴一个接一个地拉上墙顶。这几人分别是安瓦尔，穿着面纱长衫的拉诺，最后一个是苏丹纳利，他手里拽着绳子小心翼翼地挪到墙边，朝下看。

"有八嘎兹高，"他低声说，"过来，安瓦尔！"

他们把绳索缠绕到安瓦尔腋下，苏丹纳利、萨法尔与安瓦尔拥抱，道别，随后安瓦尔越过墙沿，身体悬吊在半空。苏丹纳利和萨法尔开始慢慢地把绳索往下放。

"我下来了，拉上去吧！"声音从下方传来。

绳索倏地变轻，很快就被拉了上去。现在要把绳索缠到裹在长衫里的拉诺身上。

"抓紧绳子！……用脚抵着墙……小心地下去！祝您身体健

康，小妹妹！"

"叔叔，代我向您妻子问好。"

拉诺转过身，轻轻抵着墙，顺着绳子下去。在离地面大约一嘎兹时，安瓦尔托起她，轻柔地往地面放下去。

"放开！……我自己来……"

"这里有条沟渠，会掉到泥里的。"

安瓦尔托着拉诺走了几步，把她放到沟渠种着侧柏的一边。拉诺解开绳索，绳子立即向上滑去。安瓦尔回到墙脚，喊道：

"苏丹纳利大哥！"

墙上出现苏丹纳利的身影。

"小心点，苏丹纳利大哥。不要耽搁超过一周。也请您务必不要露面。"

"放心，放心！"

自安瓦尔被解救的那一刻起，苏丹纳利也跟着消失了。尽管可汗没有威胁他，但他依旧决定小心行事。一些家事仍然需要他在场处理，因此可能一个星期后才能离开。

安瓦尔回到拉诺身边，后者正站在沟渠的另一边，他最后一次向他的朋友们告别。

"再见，苏丹纳利大哥，再见，萨法尔大哥！"

"再见，叔叔们！"

"愿真主保佑，安瓦尔！"

"一路平安！"

有人在墙顶啜泣。安瓦尔让拉诺走在自己前面，他跟着她朝远处的一棵大树走去。道路十分泥泞，以至于很难把脚从泥地里拔出来。走了二十步后，拉诺停了下来：女孩的套鞋陷进了泥沼，她的脚无论如何也拔不起来。安瓦尔走到她面前，将她抱了起来。

"我穿着靴子……在我们还没正式上路之前，要保持安静！"

"抱歉，我很羞愧……"

安瓦尔安静地走着。走了大约三十步后，他把拉诺放到地上，朝那些还站在墙上的朋友们挥手致意。

他们继续前行。很快，两个骑手从他们走近的树后跳了出来。他们快速走近，其中一个人把缰绳递给安瓦尔，焦急地说：

"快上马！"

是拉希姆，他帮助安瓦尔骑上马。安瓦尔把脚从马镫里伸出来，叫拉诺过来，坐在他身后。另一匹马是为拉希姆和谢里夫准备的。

安瓦尔又看了看那堵墙。墙上还有两道人影。他向他们挥了挥手，接着拍了拍马出发了。

骑行不久后，他们注意到，在另一棵树浓密的树影下停着一辆有盖的马车。科比尔从马车里出来迎接他们。拉诺和安瓦尔上了马车，拉希姆则骑上了他们的马。马车驶向大路，拉希姆和谢里夫则骑着马跟着他们。

包裹着铁皮的车轮与石块碰撞，发出"擦擦擦，擦擦擦"的声响。一行人渐渐远去，马车与骑手的背影逐渐缩小，很快从视线中消失，融进广阔的草原腹地。只从远处的某个地方传来轻微的车轮碰撞声……

米尔扎·安瓦尔后来的生活

米尔扎·安瓦尔的故事，是我从已故的父亲那里听说的。米尔扎·安瓦尔逃出浩罕，来到塔什干，在著名的埃斯基朱瓦街区居住了几年。那时，我们家也住在那儿，我们曾和他们是邻居。接下来就是我父亲告诉我的内容：

大街小巷里都在议论：有个文书官从浩罕汗国逃过来，在哪里哪里租下了公寓。我听说了许多有关他的传闻，但从没见过他。在一个斋戒日，大家做完祷告后纷纷离开清真寺，苏菲告诉我们：胡德亚尔汗的文书官邀请大家去开斋。于是，我们一行大约二十人前去他家。

在一个房间里，凉台上铺设着昂贵的地毯，放置着丝绒褥垫，摆放着美味佳肴……当大家坐好后，一个俊朗的年轻人出现在大门边。"欢迎大家。"他亲切地说。那就是米尔扎·安瓦尔。我们品尝了宴席的饭菜，询问主人在我们这儿过得怎么样，身体是否安康。"我很想成为一名塔什干人。"他笑着说。

米尔扎·安瓦尔做了一道他最喜欢的塔什干菜肴——诺

林①。我们随即对这道菜做出了应有的评价。

就在准备做致谢祈祷前不久,毛拉和安瓦尔还有其他几人一起离开房间。我们一头雾水,不知道这是什么意思。但他们很快就回来了。当所有的菜肴都被撤走,准备诵读《法蒂海》时,他们将一碗水摆放在毛拉面前,然后他开始举行婚礼仪式。大家十分震惊。原来,米尔扎·安瓦尔娶了一个姑娘。毛拉读完《尼卡赫》②后,我们纷纷为这对年轻夫妻祈祷,愿他们永远幸福。然后大家各自归家,但仍然对这场不同寻常的结婚仪式惊讶不已。不久后,我的一些朋友也结识了米尔扎。我们开始邀请他来做客,于是,在一次谈话中,他向我们讲述了自己的故事,这个故事使我们大为震惊。自那以后,我们越发真诚地对待他。

据父亲所说,安瓦尔在塔什干的生活十分平静。胡德亚尔无法来这儿抓他,因为塔什干被俄国人控制着。安瓦尔非常贫困,他在不同的巴依老爷那儿做文书员,但他并不总是能找到工作。大约两年后,他突然收到胡德亚尔的一纸书信,信里说可汗已经宽恕了他。安瓦尔和拉诺厌倦了长期入不敷出的生活,未加思考便决定返回浩罕汗国。在他们返回故土四个月后,一位来自浩罕的人说,安瓦尔被处决了。

父亲不知道他为何被处决:要么是有人因旧事报复于他,要么那封"谅解书信"不过是毛拉阿卜杜拉赫曼的又一个阴谋诡计。

我去到浩罕为这本书收集素材,和本地的老住户进行了交谈。其中有一位上了年纪的文书官,虽说他本人从未在可汗文书室工作过,但他认识那里的许多文书官。据他所说,安瓦尔并没有被处决,他甚至比胡德亚尔活得更久,最终得享天年。

---

① 诺林:传统的塔什干本地菜肴,用牛肉丁拌碎面,加上卤汤做成。
② 《尼卡赫》:伊斯兰教婚礼誓词。

于是，我徘徊在这两种传闻之间，不得已开放性地结束了我对米尔扎·安瓦尔后来生活的讲述。

阿卜杜拉·卡迪里（朱昆白①）

1928 年 2 月 15 日

塔什干

---

① 卡迪里的笔名为"朱昆白"。

译后记

一

两千多年前,西汉使节张骞出使西域大宛古国,之后中国的丝绸、茶叶等产品通过中亚古老的贸易城市撒马尔罕、布哈拉等中转流通,从而名扬四海。而中国则从费尔干纳地区引进良马、苜蓿、葡萄种子、葡萄酒酿造技术以及园艺作物种植方法等。在唐代,中国与撒马尔罕、布哈拉等大城市人文交流鼎盛,这些城市的艺术、文化元素等在都城长安等地广受欢迎。北宋时期,布哈拉的伟大医学家伊本·西拿的《医典》等著作被翻译成中文,有关内容在《本草纲目》中均有引用。可见,自古以来中乌两国人民情相近、心相通,也彰显着"丝绸之路"古国的开放精神。

自乌兹别克斯坦著名作家卡迪里的小说《往昔》由本人翻译成中文出版后,有不少读者想多了解一些乌兹别克斯坦的文学以及卡迪里的情况,我就做了一点资料搜集整理工作。

乌兹别克斯坦文学已有数百年历史,伟大的文学家、诗人以其优美的词藻闻名于世。然而,几个世纪以来,诗歌始终是它的发展重心。小说则是在二十世纪才开始普及。1991年乌兹别克斯坦独立以来,其文学得到进一步发展。

阿里舍尔·纳沃伊(1441—1501)是十五世纪中亚伟大的诗人、思想家、哲学家、艺术家、社会活动家,是乌兹别克斯坦古典文学的奠基人。最有名的代表作是叙事诗集《五诗集》和抒情诗集《纳沃伊诗集》。五部史诗分别为《正人之忧》（1483）、《莱莉与玛吉农》（1484）、《法尔哈德和希琳》（1484）、《七星美图》（1484）、《伊斯坎达城墙》（1485）等。①

纳沃伊是中亚文学史和思想史上的优秀代表，其丰厚的文学遗产与思想遗产对中亚人民影响深远。

十五至十六世纪的著名诗人默罕默德·巴布尔（1484—1530）继承了纳沃伊的创作思想，其作品《巴布尔—纳姆》是乌兹别克文学的无价之宝。巴布尔的父亲是费尔干纳县的统治者，父亲去世后巴布尔子承父业，成为费尔干纳的统治者，他曾试图建立强大的中央集权国家，但是以失败告终。他多次开启征服印度的远征，经连年苦战，最终征服几乎整个印度次大陆，建立莫卧儿帝国。《巴布尔—纳姆》中记录了巴布尔带兵远征、探险郊野的人生经历，也记录了中亚自然风光、丰富的动植物及各类矿产资源，还记录了费尔干纳各部族人民的日常生活等，这是一部自传体文学作品，也是一部优秀的编年史。著名的东方学家巴尔托里德称这部作品为"突厥文学的典范之作"。②

十八至十九世纪，乌兹别克斯坦涌现出乌瓦希、纳吉拉、马赫苏娜等第一批女诗人，她们的作品与同时代男性诗人的作品一样，体现出乌兹别克文学中的现实主义倾向。直到十月革命之后，乌兹别克斯坦社会发生了很大变化，小说才得以广泛传播。

阿卜杜拉·卡迪里是二十世纪前期乌兹别克斯坦共和国最具代表性的作家。1894年阿卜杜拉·卡迪里出生于塔什干郊区的一个破产的葡萄栽培商人卡迪里·波波家。卡迪里·波波饱经风霜、见多识广，并乐意与儿子分享他丰富的生活经历。作家出生时，

---

① Сыздыкбаев Нурган Артыкбаевич. Текст лекций：История узбекской литературы. Ташкент. 2006 С. 42 – 46.

② Сыздыкбаев Нурган Артыкбаевич. Текст лекций：История узбекской литературы. Ташкент. 2006，С. 51.

家道已经中落，幼年的阿卜杜拉·卡迪里非常喜欢倾听父亲及园丁讲童话故事，这种爱好也激发了作家的阅读兴趣，他的内心从小就埋下了文学创作的种子。作家自小热爱劳动，具备敏锐的观察力，能够深刻体验与感知生活的变化，对劳动人民的疾苦有着深深的同情。对家乡故土的热爱以及对劳动人民的同情始终贯穿于他的生命及作品中。1915—1917年作家在伊斯兰经学院学习期间掌握了阿拉伯语与波斯语，之后经过刻苦努力，掌握并精通俄语，成为乌兹别克斯坦第一批现代知识分子。1923—1925年作家在莫斯科布留索夫文学院学习文学，自此开始了文学创作。卡迪里熟读世界经典文学作品，他认为："掌握文学理论及其历史，向经典作家学习，是我们进一步发展的保证。"他一生笔耕不辍，创作出许多优秀作品，开创了乌兹别克斯坦文学的现实主义流派。1926年出版的长篇小说《往昔》是其文学生涯的巅峰之作，也是乌兹别克斯坦第一部现实主义长篇小说，小说被翻译为英、俄、德、哈萨克语、吉尔吉斯语、塔吉克语、阿塞拜疆语、立陶宛语、汉语等多种语言，在国内外拥有众多读者。为纪念他的文学成就而设立的卡迪里故居博物馆也成为研究这位作家作品的重要机构。

二

《祭坛之蝎》是在《往昔》出版后写成的，发表于1928年，该作品既批评了胡德亚尔统治时期浩罕汗国的腐化堕落，也歌颂了人民奋起反抗可汗及其党羽的勇气。小说的主线是米尔扎·安瓦尔和拉诺的爱情故事。作为老师萨利赫养子的安瓦尔爱上了老师聪慧美貌的女儿拉诺，两人心有灵犀，美丽的爱情之花在两人之间轻轻绽放。而萨利赫为了攀附权贵，竟答应将女儿嫁给可汗胡德亚尔。为了反抗可汗的淫威与专制，拉诺毅然决然逃出家庭并推动着安瓦尔与她私奔。拉诺的形象很特别，她是一位纯朴美丽的女孩，受过教育，并具有许多东方文学作品中女主人公的共同特征——温婉而顺良。但是拉诺的勇敢行为和信念却明显不同于旧文学的传统：她为家长制与君主制下遭受屈辱的女性抗议，勇敢地捍卫自己的权利，为自己与安瓦尔的幸福而战，在这一过程中她表现出超乎寻常的坚定与智慧，拉诺这一形象让人赏心悦目。

当卡迪里在创作《祭坛之蝎》时，乌兹别克斯坦正在开展轰轰烈烈的妇女解放运动，妇女们要求摘下面纱，结束自己深居简出的生活，投身到公共生活之中。《祭坛之蝎》小说的创作刚好契合了时代主题，从而散发出耀眼而优雅的光芒。

如果说《往昔》的主人公阿塔别克是一位英武的骑士，那么本书的主人公安瓦尔就是一位俊雅的学子，他们在自己的冒险经历与爱情故事里得到了锻炼和成长，成为乌兹别克斯坦文学中令人喜爱的经典形象。

此外，小说全方位展现了十九世纪浩罕汗国末期的生活画卷，真实地反映了当时的社会民俗，可以为中国读者和学者了解中亚社会风貌打开一扇窗户。

三

而今，中乌两国在政治、经济、贸易领域的合作日益深入，成果丰硕。紧跟时代步伐，中乌人文领域的交流合作亦蒸蒸日上，前景也非常开阔。孔子学院、上海合作组织框架内的人文交流为促进中乌民心相通做出了卓越贡献。

驼铃声声依然回荡在历史的烟尘中，伟大的丝绸之路连接起东西交流的贸易之路，而人文交流构建起人们之间的心灵之桥，中乌文学经典互译则构成人文交流的美好乐章，散发着智慧与美的光芒。

《祭坛之蝎》是继《往昔》之后翻译的第二部卡迪里的小说，由我和我的研究生及译校专家共同翻译完成，尤其得到了乌兹别克斯坦塔什干国立东方大学 Saodat Nasirova 教授的鼎力支持，得到了中国社会科学出版社慈明亮与梁世超两编辑的大力帮助和支持，在此对同学们和专家们的辛勤工作表达诚挚的谢意。本译著在出版过程中得到了四川外国语大学出版经费资助，得到了中国驻乌兹别克斯坦共和国大使馆的大力支持，在此也表示衷心感谢！

邱小霞

2024 年 1 月 28 日